NEGRINHA

Título – Negrinha

ISBN 978-85-8186-377-1

Direção Editorial *Ethel Santaella*

REALIZAÇÃO

GrandeUrsa Comunicação

Direção *Denise Gianoglio*
Atualização de textos e Revisão *Rita Del Monaco*
Projeto Gráfico e Diagramação *Idée Arte e Comunicação*
Pinturas: *reproduções fornecidas pelo CEDAE - Centro de Documentação Cultural Alexandre Eulalio - Instituto de Estudos da Linguagem - Universidade Estadual de Campinas*

Em respeito ao estilo do autor, foram mantidas as preferências ortográficas do texto original, modificando-se apenas os vocábulos que sofreram alterações nas reformas ortográficas.

Dados Internacionais de Catalogação na Publicação (CIP)
(Câmara Brasileira do Livro, SP, Brasil)

Lobato, Monteiro, 1882-1948
Negrinha / Monteiro Lobato. -- São Paulo : Lafonte, 2019.

ISBN 978-85-8186-377-1

1. Contos brasileiros I. Título.

19-28341 CDD-B869.3

Índices para catálogo sistemático:

1. Contos : Literatura brasileira B869.3

Maria Alice Ferreira - Bibliotecária - CRB-8/7964

Editora Lafonte

Av. Profª Ida Kolb, 551, Casa Verde, CEP 02518-000, São Paulo-SP, Brasil
Tel.: (+55) 11 3855-2100, CEP 02518-000, São Paulo-SP, Brasil
Atendimento ao leitor (+55) 11 3855- 2216 / 11 – 3855 – 2213 – atendimento@editoralafonte.com.br
Venda de livros avulsos (+55) 11 3855- 2216 – vendas@editoralafonte.com.br
Venda de livros no atacado (+55) 11 3855-2275 – atacado@escala.com.br

MONTEIRO LOBATO

NEGRINHA

Lafonte

O AUTOR

Monteiro Lobato (1882-1948) foi muitos homens em um só. Fundador da literatura infantil brasileira com a turma do Sítio do Picapau Amarelo, teve, como editor e empresário, papel decisivo na construção da indústria editorial no país. Tradutor, verteu para o português obras de autores como Lewis Carroll, Ernest Hemingway e Mark Twain. Foi de jornalista a adido comercial em Nova York e editor em Buenos Aires; de promotor de justiça a fazendeiro de café, investidor em estradas de ferro e prospecção de petróleo.

Crítico de arte, também se arriscou como artista plástico – um sonho da juventude interrompido pela imposição familiar para estudar Direito. "No fundo não sou literato, sou pintor", escreveu em 1909. "Minha impressão dominante é puramente visual". Substituído o sonho, mas não a prática, deixou os desenhos e aquarelas que acompanham esta edição – pistas de uma obra que, nas paisagens ou na dicção, sempre ecoaram a origem em Taubaté, interior de

São Paulo, e que permaneceu como trilha de um projeto de superação do Brasil em busca da modernidade.

Foi em 1914 que o escritor – então na pele de fazendeiro – mostrou suas credenciais em defesa do progresso. Em uma carta intitulada *Velha Praga,* endereçada à redação do jornal *O Estado de São Paulo,* criticou pela primeira vez o "atraso" do caboclo brasileiro, com sua mania de destruir terras cultiváveis com queimadas. Gestava-se, nessa argumentação, seu primeiro livro, *Urupês.* Lançado em 1918, o volume de contos – ilustrado pelo próprio Lobato com suas pinturas – colocou em cena o personagem Jeca Tatu, personificação do camponês atrasado de um Brasil idem.

O livro foi citado por Rui Barbosa em sua campanha presidencial e vendeu impressionantes 30 mil exemplares. Já na segunda edição, a mão pesada sobre o caipira rendeu um pedido de desculpas – o que marcaria uma nova fase de Lobato, atento ao descaso do Estado com a população. "E aqui aproveito o lance para implorar perdão ao pobre Jeca. Eu ignorava que eras assim, meu Tatu, por motivos de doença". Logo depois, decretava: "Jeca Tatu não é assim; está assim. Vítima, não responsável pelo atraso do Brasil".

A esta altura já se podia vislumbrar outros motores da obra de Lobato. Ele marcou a distância da sua prosa com o linguajar enfeitado dos romances realistas urbanos do Rio de Janeiro. Em seu lugar, adotou a fala caipira – a "desliteralização", na expressão do professor Antonio Candido, que seria uma das pedras de toque do Movimento Modernista – ainda que Lobato e a turma da Semana de 22 não se entendessem nada bem.

O mote das forças atrasadas do país – quaisquer que fossem elas – se repetiria em outras narrativas. Em *Cidades Mortas* (1919), se debruça sobre a decadência da economia cafeeira. No ano seguinte, *Negrinha* introduz a perversidade da herança escravista, chumbo nas pernas do progresso. Nos anos 20, em *O Macaco Que Se Fez Homem* (1923), o escritor mantém no primeiro plano o caipira, mas a referência a Darwin no título revela o dublê de cientista na pele do escritor-pintor.

Desse ponto em diante, é inevitável aproximar Lobato de ideias eugenistas que, a seu ver, faziam sentido na superação da nossa "jecatatuíce". Na origem, tratava-se não de uma visão primordialmente racista, mas da percepção de uma estirpe de homens degenerada pela miséria e o abandono. Contudo, a biologia com verniz sociológico, em torno da ideia de "purificação", colocou Lobato em um terreno perigoso – e as expressões racistas nas histórias infantis são a prova disso.

É assim que, em 1926, ele lança *O Choque das Raças* – anos depois rebatizado de *O Presidente Negro*. Quase 80 anos antes de Barack Obama chegar à Casa Branca, o protagonista da história vê uma nação dividida pelo "choque de raças" quando o negro Jim Roy é eleito presidente. O livro cristalizava um repúdio à miscigenação brasileira, contraposta à segregação americana. Uma nódoa na tela de quem sabia como dar cor à imaginação ao representar a dura vida do homem comum.

O fato é que as polêmicas também são marcas da variada produção de Lobato. No prefácio da primeira edição de *Urupês*, quando tudo começou, o cientista Artur Neiva dá crédito à leitura que Lobato havia formulado sobre si mesmo – e aponta o que tornaria sua obra tão importante um século depois: "Há em seu estilo todas as cores da palheta do pintor. E a pintura escrita de Monteiro Lobato é excepcionalmente boa – larga, sem insistência em detalhes inúteis e de pinceladas elegantes".

Lobato pintor

“No fundo não sou literato, sou pintor. Nasci pintor, mas como nunca peguei nos pincéis a sério (...) arranjei este derivativo de literatura, e nada mais tenho feito senão pintar com palavras.”

Caixa d'água em Greenville
Desenho em nanquim com aquarela

Vista de Campos do Jordão
Desenho em nanquim com aquarela

Fazenda Chapadão
Pintura em aquarela

Paisagem rural
Pintura em aquarela

Vista de Campos do Jordão
Desenho em nanquim com aquarela

Casa em Greenville
Desenho em nanquim com aquarela

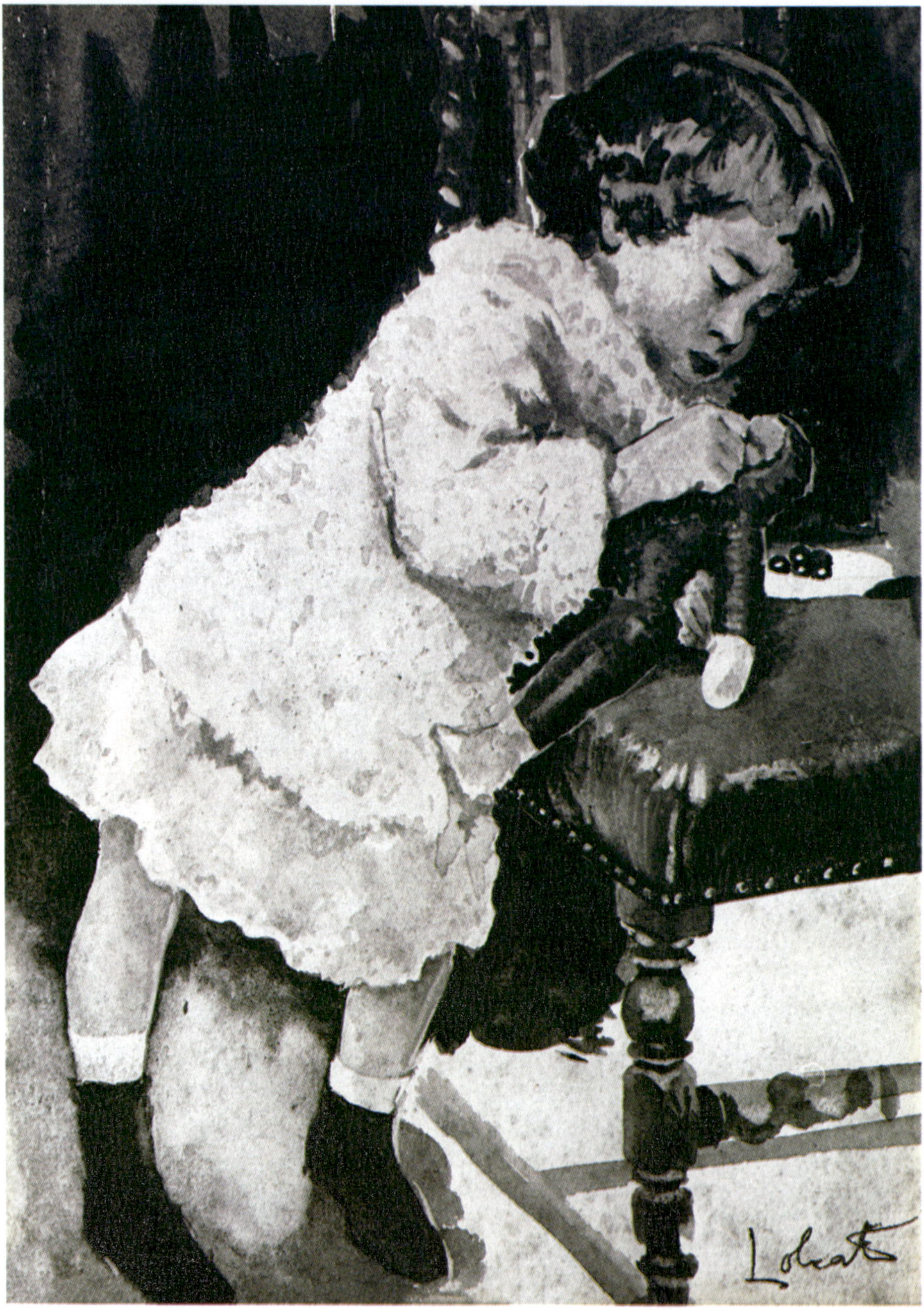

Martha Monteiro Lobato, filha do autor
Reprodução de quadro em aquarela

Um homem e uma mulher
Pintura em aquarela

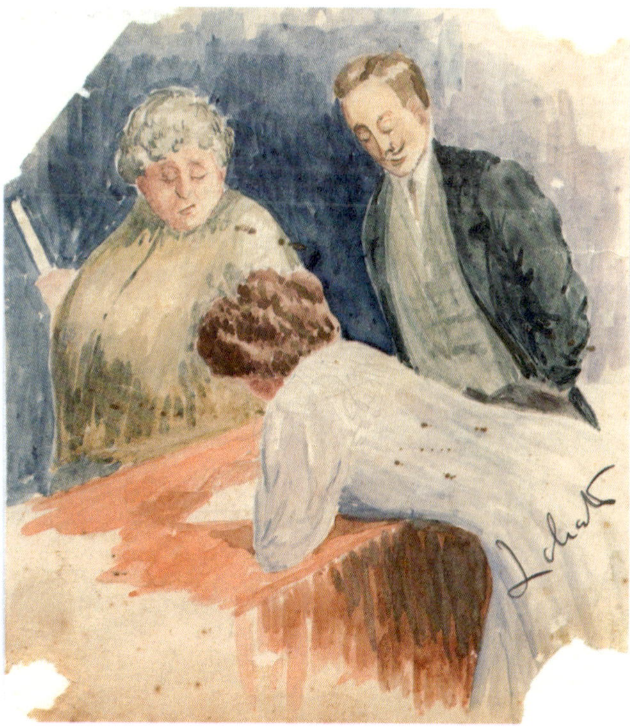

Mulher debruçada sobre a mesa
Pintura em aquarela

Sumário

Negrinha

1920

Negrinha era uma pobre órfã de sete anos. Preta? Não; fusca, mulatinha escura, de cabelos ruços e olhos assustados.

Nascera na senzala, de mãe escrava, e seus primeiros anos vivera-os pelos cantos escuros da cozinha, sobre velha esteira e trapos imundos. Sempre escondida, que a patroa não gostava de crianças.

Excelente senhora, a patroa. Gorda, rica, dona do mundo, amimada dos padres, com lugar certo na igreja e camarote de luxo reservado no céu. Entaladas as banhas no trono (uma cadeira de balanço na sala de jantar), ali bordava, recebia as amigas e o vigário, dando audiências, discutindo o tempo. Uma virtuosa senhora em suma – "dama de grandes virtudes apostólicas, esteio da religião e da moral", dizia o reverendo.

Ótima, a Dona Inácia.

Mas não admitia choro de criança. Ai! Punha-lhe

os nervos em carne viva. Viúva sem filhos, não a calejara o choro da carne de sua carne, e por isso não suportava o choro da carne alheia. Assim, mal vagia, longe, na cozinha, a triste criança, gritava logo nervosa:

– Quem é a peste que está chorando aí?

Quem havia de ser? A pia de lavar pratos? O pilão? O forno? A mãe da criminosa abafava a boquinha da filha e afastava-se com ela para os fundos do quintal, torcendo-lhe em caminho beliscões de desespero.

– Cale a boca, diabo!

No entanto, aquele choro nunca vinha sem razão. Fome quase sempre, ou frio, desses que entanguem pés e mãos e fazem-nos doer...

Assim cresceu Negrinha – magra, atrofiada, com os olhos eternamente assustados. Órfã aos 4 anos, por ali ficou feito gato sem dono, levada a pontapés. Não compreendia a ideia dos grandes. Batiam-lhe sempre, por ação ou omissão. A mesma coisa, o mesmo ato, a mesma palavra provocava ora risadas, ora castigos. Aprendeu a andar, mas quase não andava. Com pretexto de que às soltas reinaria no quintal, estragando as plantas, a boa senhora punha-a na sala, ao pé de si, num desvão da porta.

– Sentadinha aí, e bico, hein?

Negrinha imobilizava-se no canto, horas e horas.

– Braços cruzados, já, diabo!

Cruzava os bracinhos a tremer, sempre com o susto nos olhos. E o tempo corria. E o relógio batia uma, duas, três, quatro, cinco horas – um cuco tão engraçadinho! Era seu divertimento vê-lo abrir a janela e cantar as horas com a bocarra vermelha, arrufando as asas. Sorria-se então por dentro, feliz um instante.

Puseram-na depois a fazer crochê, e as horas se lhe iam a espichar trancinhas sem fim.

Que ideia faria de si essa criança que nunca ouvira uma palavra de carinho? Pestinha, diabo, coruja, barata descascada, bruxa, pata-choca, pinto gorado, mosca-morta, sujeira, bisca, trapo, cachorrinha, coisa-ruim, lixo – não tinha conta o número de apelidos com que a mimoseavam. Tempo houve em que foi a *bubônica*. A epidemia andava na berra, como a grande novidade, e Negrinha viu-se logo apelidada assim – por sinal que achou linda a palavra. Perceberam-no e suprimiram-na da lista. Estava escrito que não teria um gostinho só na vida – nem esse de personalizar a peste...

O corpo de Negrinha era tatuado de sinais, cicatrizes, vergões. Batiam nele os da casa todos os dias, houvesse ou não houvesse motivo. Sua pobre carne exercia para os cascudos, cocres e beliscões a mesma atração que o ímã exerce para o aço. Mãos em cujos nós de dedos comichasse um cocre, era mão que se descarregaria dos fluidos em sua cabeça. De passagem. Coisa de rir e ver a careta...

A excelente Dona Inácia era mestra na arte de judiar de crianças. Vinha da escravidão, fora senhora de escravos – e daquelas ferozes, amigas de ouvir cantar o bolo e estalar o bacalhau. Nunca se afizera ao regime novo – essa indecência de negro igual a branco e qualquer coisinha: a polícia! "Qualquer coisinha": uma mucama assada ao forno porque se engraçou dela o senhor; uma novena de relho[1] porque disse: "Como é ruim, a sinhá!"...

O 13 de Maio tirou-lhe das mãos o azorrague, mas não lhe tirou da alma a gana. Conservava Negrinha em casa como remédio para os frenesis. Inocente derivativo.

– Ai! Como alivia a gente uma boa roda de cocres bem fincados!...

Tinha de contentar-se com isso, judiaria miúda, os níqueis da crueldade. Cocres: mão fechada com raiva e nós de dedos que cantam no coco do paciente. Puxões de orelha: o torcido, de despegar a concha (bom! bom! bom! gostoso de dar!) e o a duas mãos, o sacudido. A gama inteira dos beliscões: do miudinho, com a ponta da unha, à torcida do umbigo, equivalente ao puxão de orelha. A esfregadela: roda de tapas, cascudos, pontapés e safanões à uma – divertidíssimo! A vara de marmelo, flexível, cortante: para "doer fino" nada melhor!

Era pouco, mas antes isso do que nada. Lá de quando em quando vinha um castigo maior para desobstruir o fígado e matar as saudades do bom tempo. Foi assim com aquela história do ovo quente.

Não sabem! Ora! Uma criada nova furtara do prato de Negrinha – coisa de rir – um pedacinho de carne que ela vinha guardando para o fim.

1. Surra de chicote durante nove dias.

A criança não sofreou a revolta – atirou-lhe um dos nomes com que a mimoseavam todos os dias.

– "Peste?" Espere aí! Você vai ver quem é peste – e foi contar o caso à patroa. Dona Inácia estava azeda, necessitadíssima de derivativos. Sua cara iluminou-se.

– Eu curo ela! – disse, e desentalando do trono as banhas foi para a cozinha, qual perua choca, a rufar as saias.

– Traga um ovo.

Veio o ovo. Dona Inácia mesma pô-lo na água a ferver; e de mãos à cinta, gozando-se na prelibação da tortura, ficou de pé uns minutos, à espera. Seus olhos contentes envolviam a mísera criança que, encolhidinha a um canto, aguardava trêmula alguma coisa de nunca visto. Quando o ovo chegou a ponto, a boa senhora chamou:

– Venha cá!

Negrinha aproximou-se.

– Abra a boca!

Negrinha abriu aboca, como o cuco, e fechou os olhos. A patroa, então, com uma colher, tirou da água "pulando" o ovo e *zás*! na boca da pequena. E antes que o urro de dor saísse, suas mãos amordaçaram-na até que o ovo arrefecesse. Negrinha urrou surdamente, pelo nariz. Esperneou. Mas só. Nem os vizinhos chegaram a perceber aquilo. Depois:

– Diga nomes feios aos mais velhos outra vez, ouviu, peste?

E a virtuosa dama voltou contente da vida para o trono, a fim de receber o vigário que chegava.

– Ah, monsenhor! Não se pode ser boa nesta vida... Estou criando aquela pobre órfã, filha da Cesária – mas que trabalheira me dá!

– A caridade é a mais bela das virtudes cristãs, minha senhora – murmurou o padre.

– Sim, mas cansa...

– Quem dá aos pobres empresta a Deus.

A boa senhora suspirou resignadamente.

– Inda é o que vale...

Certo dezembro vieram passar as férias com Santa Inácia duas sobrinhas suas, pequenotas, lindas meninas louras, ricas, nascidas e criadas em ninho de plumas.

Do seu canto na sala do trono Negrinha viu-as irromperem pela casa como dois anjos do céu – alegres, pulando e rindo com a vivacidade de cachorrinhos novos. Negrinha olhou imediatamente para a senhora, certa de vê-la armada para desferir contra os anjos invasores o raio dum castigo tremendo.

Mas abriu a boca: a sinhá ria-se também... Quê? Pois não era crime brincar? Estaria tudo mudado – e findo o seu inferno – e aberto o céu? No enlevo da doce ilusão, Negrinha levantou-se e veio para a festa infantil, fascinada pela alegria dos anjos.

Mas a dura lição da desigualdade humana lhe chicoteou a alma. Beliscão no umbigo, e nos ouvidos, o som cruel de todos os dias: "Já para o seu lugar, pestinha! Não se enxerga?"

Com lágrimas dolorosas, menos de dor física que de angústia moral – sofrimento novo que se vinha acrescer aos já conhecidos –, a triste criança encorujou-se no cantinho de sempre.

– Quem é, titia? – perguntou uma das meninas, curiosa.

– Quem há de ser? – disse a tia num suspiro de vítima. – Uma caridade minha. Não me corrijo, vivo criando essas pobres de Deus... Uma órfã. Mas brinquem, filhinhas, a casa é grande, brinquem por aí afora.

"Brinquem!" Brincar! Como seria bom brincar! – refletiu com suas lágrimas, no canto, a dolorosa martirzinha, que até ali só brincara em imaginação com o cuco.

Chegaram as malas e logo:

– Meus brinquedos! – reclamaram as duas meninas.

Uma criada abriu-as e tirou os brinquedos.

Que maravilha! Um cavalo de pau!... Negrinha arregalava os olhos. Nunca imaginara coisa assim tão galante. Um cavalinho! E mais... Que é aquilo? Uma criancinha de cabelos amarelos... que falava "mamã"... que dormia...

Era de êxtase o olhar de Negrinha. Nunca vira uma boneca e nem sequer sabia o nome desse brinquedo. Mas compreendeu que era uma criança artificial.

– É feita?... – perguntou extasiada.

E, dominada pelo enlevo, num momento em que a senhora saiu da sala a providenciar sobre a arrumação das meninas, Negrinha esqueceu o beliscão, o ovo quente, tudo, e aproximou-se da criatura de louça. Olhou-a com assombrado encanto, sem jeito, sem ânimo de pegá-la.

As meninas admiraram-se daquilo.

– Nunca viu boneca?

– Boneca? – repetiu Negrinha. – Chama-se Boneca?

Riram-se as fidalgas de tanta ingenuidade.

– Como é boba! – disseram. – E você, como se chama?

– Negrinha.

As meninas novamente torceram-se de riso; mas vendo que o êxtase da bobinha perdurava, disseram, apresentando-lhe a boneca:

– Pegue!

Negrinha olhou para os lados, ressabiada, com o coração aos pinotes. Que aventura, santo Deus! Seria possível? Depois, pegou a boneca. E, muito sem jeito, como quem pega o Senhor Menino, sorria para ela e para as meninas, com assustados relanços de olhos para a porta. Fora de si, literalmente... Era como se penetrara no céu e os anjos a rodeassem, e um filhinho de anjo lhe tivesse vindo adormecer ao colo. Tamanho foi o seu enlevo que não viu chegar a patroa, já de volta. Dona Inácia entreparou, feroz, e esteve uns instantes assim, presenciando a cena.

Mas era tal a alegria das hóspedes ante a surpresa estática de Negrinha, e tão grande a força irradiante da felicidade desta, que o seu duro coração afinal bambeou. E pela primeira vez na vida foi mulher. Apiedou-se.

Ao percebê-la na sala Negrinha havia tremido, passando-lhe num relance pela cabeça a imagem do ovo quente e hipóteses de castigos ainda piores. E incoercíveis lágrimas de pavor assomaram-lhe aos olhos.

Falhou tudo isso, porém. O que sobreveio foi a coisa mais inesperada do mundo – estas palavras, as primeiras que ela ouviu, doces, na vida:

– Vão todas brincar no jardim, e vá você também, mas veja lá, hein?

Negrinha ergueu os olhos para a patroa, olhos ainda de susto e terror. Mas não viu mais a fera antiga. Compreendeu vagamente e sorriu.

Se alguma vez a gratidão sorriu na vida, foi naquela surrada carinha...

Varia a pele, a condição, mas a alma da criança é a mesma – na princesinha e na mendiga. E para ambas é a boneca o supremo enlevo. Dá a natureza dois momentos divinos à vida da mulher: o momento da boneca – preparatório, e o momento dos filhos – definitivo. Depois disso, está extinta a mulher.

Negrinha, coisa humana, percebeu nesse dia da boneca que tinha uma alma. Divina eclosão! Surpresa maravilhosa do mundo que trazia em si e que desabrochava, afinal, como fulgurante flor de luz. Sentiu-se elevada à altura de ente humano. Cessara de ser coisa – e doravante ser-lhe-ia impossível viver a vida de coisa. Se não era coisa! Se sentia! Se vibrava!

Assim foi – e essa consciência a matou.

Terminadas as férias, partiram as meninas levando consigo a boneca, e a casa voltou ao ramerrão habitual. Só não voltou a si Negrinha. Sentia-se outra, inteiramente transformada.

Dona Inácia, pensativa, já a não atenazava tanto, e na cozinha uma criada nova, boa de coração, amenizava-lhe a vida.

Negrinha, não obstante, caíra numa tristeza infinita. Mal comia e perdera a expressão de susto que tinha nos olhos. Trazia-os agora nostálgicos, cismarentos.

Aquele dezembro de férias, luminosa rajada de céu trevas adentro do seu doloroso inferno, envenenara-a.

Brincara ao sol, no jardim. Brincara!... Acalentara, dias seguidos, a linda boneca loura, tão boa, tão quieta, a dizer "mamã", a cerrar os olhos para dormir. Vivera realizando sonhos da imaginação. Desabrochara-se de alma.

Morreu na esteirinha rota, abandonada de todos, como um gato sem dono. Jamais, entretanto, ninguém morreu com maior beleza. O delírio rodeou-a de bonecas, todas louras, de olhos azuis. E de anjos... E bonecas e anjos remoinhavam-lhe em torno, numa farândola do céu. Sentia-se agarrada por aquelas mãozinhas de louça – abraçada, rodopiada.

Veio a tontura; uma névoa envolveu tudo. E tudo regirou em seguida, confusamente, num disco. Ressoaram vozes apagadas, longe, e pela última vez o cuco lhe apareceu de boca aberta.

Mas, imóvel, sem rufar as asas.

Foi-se apagando. O vermelho da goela desmaiou...

E tudo se esvaiu em trevas.

Depois, vala comum. A terra papou com indiferença aquela carnezinha de terceira – uma miséria, trinta quilos mal pesados…

E de Negrinha ficaram no mundo apenas duas impressões. Uma cômica, na memória das meninas ricas.

– "Lembras-te daquela bobinha da titia, que nunca vira boneca?"

Outra de saudade, no nó dos dedos de Dona Inácia.

"– Como era boa para um cocre!…"

As fitas da vida*

1920

Perambulávamos ao sabor da fantasia, noite adentro, pelas ruas feias do Brás, quando nos empolgou a silhueta escura duma pesada mole tijolácea, com aparência de usina vazia de maquinismos.

– Hospedaria dos Imigrantes – informa o meu amigo.

– É aqui, então...

Paramos a contemplá-la. Era ali a porta do Oeste Paulista, essa Canaã em que ouro espirra do solo; era ali a antessala da Terra Roxa – essa Califórnia do rubídio, oásis cor de sangue coalhado onde cresce a árvore do Brasil de amanhã, uma coisa um pouco diferente do Brasil de ontem, luso e perro; era ali o

*Na 1ª edição o título deste conto era simplesmente *"Fitas da vida"*.

ninho da nova raça, liga, amálgama, justaposição de elementos étnicos que temperam o neobandeirante industrial, antijeca, antimodorra, vencedor da vida à moda americana.

Onde pairam os nossos Walt Whitmans, que não veem estes aspectos do país e os não põem em cantos? Que crônica, que poema não daria aquela casa da Esperança e do Sonho! Por ela passaram milhares de criaturas humanas, de todos os países e de todas as raças, miseráveis, sujas, com o estigma das privações impresso nas faces – mas refloridas de esperança ao calor do grande sonho da América. No fundo, heróis, porque só os heróis esperam e sonham.

Emigrar: não pode existir fortaleza maior. Só os fortes atrevem-se a tanto. A miséria do torrão natal cansa-os e eles se atiram à aventura do desconhecido, fiando na paciência dos músculos a vitória da vida. E vencem.

Ninguém, ao vê-los na Hospedaria, promíscuos, humildes, quase muçulmanos na surpresa da terra estranha, imagina o potencial da força neles acumulado, à espera de ambiente propício para explosões magníficas.

Cérebro e braço do progresso americano, gritam o Sésamo às nossas riquezas adormecidas. Estados Unidos, Argentina, São Paulo devem dois terços do que são a essa varredura humana, trazida a granel para aterrar os vazios demográficos das regiões novas. Mal cai no solo novo, transforma-se, floresce, dá de si a apojadura farta com que se aleita a Civilização.

Aquela Hospedaria... Casa do Amanhã, corredor do futuro...

Por ali desfilam, inconscientes, os formadores duma raça nova.

– Dei-me com um antigo diretor desta almanjarra – disse o meu companheiro –, ao qual ouvi muita coisa interessante acontecida cá dentro. Sempre que passo por esta rua, avivam-se-me na memória vários episódios sugestivos, e entre eles um, romântico, patético, que até parece arranjo para terceiro ato de dramalhão lacrimogêneo. O romantismo, meu caro, existe na natureza, não é invenção dos Hugos; e agora que se fez cinema, posso assegurar-te que muitas vezes a vida plagia o cinema escandalosamente.

Foi em 1906, mais ou menos. Chegara do Ceará, então flagelado pela seca, uma leva de retirantes com destino à lavoura de café, na qual havia um cego, velho de mais de 60 anos. Na sua categoria dolorosa de indesejável, por que cargas-d'água dera com os costados aqui? Erro de expedição, evidentemente. Retirantes que emigram não merecem grande cuidado dos prepostos ao serviço. Vêm a granel, como carga incômoda que entope o navio e cheira mal. Não são passageiros, mas fardos de couro vivo com carne magra por dentro, a triste carne de trabalho, irmã da carne de canhão.

Interpelado o cego por um funcionário da Hospedaria, explicou sua presença por engano de despacho. Destinavam-no ao Asilo dos Inválidos da Pátria, no Rio, mas pregaram-lhe às costas a papeleta do "Para o eito" e lá veio. Não tinha olhos para guiar-se, nem teve olhos alheios que o guiassem. Triste destino o dos cacos de gente...

– Por que para o Asilo dos Inválidos? – perguntou o funcionário. – É voluntário da Pátria?

– Sim – respondeu o cego –, fiz cinco anos de guerra no Paraguai e lá apanhei a doença que me pôs a noite nos olhos. Depois que ceguei caí no desamparo. Para que presta um cego? Um gato sarnento vale mais.

Pausou uns instantes, revirando nas órbitas os olhos esbranquiçados. Depois:

– Só havia no mundo um homem capaz de me socorrer: o meu capitão. Mas, esse, perdi-o de vista. Se o encontrasse – tenho a certeza! –, até os olhos me era ele capaz de reviver. Que homem! Minhas desgraças todas vêm de eu ter perdido meu capitão...

– Não tem família?

– Tenho uma menina – que não conheço. Quando veio ao mundo, já meus olhos eram trevas.

Baixou a cabeça branca, como tomada de súbita amargura.

– Daria o que me resta de vida para vê-la um instantinho só. Se o meu capitão...

Não concluiu. Percebera que o interlocutor já estava longe, atendendo ao serviço, e ali ficou, imerso na tristeza infinita da sua noite sem estrelas.

O incidente, entretanto, impressionara o funcionário, que levou ao conhecimento do diretor. O diretor da Imigração era nesse tempo o major Carlos, nobre figura de paulista dos bons tempos, providência humanizada daquele departamento. Ao saber que o cego fora um soldado de 70, interessou-se e foi procurá-lo. Encontrou-o imóvel, imerso no seu eterno cismar.

– Então, meu velho, é verdade que fez a campanha do Paraguai?

O cego ergueu a cabeça, tocado pela voz amiga.

– Verdade sim, meu patrão. Fui soldado do 33.

– O 33 de São Paulo? Como isso, se você é do Norte? – objetou o major.

– Verdade, sim, meu patrão. Vim no 13, e logo depois de chegar ao império do Lopes entrei em fogo. Tivemos má sorte. Na Batalha de Tuiuti nosso batalhão foi dizimado como milharal em tempo de chuva de pedra. Salvamo-nos eu e mais um punhado de camaradas. Fomos incorporados ao 33 paulista para preenchimento dos claros, e nele fiz o resto da campanha.

O major Carlos também era veterano do Paraguai, e por coincidência servira no 33. Interessou-se, pois, vivamente pela história do cego, pondo-se a interrogá-lo a fundo.

– Quem era o seu capitão?

O cego suspirou.

– Meu capitão era um homem que, se eu o encontrasse de novo até a vista me era capaz de dar! Mas não sei dele, perdi-o – para mal meu…

– Como se chamava?

– Capitão Boucault.

Ao ouvir esse nome o major sentiu eletrizarem-se-lhe as carnes num arrepio intenso; dominou-se, porém, e prosseguiu:

– Conheci esse capitão. Foi meu companheiro de regimento. Mau homem, por sinal, duro para com os soldados, grosseiro…

O cego, até ali vergado na atitude humilde do mendigo, ergueu altivamente o busto e, com indignação a fremir na voz, disse com firmeza:

– Pare aí! Não blasfeme! O capitão Boucault era o mais leal dos homens, amigo, pai do soldado. Perto de mim ninguém o insulta. Conheci-o em todos os momentos, acompanhei- o durante anos como sua ordenança e nunca o vi praticar o menor ato de vileza.

O tom firme do cego comoveu estranhamente o major. A miséria não conseguira romper no velho soldado as fibras da lealdade, e não há espetáculo mais arrebatador do que o de uma lealdade assim vivedoira até aos limites extremos da desgraça. O major, quase rendido, sobresteve-se por um instante. Depois, friamente, prosseguiu na experiência.

– Engana-se, meu caro. O capitão Boucault era um covarde…

Um assomo de cólera transformou as feições do cego. Seus olhos anuviados pela catarata revolveram-se nas órbitas, num horrível esforço para ver a cara do infame detrator. Seus dedos crisparam-se; todo ele se retesou, como fera prestes a desferir o bote. Depois, sentindo pela primeira vez em toda plenitude a infinita fragilidade dos cegos, recaiu em si, esmagado. A cólera transfez-se-lhe em dor, e a dor assomou-lhe aos olhos sob forma de lágrimas. E foi lacrimejado que murmurou em voz apagada:

– Não se insulta assim um cego...

Mal pronunciara estas palavras, sentiu-se apertado nos braços do major, também em lágrimas, que dizia:

– Abrace, amigo, abrace o seu velho capitão! Sou eu o antigo capitão Boucault...

Na incerteza, aparvalhado ante o imprevisto desenlace e como receoso de insídia, o cego vacilava.

– Duvida? – exclamou o major. – Duvida de quem o salvou a nado na passagem do Tebiquari?

Àquelas palavras mágicas a identificação se fez e, esvanecido de dúvidas, chorando como criança, o cego abraçou-se com os joelhos do major Carlos Boucault, a exclamar num desvario:

– Achei meu capitão! Achei meu pai! Minhas desgraças se acabaram!...

E acabaram-se de fato.

Metido num hospital sob os auspícios do major, lá sofreu a operação da catarata e readquiriu a vista.

Que impressão a sua quando lhe tiraram a venda dos olhos! Não se cansava de "ver", de matar as saudades da retina. Foi à janela e sorriu para a luz que inundava a natureza. Sorriu para as árvores, para o céu, para as flores do jardim. Ressurreição!...

– Eu bem dizia! – exclamava a cada passo. – Eu bem dizia que se encontrasse o meu capitão estava findo o meu martírio. Posso agora ver minha filha! Que felicidade, meu Deus!...

E lá voltou para a terra dos verdes mares bravios onde canta a jandaia. Voltou a nado – nadando em felicidade. A filha, a filha!...

– Eu não dizia? Eu não dizia que se encontrasse o meu capitão até a luz dos olhos me havia de voltar?

O drama da geada

Junho. Manhã de neblina. Vegetação entanguida de frio. Em todas as folhas o recamo de diamantes com que as adereça o orvalho.

Passam colonos para a roça, retransidos, deitando fumaça pela boca.

Frio. Frio de geada, desses que matam passarinhos e nos põem sorvete dentro dos ossos.

Saímos cedo a ver cafezais, e ali paramos, no viso do espigão, ponto mais alto da fazenda. Dobrando o joelho sobre a cabeça do socado, o major voltou o corpo para o mar de café aberto ante nossos olhos e disse num gesto amplo:

– Tudo obra minha, veja!

Vi. Vi e compreendi-lhe o orgulho, sentindo-me orgulhoso também de tal patrício. Aquele desbravador de sertões era uma força criadora, dessas que enobrecem a raça humana.

– Quando adquiri esta gleba – disse ele –, tudo

era mata virgem, de ponta a ponta. Rocei, derrubei, queimei, abri caminhos, rasguei valos, estiquei arame, construí pontes, ergui casas, arrumei pastos, plantei café – fiz tudo. Trabalhei como negro cativo durante quatro anos. Mas venci. A fazenda está formada, veja.

Vi. Vi o mar de café ondulado pelos seios da terra, disciplinado em fileiras de absoluta regularidade. Nem uma falha! Era um exército em pé de guerra. Mas bisonho ainda. Só no ano vindouro entraria em campanha. Até ali, os primeiros frutos não passavam de escaramuças de colheita. E o major, chefe supremo do verde exército por ele criado, disciplinado, preparado para a batalha decisiva da primeira safra grande, a que liberta o fazendeiro dos ônus da formação, tinha o olhar orgulhoso dum pai diante de filhos que não mentem à estirpe.

O fazendeiro paulista é alguma coisa séria no mundo. Cada fazenda é uma vitória sobre a fereza retrátil dos elementos brutos, coligados na defesa da virgindade agredida. Seu esforço de gigante paciente nunca foi cantado pelos poetas, mas muita epopeia há por aí que não vale a destes heróis do trabalho silencioso. Tirar uma fazenda do nada é façanha formidável. Alterar a ordem da natureza, vencê-la, impor-lhe uma vontade, canalizar-lhe as forças de acordo com um plano preestabelecido, dominar a réplica eterna do mato daninho, disciplinar os homens da lida, quebrar a força das pragas… – batalha sem tréguas, sem-fim, sem momento de repouso e, o que é pior, sem certeza plena da vitória. Colhe-a muitas vezes o credor, um onzeneiro que adiantou um capital caríssimo e ficou a seu salvo na cidade, de cócoras num título de hipoteca, espiando o momento oportuno para cair sobre a presa como um gavião.

– Realmente, major, isto é de enfunar o peito! É diante de espetáculos destes que vejo a mesquinharia dos que lá fora, comodamente, parasitam o trabalho do agricultor.

– Diz bem. Fiz tudo, mas o lucro maior não é meu. Tenho um sócio voraz que me lambe, ele só, um quarto da produção: o governo. Sangram-na depois as estradas de ferro – mas destas não me queixo porque dão muita coisa em troca. Já não digo o mesmo dos tubarões do comércio, esse cardume de intermediários que começa ali em Santos, no zangão, e vai numa cadeia até ao torrador americano. Mas não importa! O café dá para todos, até para a besta do produtor… – concluiu, pilheriando.

Tocamos os animais a passo, com os olhos sempre presos ao cafezal intérmino. Sem um defeito de formação, as paralelas de verdura ondeavam, acompanhando o relevo do solo, até se confundirem ao longe em massa uniforme. Verdadeira obra de arte em que, sobrepondo-se à natureza, o homem lhe impunha o ritmo da simetria.

– No entanto – continuou o major –, a batalha ainda não está ganha. Contraí dívidas; a fazenda está hipotecada a judeu-franceses. Não venham colheitas fartas e serei mais um vencido pela fatalidade das coisas. A natureza depois de subjugada é mãe; mas o credor é sempre carrasco...

A espaços, perdidas na onda verde, perobeiras sobreviventes erguiam fustes contorcidos, como galvanizadas pelo fogo numa convulsão de dor. Pobres árvores! Que destino triste, verem-se um dia arrancadas à vida em comum e insuladas na verdura rastejante do café, como rainhas prisioneiras à cola de um carro de triunfo. Órfãs da mata nativa, como não hão de chorar o conchego de outrora? Vede-as. Não têm o desgarre, o frondoso de copa das que nascem em campo aberto. Seu engalhamento, feito para a vida apertada da floresta, parece agora grotesco; sua altura desmesurada, em desproporção com a fronde, provoca o riso. São mulheres despidas em público, hirtas de vergonha, não sabendo que parte do corpo esconder. O excesso de ar as atordoa, o excesso de luz as martiriza – afeitas que estavam ao espaço confinado e à penumbra sonolenta do habitat.

Fazendeiros desalmados – não deixeis nunca árvores pelo cafezal... Cortai-as todas, que nada mais pungente do que forçar uma árvore a ser grotesca.

– Aquela perobeira ali – disse o major – ficou para assinalar o ponto de partida deste talhão. Chama-se a peroba do Ludgero, um baiano valente que morreu ao pé dela estrepado numa jiçara...

Tive a visão do livro aberto que seriam para o fazendeiro aquelas paragens.

– Como tudo aqui lhe há de falar à memória, major!

– É isso mesmo. Tudo me fala à recordação. Cada toco de pau, cada pedreira, cada volta de caminho tem uma história que sei, trágica às vezes, como essa da peroba, às vezes cômica – pitoresca sempre. Ali... – está vendo aquele toco de jerivá? Foi por uma tempestade de fevereiro. Eu abrigara-me num rancho coberto de sapé, e lá em silêncio esperávamos, eu e a turma, o fim do dilúvio, quando estalou um raio quase em cima das nossas cabeças.

– "Fim do mundo, patrão!" – lembro-me que disse, numa careta de pavor, o defunto Zé Coivara... E parecia!... Mas foi apenas o fim de um velho coqueiro, do qual resta hoje – *sic transit*... esse pobre toco... Cessada a chuva, encontramo-lo desfeito em ripas.

Mais adiante abria-se a terra em boçoroca vermelha, esbarrondada em coleios até morrer no córrego. O major apontou-a, dizendo:

– Cenário do primeiro crime cometido na fazenda. Rabo de saia, já se sabe. Nas cidades e na roça, pinga e saia são o móvel de todos os crimes. Esfaquearam-se aqui dois cearenses. Um acabou no lugar; outro cumpre pena na correição. E a saia, muito contente da vida, mora com o *tertius*. A história de sempre.

E assim, de evocação em evocação, às sugestões que pelo caminho iam surgindo, chegamos à casa de moradia, onde nos esperava o almoço. Almoçamos, e não sei se por boa disposição criada pelo passeio matutino ou por mérito excepcional da cozinheira, o almoço desse dia ficou-me na memória gravado para sempre. Não sou poeta, mas se Apolo algum dia me der na cabeça o estalo do padre Vieira, juro que antes de cantar Lauras e Natércias hei de fazer uma beleza de ode à linguiça com angu de fubá vermelho desse almoço sem par, única saudade gustativa com que descerei ao túmulo...

Em seguida, enquanto o major atendia à correspondência, saí a espairecer pelo terreiro, onde me pus de conversa com o administrador. Soube por ele da hipoteca que pesava sobre a fazenda e da possibilidade de outro, não o major, vir a colher o fruto do penoso trabalho.

– Mas isso – esclareceu o homem – só no caso de muito azar – chuva de pedra ou geada, daquelas que não vêm mais.

– Que não vêm mais, por quê?

– Porque a última geada grande foi em 1895. Daí para cá as coisas endireitaram. O mundo, com a idade, muda, como agente. As geadas, por exemplo, vão-se acabando. Antigamente ninguém plantava café onde o plantamos hoje. Era só de meio morro acima. Agora, não. Viu aquele cafezal do meio? Terra bem baixa; no entanto, se bate geada ali é sempre coisinha – um tostado leve. De modo que o patrão, com uma ou duas colheitas, apaga a dívida e fica o fazendeiro mais "prepotente" do município.

– Assim seja, que grandemente o merece – rematei.

Deixei-o. Dei umas voltas, fui ao pomar, estive no chiqueiro vendo brincar os leitõezinhos e depois subi. Estava um preto danado nas venezianas da casa a última demão de tinta. Por que será que as pintam sempre de verde? Incapaz por mim de solver o problema, interpelei o preto, que não se embaraçou e respondeu sorrindo:

– Pois veneziana é verde como o céu e azul. É da natureza dela...

Aceitei a teoria e entrei.

À mesa a conversa girou em torno da geada.

– É o mês perigoso este – disse o major. – O mês da aflição. Por maior firmeza que tenha um homem, treme nesta época. A geada é um eterno pesadelo. Felizmente a geada não é mais o que era dantes. Já nos permite aproveitar muita terra baixa em que os antigos, nem por sombras, plantavam um só pé de café. Mas, apesar disso, um que facilitou, como eu, está sempre com a pulga atrás da orelha. Virá? Não virá? Deus sabe!...

Seu olhar mergulhou pela janela, numa sondagem profunda ao céu límpido.

– Hoje, por exemplo, está com jeito. Este frio fino, este ar parado...

– Não vale a pena pensar nisto. O que tem de ser está gravado no livro do destino.

– Livra-te dos ares!... – objetei.

– Cristo não entendia de lavoura – replicou o fazendeiro sorrindo.

E a geada veio! Não geadinha mansa de todos os anos, mas calamitosa, geada cíclica, trazida em ondas do Sul.

O sol da tarde, mortiço, dera uma luz sem luminosidade e raios sem calor nenhum. Sol boreal, tiritante. E a noite caíra sem preâmbulos.

Deitei-me cedo, batendo o queixo, e na cama, apesar de enleado em dois cobertores, permaneci entanguido uma boa hora antes que ferrasse no sono. Acordou-me o sino da fazenda, pela madrugada. Sentindo-me enregelado, com os pés a doerem, ergui-me para um exercício violento. Fui para o terreiro.

O relento estava de cortar as carnes – mas que maravilhoso espetáculo! Brancuras por toda parte. Chão, árvores, gramados e pastos eram, de ponta a ponta, um só atoalhado branco. As árvores imóveis, inteiriçadas de frio, pareciam emersas dum banho de cal. Rebrilhos de gelo pelo chão. Águas envidradas. As roupas dos varais, tesas, como endurecidas em goma forte. As palhas do terreiro, os sabugos ao pé do cocho, a telha dos muros, o topo dos moirões, a vara das cercas, o rebordo das tábuas – tudo polvilhado de brancuras, lactescente, como chovido por um saco de farinha. Maravilhoso quadro! Invariável que é a nossa paisagem, sempre nos mansos tons do ano inteiro, encantava sobremodo vê-la de súbito mudar, vestir-se dum esplendoroso véu de noiva – noiva da morte, ai!...

Por algum tempo caminhei a esmo, arrastado pelo esplendor da cena. O maravilhoso quadro de sonho breve morreria, apagado pela esponja de ouro do sol. Já pelos topes e faces de batedeira andavam-lhe os raios na faina de restaurar a verdura. Abriam manchas no branco da geada, dilatavam-nas, entremostrando nesgas do verde submerso.

Só nas baixadas, encostas noruegas ou sítios sombreados pelas árvores, é que a brancura persistia ainda, contrastando sua nítida frialdade com os tons quentes ressurretos. Vencera a vida, guiada pelo sol. Mas a intervenção do fogoso Febo, apressada demais, transformara em desastre horroroso a nevada daquele ano – a maior de quantas deixaram marca nas embaubeiras de São Paulo.

A ressureição do verde fora aparente. Estava morta a vegetação. Dias depois, por toda parte, a vestimenta do solo seria um burel imenso, com sépia a mostrar a gama inteira dos seus tons ressecos. Pontilhá-lo-ia apenas, cá e lá, o verde-negro das laranjeiras e o esmeraldino sem-vergonha da vassourinha.

Quando regressei, sol já alto, estava a casa retransida no pavor das grandes catástrofes. Só então me acudiu que o belo espetáculo que eu até ali só encarara pelo prisma estético tinha um reverso trágico: a ruína do heroico fazendeiro. E procurei-o ansioso.

Tinha sumido. Passara a noite em claro, disse-me a mulher; de manhã, mal chegara, fora para a janela e lá permanecera imóvel, observando o céu através dos vidros. Depois saíra, sem ao menos pedir o café, como de costume. Andava a examinar a lavoura, provavelmente.

Devia ser isso. Mas como tardasse a voltar – onze horas e nada –, a família entrou-se de apreensões.

Meio-dia. Uma hora, duas, três e nada.

O administrador, que a mandado da mulher saíra a procurá-lo, voltou à tarde sem notícias.

– Bati tudo e nem rasto. Estou com medo de alguma coisa... Vou espalhar gente por aí, à cata.

Dona Ana, inquieta, de mãos enclavinhadas, só dizia uma coisa:

– Que será de nós, santo Deus! Quincas é capaz duma loucura...

Pus-me em campo também, em companhia do capataz. Corremos todos os caminhos, varejamos grotas em todas as direções – inutilmente.

Caiu a tarde. Caiu a noite – a noite mais lúgubre de minha vida – noite de desgraça a aflição.

Não dormi. Impossível conciliar o sono naquele ambiente de dor, sacudido de choro e soluços. Certa hora os cães latiram no terreiro, mas silenciaram logo.

Rompeu a manhã, glacial como a da véspera. Tudo apareceu geado novamente.

Veio o sol. Repetiu-se a mutação da cena. Esvaiu-se a alvura, e o verde morto da vegetação envolveu a paisagem num sudário de desalento.

Em casa repetiu-se o corre-corre do dia anterior – o mesmo vaivém, o mesmo "quem sabe?", as mesmas pesquisas inúteis.

À tarde, porém – três horas –, um camarada apareceu esbaforido, gritando de longe, no terreiro:

– Encontrei! Está perto da boçoroca!...

– Vivo? – perguntou o capataz.

– Vivo, sim, mas...

Dona Ana surgira à porta e, ao ouvir a boa-nova, exclamou, chorando e sorrindo:

– Bendito sejas, meu Deus!...

Minutos depois partimos todos de rumo à boçoroca e a cem passos dela avistamos um vulto às voltas com os cafeeiros requeimados. Aproximamo-nos. Era o major. Mas em que estado! Roupa em tiras, cabelos sujos de terra, olhos vítreos e desvairados. Tinha nas mãos uma lata de tinta e uma brocha – brocha do pintor que andava a olear as venezianas. Compreendi o latido dos cães à noite...

O major não se deu conta da nossa chegada. Não interrompeu o serviço: *continuou a pintar, uma a uma, do risonho verde esmeraldino das venezias, as folhas requeimadas do cafezal morto...*

Dona Ana, estarrecida, entreparou atônita. Depois, compreendendo a tragédia, rompeu em choro convulso.

Bugio moqueado*

Uno!

Ugarte...

– *Dos*!

Adriano...

– *Cinco*...

Villabona...

– ...

Má colocação! Minha pule é a 32 e já de saída o azar me põe na frente Ugarte... Ugarte é furão. Na quiniela anterior foi quem me estragou o jogo. Querem ver que também me estraga nesta?

– *Mucho*, Adriano!

* Na 1ª edição de *Negrinha* este conto aparece com o título "O bugio moqueado".

Qual Adriano, qual nada! Não escorou o saque, e lá está Ugarte com um ponto já feito. Entra Genua agora? Ah, é outro ponto seguro para Ugarte... Mas quem sabe se com uma torcida...

– *Mucho*, Genua!

Raio de azar! Genua "malou" no saque. Entra agora Melchior... Este Melchior às vezes faz o diabo. Bravos! Está aguentando... Isso, rijo! Uma cortadinha agora! Buena! Buena! Outra agora... Oh!... Deu na lata! Incrível...

Se o leitor desconhece o jogo da pelota em cancha pública – Frontão da Boa Vista, por exemplo –, nada pescará desta gíria, que é na qual se entendem todos os aficionados que jogam em pules ou "torcem".

Eu jogava, e, portanto, falava e pensava assim. Mas como vi meu jogo perdido, desinteressei-me do que se passava na cancha e pus-me a ouvir a conversa de dois sujeitos velhuscos, sentados à minha esquerda.

"... coisa que você nem acredita", dizia um deles. "Mas é verdade pura. Fui testemunha, vi! Vi a mártir, branca que nem morta, diante do horrendo prato..."

"Horrendo prato?" Aproximei-me dos velhos um pouco mais e pus-me de ouvidos alerta.

"Era longe a tal fazenda", continuou o homem. "Mas lá em Mato Grosso tudo é longe. Cinco léguas é 'ali', com a ponta do dedo. Este troco miúdo de quilômetros que vocês usam por cá, em Mato Grosso não tem curso. É cada estirão!...

Mas fui ver o gado. Queria arredondar uma ponta para vender em Barretos, e quem me tinha os novilhos nas condições requeridas, de idade e preço, era esse coronel Teotônio, do Tremedal.

Encontrei-o na mangueira, assistindo à domação de um potro – zaino, inda me lembro... E, palavra de honra!, não me recordo de ter esbarrado nunca em tipo mais impressionante. Barbudo, olhinhos de cobra muito duros e vivos, testa entiotada de rugas, ar de carrasco... Pensei comigo: dez mortes no mínimo. Porque lá é assim. Não há *soldados rasos*. Todo mundo traz *galões*... e aquele, ou muito me enganava, ou tinha divisas de general.

Lembrou-me logo o célebre Panfilo do Rio Verde, um de 'doze galões', que 'resistiu' ao tenente Galinha, e graças a esse benemérito 'escumador de sertões' purga a esta hora no tacho de Pedro Botelho os crimes cometidos.

Mas, importava-me lá a fera! – eu queria gado, pertencesse a Belzebu ou São Gabriel. Expus-lhe o negócio e partimos para o que ele chamava a invernada de fora.

Lá escolhi o lote que me convinha. Apartamo-lo e ficou tudo assentado.

De volta do rodeio caía a tarde e eu, almoçado às oito da manhã e sem café de permeio até aquela hora, chiava numa das boas fomes da minha vida. Assim foi que, apesar da repulsão inspirada pelo urutu humano, não lhe rejeitei o jantar oferecido.

Era um casarão sombrio, a casa da fazenda. De poucas janelas, mal iluminado, mal arejado, desagradável de aspecto, e por isso mesmo toante na perfeição com a cara e os modos do proprietário. Traste que se não parece com o dono é roubado, diz muito bem o povo. A sala de jantar semelhava uma alcova. Além de escura e abafada, recendia a um cheiro esquisito, nauseante, que nunca mais me saiu do nariz – cheiro assim de carne mofada...

Sentamo-nos à mesa, eu e ele, sem que vivalma nos surgisse a fazer companhia. E como de dentro não viesse nenhum rumor, concluí que o urutu morava sozinho – solteiro ou viúvo. Interpelá-lo? Nem por sombras. A secura e a má cara do facínora não davam azo à mínima expansão de familiaridade; e, ou fosse real ou efeito do ambiente, pareceu-me ele inda mais torvo em casa do que fora em pleno sol.

Havia na mesa feijão, arroz e lombo, além dum misterioso prato coberto em que se não buliu. Mas a fome é boa cozinheira. Apesar de engulhado pelo bafio a mofo, pus de lado o nariz, achei tudo bom e entrei a comer por dois.

Correram assim os minutos.

Em dado momento o urutu, tomando a faca, bateu no prato três pancadas imperiosas. Chama a cozinheira, calculei eu. Esperou um bocado e, como não aparecesse ninguém, repetiu o apelo com certo frenesi. Atenderam-no desta vez. Abriu-se devagarinho uma porta e enquadrou-se nela um vulto branco de mulher."

"Sonâmbula?"

"Tive essa impressão. Sem pinga de sangue no rosto, sem fulgor nos olhos vidrados, cadavérica, dir-se-ia vinda do túmulo naquele momento. Aproximou-se, lenta, com passos de autômato, e sentou-se de cabeça baixa.

Confesso que esfriei. A escuridão da alcova, o ar diabólico do urutu, aquela morta viva morremorrendo a meu lado, tudo se conjugava para arrepiar-me as carnes num calafrio de pavor. Em campo aberto não sou medroso – ao sol, em luta franca, onde vale a faca ou o 32. Mas escureceu? Entrou em cena o mistério? Ah! – bambeio de pernas e tremo que nem geleia! Foi assim naquele dia...

Mal se sentou a morta viva, o marido, sorrindo, empurrou para o lado dela o prato misterioso e destampou-o amavelmente. Dentro havia um petisco, preto, que não pude identificar. Ao vê-lo a mulher estremeceu, como horrorizada.

– 'Sirva-se!', disse o marido.

Não sei por que, mas aquele convite revelava uma tal crueza que me cortou o coração como navalha de gelo. Pressenti um horror de tragédia, dessas horrorosas tragédias familiares, vividas dentro de quatro paredes, sem que de fora ninguém nunca as suspeite. Desde aí nunca ponho os olhos em certos casarões sombrios sem que os imagine povoados de dramas horrendos. Falam-me de hienas. Conheço uma: o homem...

Como a morta viva permanecesse imóvel, o urutu repetiu o convite em voz baixa, num tom cortante de ferocidade glacial.

– 'Sirva-se, faça o favor!'

E fisgando ele mesmo a nojenta coisa, colocou-a gentilmente no prato da mulher.

Novas tremuras agitaram a mártir. Seu rosto macilento contorceu-se em esgares e repuxos nervosos, como se o tocasse a corrente elétrica. Ergueu a cabeça, dilatou para mim as pupilas vítreas e ficou assim uns instantes, como à espera de um milagre impossível. E naqueles olhos de desvario li o mais pungente grito de socorro que jamais a aflição humana calou...

O milagre não veio – infame que fui! – e aquele lampejo de esperança, o derradeiro, talvez, que lhe brilhou nos olhos, apagou-se num lancinante cerrar de pálpebras. Os tiques nervosos diminuíram de frequência, cessaram. A cabeça descaiu-lhe de novo para o seio; e a morta viva, revivida um momento, reentrou na morte lenta do seu marasmo sonambúlico.

Enquanto isso, o urutu espiava-nos de esguelha e ria-se por dentro venenosamente...

Que jantar! Verdadeira cerimônia fúnebre transcorrida num escuro cárcere da Inquisição. Nem sei como digeri aqueles feijões!

A sala tinha três portas, uma abrindo para a cozinha, outra para a sala de espera, a terceira, para a despensa. Com os olhos já afeitos à escuridão, eu divisava melhor as coisas; enquanto aguardávamos o café, corri-os pelas paredes e pelos móveis, distraidamente. Depois, como a porta da despensa estivesse entreaberta, enfiei-os por ela adentro. Vi lá umas brancuras pelo chão – sacos de mantimento – e, pendurada a um gancho, uma coisa preta que me intrigou. Manta de carne-seca? Roupa velha? Estava eu de rugas na testa a decifrar a charada quando o urutu, percebendo-o, silvou em tom cortante:

– 'É curioso? O inferno está cheio de curiosos, moço...'

Vexadíssimo, mas sempre em guarda, achei de bom conselho engolir o insulto e calar-me. Calei-me. Apesar disso o homem, depois de uma pausa, continuou, entre manso e irônico:

– 'Coisas da vida, moço. Aqui a patroa pela-se por um naco de bugio moqueado, e ali dentro há um para abastecer este pratinho... Já comeu bugio moqueado, moço?'

– 'Nunca! Seria o mesmo que comer gente...'

– 'Pois não sabe o que perde!...' – filosofou ele, como um diabo, a piscar os olhinhos de cobra."

Neste ponto o jogo interrompeu-me a história. Melchior estava colocado e Gaspar, com três pontos, sacava para Ugarte. Houve luta; mas um "camarote" infeliz de Gaspar deu o ponto a Ugarte. "Pintou" a pule 13, que eu não tinha. Jogo vai, jogo vem, "despintou" a 13 e deu a 23. Pela terceira vez Ugarte estragava-me o jogo. Quis insistir, mas não pude. A história estava no apogeu e antes "perder de ganhar" a próxima quiniela do que perder um capítulo da tragédia. Fiquei no lugar, muito atento, a ouvir o velhote.

"Quando me vi na estrada, longe daquele antro, criei alma nova. Fiz cruz na porteira. 'Aqui nunca, mais! Credo!' E abri de galopada pela noite adentro.

Passaram-se anos.

Um dia, em Três Corações, tomei a serviço um preto de nome Zé Esteves. Traquejado da vida e sério, meses depois virava Esteves a minha mão direita. Para um rodeio, para curar uma bicheira, para uma comissão de confiança, não havia outro. Negro quando acerta de ser bom vale por dois brancos. Esteves valia quatro.

Mas não me bastava. O movimento crescia e ele, sozinho, não dava conta. Empenhado em descobrir um novo auxiliar que o valesse, perguntei-lhe uma vez:

– 'Não teria você, por acaso, algum irmão de sua força?'

– 'Tive' – respondeu o preto –, 'tive o Leandro, mas o coitado não existe mais...'

– 'De que morreu?'

– 'De morte matada. Foi morto a rabo de tatu... e comido.'

– 'Comido?' – repeti com assombro.

– 'É verdade. Comido por uma mulher.'"

A história complicava-se e eu, aparvalhado, esperei a decifração.

"– 'Leandro – continuou ele – 'era um rapaz bem-apessoado e bom para todo serviço. Trabalhava no Tremedal, numa fazenda em...'

– '... em Mato Grosso? Do coronel Teotônio?'

– 'Isso! Como sabe? Ah, esteve lá!... Pois dê graças de estar vivo; que entrar na casa do carrasco era fácil, mas sair? Deus me perdoe, mas aquilo foi a maior peste que o raio do diabo do barzabu do canhoto botou no mundo!...'

– 'O urutu... – murmurei recordando-me. – 'Isso mesmo...'

– 'Pois o Leandro – não sei que intrigante malvado inventou que ele... que ele, com perdão da palavra, andava com a patroa, uma senhora muito alva, que parecia uma santa. O que houve, se houve alguma coisa, Deus sabe. Para mim, tudo foi feitiçaria da Liduína, aquela mulata amiga do coronel. Mas, inocente ou não, o caso foi que o pobre Leandro acabou no tronco, lanhado a chicote. Uma novena de martírio – *lepte lepte*! E pimenta em cima... Morreu. E depois que morreu, foi moqueado.'

– '???'

– 'Pois então! Moqueado, sim, como um bugio. E comido, dizem. Penduraram aquela carne na despensa e todos os dias vinha à mesa um pedacinho para a patroa comer...'"

Mudei-me de lugar. Fui assistir ao fim da quiniela a cinquenta metros de distância. Mas não pude acompanhar o jogo. Por mais que arregalasse os olhos, por mais que olhasse para a cancha, não via coisa nenhuma, e até hoje não sei se deu ou não deu a pule 13...

O jardineiro Timóteo

1920

O casarão da fazenda era ao jeito das velhas moradias coloniais: frente com varanda, uma ala e pátio interno. Neste ficava o jardim, também à moda antiga, cheio de plantas antigas, cujas flores punham no ar um saudoso perfume de antanho. Quarenta anos havia que lhe zelava dos canteiros o bom Timóteo, um preto branco por dentro. Timóteo o plantou quando a fazenda se abria e a casa inda cheirava a reboco fresco e tintas de óleo recentes, e desde aí – lá se iam quarenta anos – ninguém mais teve licença de pôr a mão em "seu jardim".

Verdadeiro poeta, o bom Timóteo.

Não desses que fazem versos, mas dos que sentem a poesia sutil das coisas. Compusera, sem o saber, um maravilhoso poema onde cada plantinha era um verso que só ele conhecia, verso vivo, risonho ao reflorir anual da primavera, desmedrado e sofredor quando junho sibilava no ar os látegos do frio. O jardim tornara-se a memória viva da casa. Tudo nele correspondia a uma significação familiar de suave encanto, e assim foi desde o começo, ao riscarem-se os canteiros na terra virgem ainda recendente à escavação. O canteiro principal consagrara-o Timóteo ao "Sinhô-Velho", tronco da estirpe e generoso amigo que lhe dera carta de alforria muito antes da Lei Áurea. Nasceu faceiro e bonito, cercado de tijolos novos vindos do forno para ali inda quentes, e embutidos no chão como rude cíngulo de coral; hoje, semidesfeitos pela usura do tempo e tão tenros que a unha os penetra, esses tijolos esverdecem nos musgos da velhice.

– Veludo de muro velho – é como chama Timóteo a essa muscínea invasora, filha da sombra e da umidade. E é bem isso, porque o musgo foge sempre aos muros secos, vidrentos, esfogueados de sol, para estender devagarinho o seu veludo prenunciador de tapera sobre os muros alquebrados, de emboço já carcomido e todo aberto em fendas.

Bem no centro erguia-se um nodoso pé de jasmim-do-cabo, de galhos negros e copa dominante, ao qual o zeloso guardião nunca permitiu que outra planta sobre-excedesse em altura. Simbolizava o homem que o havia comprado por dois contos de réis, dum importador de escravos de Angola.

– Tenha paciência, minha negra! – conversava ele com as roseiras de setembro, teimosas em espichar para o céu brotos audazes. – Tenha paciência, que aqui ninguém olha de cima para o Sinhô-velho.

E sua tesoura afiada punha abaixo, sem dó, todos os rebentos temerários.

Cercando o jasmineiro havia uma coroa de periquitos, e outra menor de cravinas. Mais nada.

– Ele era homem simples, pouco amigo de complicações. Que fique ali sozinho com o periquito e as irmãzinhas do cravo.

Dos outros canteiros, dois eram em forma de coração.

– Este é o de Sinhazinha; e como ela um dia há de casar, fica a par dele o canteiro do Sinhô-moço.

O canteiro de Sinhazinha era de todos o mais alegre, dando bem a imagem de um coração de mulher rico de todas as flores do sentimento. Sempre risonho, tinha a propriedade de prender os olhos de quantos penetravam no jardim. Tal qual a moça, que desde menina se habituara a monopolizar os carinhos da família e a dedicação dos escravos, chegando esta a ponto de ao sobrevir a Lei Áurea nenhum ter ânimo de afastar-se da fazenda. Emancipação? Loucura! Quem, uma vez cativo de Sinhazinha, podia jamais romper as algemas da doce escravidão?

Assim ela na família, assim o seu canteiro entre os demais. Livro aberto, símbolo vivo, crônica vegetal, dizia pela boca das flores toda a sua vidinha de moça. O pé de flor-de-noiva, primeira "planta séria" ali brotada, marcou o dia em que foi pedida em casamento. Até então só vicejavam nele flores alegres de criança – esporinhas, bocas-de-leão, "borboletas", ou flores amáveis da adolescência – amores-perfeitos, damas-entre-verdes, beijos-de-frade, escovinhas, miosótis.

Quando lhe nasceu, entre dores, o primeiro filho, plantou Timóteo os primeiros tufos de violeta.

– Começa a sofrer...

E no dia em que lhe morreu esse malogrado botãozinho de carne rósea, o jardineiro, em lágrimas, fincou na terra os primeiros goivos e as primeiras saudades. E fez ainda outras substituições: as alegres damas-entre-verdes cederam o lugar aos suspiros-roxos, e a sempre-viva foi para o canto onde viçavam as ridentes bocas-de-leão.

Já o canteiro de Sinhô-moço revelava intenções simbólicas de energia. Cravos vermelhos em quantidade, roseiras fortes, ouriçadas de espinhos; palmas-de-santa-rita, de folhas laminadas; junquilhos nervosos.

E tudo mais assim.

Timóteo compunha os anais vivos da família, anotando nos canteiros, um por um, todos os fatos de alguma significação. Depois, exagerando, fez do jardim um canhenho de notas, o verdadeiro diário da fazenda. Registrava tudo. Incidentes corriqueiros, pequenas rusgas de cozinha, um lembrete azedo dos patrões, um namoro de mucama, um hóspede, uma geada mais forte, um cavalo de estimação que morria – tudo memorava ele, com hieróglifos vegetais, em seu jardim maravilhoso.

A hospedagem de certa família do Rio – pai, mãe e três sapequíssimas filhas – lá ficou assinalada por cinco pés de ora-pro-nóbis. E a venda do pampa calçudo, o melhor cavalo das redondezas, teve a mudança de dono marcada pela poda dum galho do jasmineiro.

Além desta comemoração anedótica, o jardim consagrava uma planta a cada subalterno ou animal doméstico. Havia a roseira-chá da mucama de Sinhazinha; o sangue-de-adão do Tibúrcio cocheiro; a rosa-maxixe da mulatinha Cesária, sirigaita enredeira, de cara fuxicada como essa flor. O Vinagre, o Meteoro, a Manjerona, a Teteia, todos os cães que na fazenda nasceram e morreram, ali estavam lembrados pelo seu pezinho de flor, um resedá, um tufo de violetas, uma touça de perpétuas. O cão mais inteligente da casa, Otelo, morto hidrófobo, teve as honras duma sempre-viva rajada.

– Quem há de esquecer um bicho daqueles, que até parecia gente?

Também os gatos tinham memória. Lá estava a cinerária da gata branca morta nos dentes do Vinagre, e o pé de alecrim relembrativo do velho gato Romão.

Ninguém, a não ser Timóteo, colhia flores naquele jardim. Sinhazinha o tolerava desde o dia em que ele explicou:

– Não *sabem*, Sinhazinha! Vão lá e atrapalham tudo. Ninguém sabe apanhar flor...

Era verdade. Só Timóteo sabia escolhê-las com intenção e sempre de acordo com o destino. Se as queriam para florir a mesa em dia de anos da moça, Timóteo combinava os buquês como estrofes vivas. Colhia-as resmungando:

– Perpétua? Não. Você não vai pra mesa hoje. É festa alegre. Nem você, dona violetinha!... Rosa-maxixe? Ah! Ah! Tinha graça a Cesária em festa de branco!...

E sua tesoura ia cortando os caules com ciência de mestre. Às vezes parava, a filosofar:

– Ninguém se lembra hoje do anjinho... Pra que, então, goivo nos vasos? Quieto fique aqui o senhor goivo, que não é flor de vida, é flor de cemitério...

E sua linguagem de flores? Suas ironias, nunca percebidas de ninguém? Seus louvores, de ninguém suspeitados? Quantas vezes não depôs na mesa, sobre um prato, um aviso a um hóspede, um lembrete à patroa, uma censura ao senhor, composto sob forma dum ramalhete? Ignorantes da língua do jardim, riam-se eles da maluquice do Timóteo, incapazes de lhe alcançar o fino das intenções.

Timóteo era feliz. Raras criaturas realizam na vida mais formoso delírio de poeta. Sem família, criara uma família de flores; pobre, vivia ao pé de um tesouro.

Era feliz, sim. Trabalhava por amor, conversando com a terra e as plantas – embora a copa e a cozinha implicassem com aquilo.

– Que tanto resmunga o Timóteo! Fica ali mamparreando horas, a cochichar, a rir, como se estivesse no meio duma criançada...

É que na sua imaginação as flores se transfiguravam em seres vivos. Tinham cara, olhos, ouvidos... O jasmim-do-cabo, pois não é que lhe dava a bênção todas as manhãs? Mal Timóteo aparecia, murmurando "A bênção, Sinhô", e já o velho, encarnado na planta, respondia com voz alegre: "Deus te abençoe, Timóteo".

Contar isso aos outros? Nunca! "Está louco", haviam de dizer. Mas bem que as plantinhas falavam...

– E como não hão de falar, se tudo é criatura de Deus, homessa!...

Também dialogava com elas.

– Contentinha, hein? Boa chuva a de ontem, não?

– . . .

– Sim, lá isso é verdade. As chuvas miúdas são mais criadeiras, mas você bem sabe que não é tempo. E o grilo? Voltou? Voltou, sim, o ladrão... E aqui roeu mais esta folhinha... Mas deixe estar que eu curo ele!

E punha-se a procurar o grilo. Achava-o.

– Seu malfeitor!... Quero ver se continua agora a judiar das minhas flores.

Matava-o, enterrava-o. "Vira esterco, diabinho!"

Pelo tempo da seca era um regalo ver Timóteo a chuviscar amorosamente sobre as flores com o seu velho regador.

– O sol seca a terra? Bobice!... Como se o Timóteo não estivesse aqui de chovedor na mão.

– Chega também, ué! Então quer sozinho um regador inteiro? Boa moda! Não vê que as esporinhas estão com a língua de fora?

– E esta boca-de-leão, ah! ah!, está mesmo com uma boca de cachorro que correu veado! Tome lá, beba, beba!

E você também, seu resedá, tome lá seu banho, pra depois namorar aquela dona hortênsia, moça bonita do 'zoio' azul...

E lá ia...

Plantas novas que abrolhavam o primeiro botão punham alvoroço de noivo no peito do poeta, que falava do acontecimento na copa, provocando as risadinhas impertinentes da Cesária.

– Diabo do negro velho, cada vez caducando mais! Conversa com flor como se flor fosse gente.

Só a moça, com o seu fino instinto de mulher, lhe compreendia as delicadezas do coração.

– Está aqui, Sinhá, a primeira rainha-margarida deste ano!

Ela fingia-se extasiada e punha a flor no corpete.

– Que beleza!

E Timóteo ria-se, feliz, feliz...

Certa vez falou-se na reforma do jardim.

– Precisamos mudar isto – lembrou o moço, de volta dum passeio a São Paulo. – Há tantas flores modernas, lindas, enormes, e nós toda a vida com estas cinerárias, estas esporinhas, estas flores caipiras... Vi lá crisandálias magníficas, crisântemos deste tamanho e uma rosa nova, branca, tão grande que até parece flor artificial.

Quando soube da conversa, Timóteo sentiu gelo no coração. Foi agarrar-se com a moça. Ele também conhecia essas flores de fora, vira crisântemos em casa do coronel Barroso, e as tais dálias mestiças no peito duma faceira, no leilão do Espírito Santo.

– Mas aquilo nem é flor, Sinhá! Coisas da estranja que o Canhoto inventa para perder as criaturas de Deus. Eles lá que plantem. Nós aqui devemos zelar das plantas de família. Aquela dália rajada, está vendo? É singela, não tem o crespo das dobradas; mas quem troca uma menina de sainha de chita cor-de-rosa por uma semostradeira da cidade, de muita seda no corpo mas sem fé no coração? De manhã "fica assim" de abelhas e cuitelos em roda dela!... E eles sabem, eles não ignoram quem merece. Se as das cidades fossem de mais estimação, por que é que esses bichinhos de Deus ficam aqui e não vão pra lá? Não, Sinhá! É preciso tirar essa ideia da cabeça de Sinhô-moço. Ele é criança ainda, não sabe a vida. É preciso respeitar as coisas de dantes...

E o jardim ficou.

Mas um dia... Ah! Bem sentira-se Timóteo tomado de aversão pela família dos ora-pro-nóbis! Pressentimento puro... O ora-pro-nóbis pai voltou e esteve ali uma semana em conciliábulo com o moço. Ao fim desse tempo, explodiu como bomba a grande notícia: estava negociada a fazenda, devendo a escritura passar-se dentro de poucos dias.

Timóteo recebeu a nova como quem recebe uma sentença de morte. Na sua idade, tal mudança lhe equivalia a um fim de tudo. Correu a agarrar-se à moça, mas desta vez nada puderam contra as armas do dinheiro os seus pobres argumentos de poeta.

Vendeu-se a fazenda. E certa manhã viu Timóteo arrumarem-se no trole os antigos patrões, as mucamas, tudo o que constituía a alma do velho patrimônio.

– Adeus, Timóteo! – disseram alegremente os senhores-moços, acomodando-se no veículo.

– Adeus! Adeus!...

E lá partiu o trole, a galope... Dobrou a curva da estrada... Sumiu-se para sempre...

Pela primeira vez na vida Timóteo esqueceu de regar o jardim. Quedou-se plantado a um canto, a esmoer o dia inteiro o mesmo pensamento doloroso:

– Branco não tem coração...

Os novos proprietários eram gente da moda, amigos do luxo e das novidades. Entraram na casa com franzimentos de nariz para tudo.

– Velharias, velharias...

E tudo reformaram. Em vez da austera mobília de cabiúna, adotaram móveis pechisbeques, com veludinhos e frisos. Determinaram o empapelamento das salas, a abertura de um *hall*, mil coisas esquisitas... Diante do jardim, abriram-se em gargalhadas.

– É incrível! Um jardim destes, cheirando a Tomé de Sousa, em pleno século das crisandálias!

E correram-no todo, a rir, como perfeitos malucos.

– Olha, Yvette, esporinhas! É inconcebível que inda haja esporinhas no mundo!

– E periquito, Odete! Pe-ri-qui-to!... – disse uma das moças, torcendo-se em gargalhadas.

Timóteo ouvia aquilo com mil mortes na alma. Não restava dúvida, era o fim de tudo, como pressentira: aqueles bugres da cidade arrasariam a casa, o jardim e o mais que lembrasse o tempo antigo. Queriam só o moderno.

E o jardim foi condenado. Mandariam vir o Ambrogi para traçar um plano novo de acordo com a arte moderníssima dos jardins ingleses. Reformariam as flores todas, plantando as últimas criações da floricultura alemã. Ficou decidido assim.

– E para não perder tempo, enquanto o Ambrogi não chega ponho aquele macaco a me arrasar isto – disse o homem apontando para Timóteo.

– Ó tição, vem cá!

Timóteo aproximou-se, com ar apatetado.

– Olha, ficas encarregado de limpar este mato e deixar a terra nuazinha. Quero fazer aqui um lindo jardim. Arrasa-me isto bem arrasadinho, entendes?

Timóteo, trêmulo, mal pôde engrolar uma palavra:

– Eu?...

– Sim, tu! Por que não?

O velho jardineiro, atarantado e fora de si, repetiu a pergunta:

– Eu? Eu, arrasar o jardim?

O fazendeiro encarou-o, espantado da sua audácia, sem nada compreender daquela resistência.

– Eu? Pois me acha com cara de criminoso?

E não podendo mais conter-se explodiu num assomo estupendo de cólera – o primeiro e o único de sua vida.

– Eu vou mas é embora daqui, morrer lá na porteira como um cachorro fiel. Mas olhe, moço, que hei de rogar tanta praga que isto há de virar uma tapera de lacraias! A geada há de torrar o café. A peste há de levar até as vacas de leite! Não há de ficar aqui nem uma galinha, nem um pé de vassoura! E a família amaldiçoada, coberta de lepra, há de comer na gamela com os cachorros lazarentos!... Deixa estar, gente amaldiçoada! Não se assassina assim uma coisa que dinheiro nenhum paga. Não se mata assim um pobre negro velho que tem dentro do peito uma coisa que lá na cidade ninguém sabe o que é. Deixa estar, branco de má casta! Deixa estar, caninana! Deixa estar!...

E fazendo com a mão espalmada o gesto fatídico, saiu às arrecuas, repetindo cem vezes a mesma ameaça:

– Deixa estar! Deixa estar!...

E longe, na porteira, ainda espalmava a mão para a fazenda, num gesto mudo:

– Deixa estar!...

Anoitecia. Os curiangos andavam a espacejar silenciosos voos de sombra pelas estradas desertas. O céu era todo um recamo fulgurante de estrelas. Os sapos coaxavam nos brejos e vaga-lumes silenciosos piscavam piques de luz no sombrio das capoeiras.

Tudo adormecera na terra, em breve pausa de vida para o ressurgir do dia seguinte.

Só não ressurgirá Timóteo. Lá agoniza ao pé da porteira. Lá morre. E lá o encontrará a manhã enrijecido pelo relento, de borco na grama orvalhada, com a mão estendida para a fazenda num derradeiro gesto de ameaça:

– Deixa estar!...

O fisco (Conto de Natal)*

1918

PRÓLOGO

No princípio era o pântano, com valas de agrião e rãs coaxantes. Hoje é o parque do Anhangabaú, todo ele relvado, com ruas de asfalto, pérgola grata a namoriscos noturnos, a Eva de Brecheret, a estátua dum adolescente nu que corre – e mais coisas. Autos voam pela via central, e cruzam-se pedestres em todas as direções. Lindo parque, civilizadíssimo.

Atravessando-o certa tarde, vi formar-se ali um bolo de gente, rumo ao qual vinha vindo um polícia apressado.

Fagocitose, pensei. A rua é a artéria; os passantes,

* O conto *"O fisco"* foi publicado originariamente na *Revista do Brasil* nº 36 de dezembro de 1918, com o título de *"O imposto único"*.

o sangue. O desordeiro, o bêbado, o gatuno são os micróbios maléficos, perturbadores do ritmo circulatório. O soldado de polícia é o glóbulo branco – o *fagócito* de Metchenikoff. Está de ordinário parado no seu posto, circunvagando olhares atentos. Mal se congestiona o tráfego pela ação antissocial do desordeiro, o fagócito move-se, caminha, corre, cai a fundo sobre o mau elemento e arrasta-o para o xadrez.

Foi assim naquele dia.

Dia sujo, azedo. Céu dúbio, de decalcomania vista pelo avesso. Ar arrepiado.

Alguém perturbara a paz do jardim, e em redor desse rebelde logo se juntou um grupo de glóbulos vermelhos, vulgo passantes. E lá vinha agora o fagócito fardado restabelecer a harmonia universal.

O caso girava em torno de uma criança maltrapilha, que tinha a tiracolo uma caixa tosca de engraxate, visivelmente feita pelas suas próprias mãos. Muito sarapantado, com lágrimas a brilharem nos olhos cheios de pavor, o pequeno murmurava coisas de ninguém atendidas. Sustinha-o pela gola um fiscal da Câmara.

– Então, seu cachorrinho, sem licença, hein? – exclamava entre colérico e vitorioso o mastim municipal, focinho muito nosso conhecido. É um que não é um mas sim legião, e sabe ser tigre ou cordeiro conforme o naipe do contraventor.

A miserável criança evidentemente não entendia, não sabia que coisa era aquela de licença, tão importante, reclamada assim a empuxões brutais. Foi quando entrou em cena o polícia.

Este glóbulo branco era preto. Tinha beiço de sobejar e nariz invasor de meia cara, aberto em duas ventas acesas, relembrativas das cavernas de Trofônio. Aproximou-se e rompeu o magote com um napoleônico "– Espalha!".

Humildes alas se abriram àquele Sésamo, e a Autoridade, avançando, interpelou o Fisco:

– Que encrenca é esta, chefe?

– Pois este cachorrinho não é que está exercendo ilegalmente a profissão de engraxate? Encontrei-o banzando por aqui com estes troços, a fisgar com os olhos os pés dos transeuntes e a dizer "Engraxa, freguês". Eu vi a coisa de longe. Vim pé ante pé, disfarçando e, de repente, *nhoc*!

"Mostre a licença", gritei. "Que licença?", perguntou ele com arzinho de inocência. "Ah, você diz que licença, cachorro? Está me debochando, ladrão? Espera que te ensino o que é licença, trapo!" E agarrei-o. Não quer pagar a multa. Vou levá-lo ao depósito, autuar a infração para proceder de acordo com as posturas – concluiu com soberbo entono o cariado canino da Maxila Fiscal.

O solene Mata-Piolho da Manopla Policial concordou.

– É isso mesmo. Casca-lhes!

E chiando por entre os dentes uma cusparada de esguicho, deu a sua sacudidela suplementar no menino. Depois voltou-se para os basbaques e ordenou com império de soba africano:

– Circula, paisanada! É "purivido" ajuntamentos de mais de um.

Os glóbulos vermelhos dispersaram-se em silêncio. O buldogue lá seguiu com o pequeno nas unhas. E o Pau de Fumo, em atitude de Bonaparte em face das pirâmides, ficou, de dedo no nariz e boca entreaberta, a gozar a prontidão com que, num ápice, sua energia resolvera o tumor maligno formado na artéria sob a sua fiscalização.

O BRÁS

Também lá, no princípio, era o charco – terra negra, fofa, turfa tressuante, sem outra vegetação além dessas plantinhas miseráveis que sugam o lodo como minhocas. Aquém da várzea, na terra firme e alta, São Paulo crescia. Erguiam-se casas nos cabeços, e esgueiravam-se ladeiras encostas abaixo: a Boa Morte, o Carmo, o Piques; e ruas, Imperador, Direita, São Bento. Poetas cantavam-lhe as graças nascentes:

Ó Liberdade, ó Ponte Grande, ó Glória...

Deram-lhe um dia o Viaduto do Chá, esse arrojo... Os paulistanos pagavam sessenta réis para, ao atravessá-lo, conhecerem a vertigem dos abismos. E em casa narravam a aventura às esposas e mães, pálidas de espanto. Que arrojo de homem, o Jules Martin, que construíra aquilo!

Enquanto São Paulo crescia o Brás coaxava. Enluravam-se naquele brejal legiões de sapos e rãs. À noite, do escuro da terra um coral subia de coaxos, *pan-pans* de ferreiro, latidos de mimbuias, *glu-glus* de untanhas; e por cima, no escuro do ar, vaga-lumes ziguezagueantes riscavam fósforos às tontas.

E assim foi até o dia da avalanche italiana.

Quando lá no Oeste a terra roxa se revelou mina de ouro das que pagam duzentos por um, a Itália vazou para cá a espuma da sua transbordante taça de vida. E São Paulo, não bastando ao abrigo da nova gente, assistiu, atônito, ao surto do Brás.

Drenos sangraram em todos os rumos o brejal turfoso; a água escorreu; os espavoridos sapos sumiram-se aos pulos para as baixadas do Tietê; rã comestível não ficou uma para memória da raça; e, breve, em substituição aos guembês, ressurtiu a cogumelagem de centenas e centenas de casinhas típicas – porta, duas janelas e platibanda.

Numerosas ruas, alinhadas na terra cor de ardósia que já o sol ressequira e o vento erguia em nuvens de pó negro, margearam-se com febril rapidez desses prediozinhos térreos, iguais uns aos outros, como saídos do mesmo molde, pífios, mas únicos possíveis então. Casotas provisórias, desbravadoras da lama e vencedoras do pó à força de preço módico.

E o Brás cresceu, espraiou-se de todos os lados, comeu todo o barro preto da Mooca, bateu estacas no Marco da Meia Légua, lançou-se rumo à Penha, pôs de pé igrejas, macadamizou ruas, inçou-se de fábricas, viu surgirem avenidas e vida própria, e cinemas, e o Colombo, e o namoro, e o corso pelo Carnaval. E lá está hoje enorme, feito a cidade do Brás, separado de São Paulo pelo faixão vermelho da Várzea aterrada – Pest da Buda à beira do Tamanduateí plantada.

São duas cidades vizinhas, distintas de costumes e de almas já bem diversas. Ir ao Brás é uma viagem. O Brás não é ali, como o Ipiranga; é lá do outro lado, embora mais perto que o Ipiranga. Diz-se vou ao Brás como quem diz vou à Itália. Uma Itália agregada como um bócio recente e autônomo a uma *urbs* antiga, filha do país; uma Itália função da terra negra, italiana por sete décimos e *algo nuevo* pelos restantes.

O Brás trabalha de dia e à noite gesta. Aos domingos fandanga ao som do bandolim. Nos dias de festa nacional (destes tem predileção pelo 21 de abril: vagamente o Brás desconfia que o barbeiro da Inconfidência, porque barbeiro, havia de ser um patrício), nos dias feriados o Brás vem a São Paulo.

Entope os bondes no travessio da Várzea e cá ensardinha-se nos autos: o pai, a mãe, a sogra, o genro e a filha casada no banco de trás; o tio, a cunhada, o sobrinho e o Pepino escoteiro no da frente; filhos miúdos por entremeio; filhos mais taludos ao lado do motorista; filhos engatinhantes debaixo dos bancos; filhos em estado fetal no ventre bojudo das matronas. Vergado de molas, o carro geme sob a carga e arrasta-se a meia velocidade, exibindo a Pauliceia aos olhos arregalados daquele exuberante cacho humano.

Finda a corrida, o auto debulha-se do enxame no Triângulo e o bando toma de assalto as confeitarias para um regabofe de *spumones*, gasosas, croquetes. E tão a sério toma a tarefa que ali pelas nove horas não restam iscas de empada nos armários térmicos, nem vestígios de sorvete no fundo das geladeiras. O Brás devora tudo, ruidosa, alegremente, e com massagens ajeitadoras do abdômen sai impando bem-aventurança estomacal. Caroços de azeitonas, palitos de camarões, guardanapos de papel, pratos de papelão seguem nas munhecas da petizada como lembrança da festa e consolo ao bersalherzinho que lá ficou de castigo em casa, berrando com goela de Caruso.

Em seguida, toca para o cinema! O Brás abarrota os de sessão corrida. O Brás chora nos lances lacrimogêneos da Bertini e ri nas comédias a gás hilariante da L-Ko mais do que autorizam os mil e cem da entrada. E repete a sessão, piscando o olho: é o jeito de dobrar a festa em extensão e obtê-la a meio preço – 550 réis, uma pechincha.

As mulheres do Brás, ricas de ovário, são vigorosíssimas de útero. Desovam quase filho e meio por ano, sem interrupção, até que se acabe a corda ou rebente alguma peça essencial da gestatória.

É de vê-las na rua. Bojudas de seis meses, trazem um Pepininho à mão e um choramingas à mama. À tarde o Brás inteiro chia de criançalha a chutar bolas de pano, a jogar pião, ou a piorra, ou o tento de telha, ou o tabefe, com palavreados mistos de português e dialetos de Itália. Mulheres escarranchadas às portas, com as mãos ocupadas em manobras de agulha de osso, espigaitam para os maridos os sucessos do dia, que eles ouvem filosoficamente, cachimbando calados ou cofiando a bigodeira à Humberto Primo.

De manhã esfervilha o Brás de gente estremunhada a caminho das fábricas. A mesma gente reflui à tarde aos magotes – homens e mulheres de cesta no braço, ou garrafas de café vazias penduradas do dedo; meninas, rapazes, raparigotas de pouco seio, galantes, tagarelas, com o namoro rente.

Desce a noite, e nos desvãos de rua, nos becos, nas sombras, o amor lateja. Ciciam vozes cautelosas das janelas para os passeios; pares em conversa disfarçada nos portões emudecem quando passa alguém ou tosse lá dentro o pai.

Durante o escuro das fitas, nos cinemas, há contatos, longos, febricitantes; e quando nos intervalos irrompe a luz, não sabem os namorados o que se passou na tela – mas estão de olhos langues, em quebreira de amor.

É o latejar da messe futura. Todo aquele eretismo por música, com cicios de pensamentos de cartão-postal, estará morto no ano seguinte – legalizado pela Igreja e pelo juiz, transfeita a sua poesia em choro de criança e nas trabalheiras sem-fim da casa humilde.

Tal menina rosada, leve de andar, toda requebros e dengues, que passa na rua vestida com graça e atrai os olhares gulosos dos homens, não a reconhecereis dois anos depois na lambona filhenta que deblatera com o verdureiro a propósito do feixe de cenouras em que há uma menor que as outras.

Filho da lama negra, o Brás é como ela um sedimento de aluvião. É São Paulo, mas não é a Pauliceia. Ligados pela expansão urbana, separa-os uma barreira. O velho caso do fidalgo e do peão enriquecido.

PEDRINHO, SEM SER CONSULTADO, NASCE.

Viram-se, ele e ela. Namoraram-se. Casaram.

Casados, proliferaram.

Eram dois. O amor transformou-os em três. Depois em quatro, em cinco, em seis...

Chamava-se Pedrinho o filho mais velho.

A VIDA

De pé na porta a mãe espera o menino que foi à padaria. Entra o pequeno com as mãos abanando.

– Diz que subiu; custa agora 800.

A mulher, com uma criança ao peito, franze a testa desconsolada.

– Meu Deus! Onde iremos parar? Ontem era a lenha; hoje é o pão... Tudo sobe. Roupa, pela hora da morte. José ganhando sempre a mesma coisa. Que será de nós, Deus do céu!

E voltando-se para o filho:

– Vá a outra padaria, quem sabe se lá... Se for a mesma coisa, traga só um pedaço.

Pedrinho sai. Nove anos. Franzino, doentio, sempre mal alimentado e vestido com os restos das roupas do pai.

Trabalha este num moinho de trigo, ganhando jornal insuficiente para a manutenção da família. Se não fosse a bravura da mulher, que lavava para fora, não se sabe como poderiam subsistir. Todas as tentativas feitas com o intuito de melhorarem a vida com indústrias caseiras esbarraram no óbice tremendo do Fisco. A fera condenava-os à fome. Assim escravizados, José perdeu aos poucos a coragem, o gosto de viver, a alegria. Vegetava, recorrendo ao álcool para alívio de uma situação sem remédio.

Bendito sejas, amável veneno, refúgio derradeiro do miserável, gole inebriante de morte que faz esquecer a vida e lhe resume o curso! Bendito sejas!

Apesar de moça, 27 apenas, Mariana aparentava o dobro. A labuta permanente, os partos sucessivos, a chiadeira da filharada, a canseira sem-fim, o serviço emendado com o serviço, sem folga outra além da que o sono força, fizeram da bonita moça que fora a escanzelada besta de carga que era.

Seus dez anos de casada... Que eternidade de canseiras!...

Rumor à porta. Entra o marido. A mulher, ninando a pequena de peito, recebe-o com a má nova.

– O pão subiu, sabe?

Sem murmurar palavra o homem senta-se, apoiando nas mãos à cabeça. Está cansado.

A mulher prossegue:

– Oitocentos réis o quilo agora. Ontem foi a lenha; hoje é o pão... E lá? Sempre aumentaram o jornal?

O marido esboçou um gesto de desalento e permaneceu mudo, com o olhar vago. A vida era um jogo de engrenagens de aço entre cujos dentes se sentia esmagar. Inútil resistir. Destino, sorte.

Na cama, à noite, confabulavam. A mesma conversa de sempre. José acabava grunhindo rugidos surdos de revolta. Falava em revolução, saque. A esposa consolava-o, de esperança posta nos filhos.

– Pedrinho tem 9 anos. Logo estará em ponto de ajudar-nos. Um pouco mais de paciência e a vida melhora.

Aconteceu que nessa noite Pedrinho ouviu a conversa e a referência à sua futura ação. Entrou a sonhar. Que fariam dele? Na fábrica, como o pai? Se lhe dessem a escolher, iria a engraxador. Tinha um tio no ofício, e em casa do tio era menor a miséria. Pingavam níqueis.

Sonho vai, sonho vem, brota na cabeça do menino uma ideia, que cresceu, tomou vulto extraordinário e fê-lo perder o sono. Começar já, amanhã, por que não? Faria ele mesmo a caixa; escovas e graxa, com o tio arranjaria. Tudo às ocultas, para surpresa dos pais! Iria postar-se num ponto por onde passasse muita gente. Diria como os outros: "Engraxa, freguês!", e níqueis haviam de juntar-se no seu bolso. Voltaria para casa recheado, bem tarde, com ar de quem as fez... E mal a mãe começasse a ralhar, ele lhe taparia a boca despejando na mesa o monte de dinheiro. O espanto dela, a cara admirada do pai, o regalo da criançada com a perspectiva da ração em dobro! E a mãe a apontá-lo aos vizinhos: "Estão vendo que coisa? Ganhou, só ontem, primeiro dia, 2 mil-réis!". E a notícia a correr... E murmúrios na rua quando o vissem passar: "É aquele!".

Pedrinho não dormiu essa noite. De manhãzinha já estava a dispor a madeira dum caixote velho sob forma de caixa de engraxate ao molde clássico. Lá a fez. Os pregos, bateu com o salto de uma velha botina. As tábuas, serrou pacientemente com um facão dentado. Saiu coisa tosca e mal-ajambrada, de fazer rir a qualquer carapina e pequena demais – sobre ela só caberia um pé de criança igual ao seu. Mas Pedrinho não notou nada disso, e nunca trabalho nenhum de carpintaria lhe pareceu mais perfeito.

Conclusa a caixa, pô-la a tiracolo e esgueirou-se para a rua, às escondidas. Foi à casa do tio e lá obteve duas velhas escovas fora de uso, já sem pelos, mas que à sua exaltada imaginação se afiguraram ótimas. Graxa, conseguiu alguma raspando o fundo de quanta lata velha encontrou no quintal.

Aquele momento marcou em sua vida um apogeu de felicidade vitoriosa. Era como um sonho – e sonhando saiu para a rua. Em caminho viu o dinheiro crescer-lhe nas mãos, aos montes. Dava à família parte, e o resto encafuava. Quando enchesse o canto da arca onde tinha suas roupas, montaria um "corredor", pondo a jornal outros colegas. Aumentaria as rendas! Enriqueceria! Compraria bicicletas, automóvel, doces todas as tardes na confeitaria, livros de figura, uma casa, um palácio, outro palácio para os pais. Depois...

Chegou ao parque. Tão bonito aquilo – a relva tão verde, tosadinha... Havia de ser bom o ponto. Parou perto de um banco de pedra e, sempre sonhando as futuras grandezas, pôs-se a murmurar para cada passante, fisgando-lhe os pés: "Engraxa, freguês!"

Os fregueses passavam sem lhe dar atenção. "É assim mesmo", refletia consigo o menino; "no começo custa. Depois se afreguesam."

Súbito, viu um homem de boné caminhando para o seu lado. Olhou-lhe para as botinas. Sujas. Viria engraxar, com certeza – e o coração bateu-lhe apressado, no tumulto delicioso da estreia. Encarou o homem já a cinco passos e sorriu com infinita ternura nos olhos, num agradecimento antecipado em que havia tesouros de gratidão.

Mas em vez de lhe espichar o pé, o homem rosnou aquela terrível interpelação inicial:

– Então, cachorrinho, que é da licença?

EPÍLOGO? NÃO! PRIMEIRO ATO...

Horas depois o fiscal aparecia em casa de Pedrinho com o pequeno pelo braço. Bateu. O pai estava, mas quem abriu foi a mãe. O homem nesses momentos não aparecia, para evitar explosões. Ficou a ouvir do quarto o bate-boca.

O fiscal exigia o pagamento da multa. A mulher debateu-se, arrepelou-se. Por fim, rompeu em choro.

– Não venha com lamúrias – rosnou o buldogue –; conheço o truque dessa aguinha nos olhos. Não me embaça, não. Ou bate aqui os 20 mil-réis, ou penhoro toda esta cacaria. Exercer ilegalmente a profissão! Ora dá-se! E olhe cá, madama, considere-se feliz de serem só 20. Eu é de dó de vocês, uns miseráveis; senão, aplicava o máximo. Mas se resiste dobro a dose!

A mulher limpou as lágrimas. Seus olhos endureceram, com uma chispa má de ódio represado a faiscar. O Fisco, percebendo-o, motejou:

– Isso. É assim que as quero – tesinhas, ah, ah.

Mariana nada mais disse. Foi à arca, reuniu o dinheiro existente – 18 mil-réis ratinhados havia meses, aos vinténs, para o caso dalguma doença, e entregou-os ao Fisco.

– É o que há – murmurou com tremura na voz.

O homem pegou o dinheiro e gostosamente o afundou no bolso, dizendo:

– Sou generoso, perdoo o resto. Adeuzinho, amor!

E foi à venda próxima beber 18 mil-réis de cerveja.

Enquanto isso, no fundo do quintal, o pai batia furiosamente no menino.

Os negros

1922

I

Viajávamos certa vez pelas regiões estéreis por onde há um século, puxado pelo Negro, o carro triunfal de Sua Majestade o Café passou, quando grossas nuvens reunidas no céu entraram a desmanchar-se.

Sinal certo de chuva. Para confirmá-lo, um vento brusco, raspante, veio quebrar o mormaço, vascolejando a terra como a preveni-la do iminente banho meteórico. Remoinhos de poeira sorviam folhas secas e gravetos, que lá torvelinhavam em espirais pelas alturas.

Sofreando o animal, parei, a examinar o céu.

– Não há dúvida – disse ao meu companheiro –, têmo-la e boa! O remédio é acoutar-nos quanto antes nalgum socavão, que água vem aí de rachar.

Circunvaguei o olhar em torno. Morraria áspera a perder-se de vista, sem uma casota de palha a acenar-nos com um “Vem cá”.

– E agora? – exclamou desnorteado o Jonas, marinheiro de primeira viagem que tudo fiava da minha experiência.

– Agora é galopar. Atrás deste espigão fica uma fazenda em ruínas, de má nota, mas único oásis possível nesta emergência. Casa do Inferno, chama-lhe o povo.

– Pois toca para o inferno, já que o céu nos ameaça – retorquiu Jonas, dando de esporas e seguindo-me por um atalho.

– Tens coragem? – gritei-lhe. – Olha que é casa mal-assombrada!...

– Bem-vinda seja. Anos há que procuro uma, sem topar coisa que preste. Correntes que se arrastam pela calada da noite?

– Dum preto velho que foi escravo do defunto capitão Aleixo, fundador da fazenda, ouvi coisas de arrepiar...

Jonas, a criatura mais gabola deste mundo, não perdeu vasa duma pacholice:

– De arrepiar a ti, que a mim, bem sabes, só me arrepiam correntes de ar...

– Acredito, mas toca, que o dilúvio não tarda.

O céu enegrecera por igual. Um relâmpago fulgurou, seguido de formidável ribombo, que lá se foi às cabeçadas pelos morros até perder-se distante. E os primeiros pingos vieram, escoteiros, pipocar no chão ressecado.

– Espora, espora!

Em minutos vingávamos o espigão, de cujo topo vimos a casaria maldita, tragada a meio pelo mataréu invasor. Os pingões mais e mais se amiudavam, e já eram água de molhar quando a ferradura das bestas estrepitou, com faíscas, no velho terreiro de pedra. Sururucados por ele adentro rumo a um telheiro em aberto, lá apeamos afinal, esbaforidos, mas a salvo da molhadela.

E as bátegas vieram, furiosas, em cordas d'água a prumo, como devia ser no chuveiro bíblico do dilúvio universal.

Examinei o couto. Telheiro de carros e tropa, derruído em parte. Os esteios, da cabiúna eterna, tinham os nabos[1] à mostra – tantos enxurros correram por ali erodindo o solo. Por eles marinhava a caetaninha[2], essa mimosa alcatifa dos tapumes, toda rosetada de flores amarelas e pingentada de melõezinhos de bico, cor de canário.

1. Parte mais grossa dum esteio, que fica enterrada. Nota da edição de 1946.

2. Melão-de-são-caetano. Nota da edição de 1946.

Também aboboreiras viçavam na tapera, galgando vitoriosas pelos espeques para enfolharem no alto, entremeio das ripas e caibros a nu. Suas flores grandalhudas, tão caras às mamangavas, manchavam de amarelo pálido o tom cru da folhagem verde-negra.

Fora, a pouca distância do telheiro, a "casa-grande" se erguia, vislumbrada apenas através da cortina d'água.

E a água a cair.

E a trovoada a escalejar seus ecos pela morraria intérmina.

E o meu amigo, tão calmo sempre e alegre, a exasperar-se:

– Raio de peste de tempo desgraçado! Já não posso almoçar em Vassouras amanhã, como pretendia.

– Chuva de corda não dura hora, consolei-o.

– Sim, mas será possível alcançar o tal pouso do Alonso ainda hoje?

Consultei o pulso.

– Cinco e meia. É tarde. Em vez de Alonso, temos que gramar o Aleixo. E dormir com as bruxas, mais a alma do capitão infernal.

– Inda é o que nos vale – filosofou o impenitente Jonas. – Que assim, ao menos, haverá o que contar amanhã.

II

O temporal durou meia hora e ao cabo amainou, com os relâmpagos espacejados e os trovões a roncarem muito longe dali. Apesar de próxima a noite, inda tínhamos uma hora de luz para sondar o terreiro.

– Há de morar aqui por perto algum urumbeva – disse eu. – Não existe tapera sem lacraia. Vamos à cata desse abençoado urupê.

Encavalgamos de novo e saímos a rodear a fazenda.

– Acertaste, amigo! – exclamou de repente Jonas, ao divisar uma casinhola erguida entre moitas, a duzentos passos de distância. – Bico-de-papagaio, pé de mamão, terreiro limpo; é o urumbeva sonhado!

Para lá nos dirigimos e já do terreiro gritamos o "Ó de casa!". Uma porta abriu-se, enquadrando o vulto dum negro velho, de cabelos ruços. Com que alegria o saudei...

– Pai Adão, viva!

– Vassuncristo! – respondeu o preto.

Era dos legítimos...

– Pra sempre! – gritei eu. – Estamos aqui trancados pela chuva e impedidos de prosseguir viagem. Tio Adão há de...

– Tio Bento, pra servir os brancos.

– Tio Bento há de arranjar-nos pouso por esta noite.

– E boia – acrescentou Jonas –, visto que temos a caixa das empadas a tinir.

O excelente negro sorriu-se, com a gengiva inteira à mostra, e disse:

– Pois é apeá. Casa de pobre, mas de bom coração. Quanto a "de comer", comidinha de negro velho, já sabe...

Apeamos, alegremente.

– Angu? – chasqueou o Jonas.

O negro riu-se:

– Já se foi o tempo do angu com "bacalhau"...[3]

– E não deixou saudades, hein, tio Bento?

– Saudades não deixou, não, eh! eh!...

– Para vocês, pretos; porque entre os brancos muitos há que choram aquele tempo de vacas gordas. Não fosse o Treze de Maio e não estava agora eu aqui a arrebentar as unhas neste raio de látego, que encruou com a chuva e não desata. Era servicinho do pajem...

Desarreamos as bestas e depois de soltá-las penetramos na casinha, sobraçando os arreios. Vimos, então, que era pequena demais para nos abrigar aos três.

– Amigo Bento, olha, não cabemos tanta gente aqui. O melhor é acomodar-nos na casa-grande, que isto cá não é casa de bicho-homem, é ninho de cuitelo...

– Os brancos querem dormir na casa mal-assombrada? – exclamou admirado o preto. – Não aconselho, não. Alguém já fez isso, mas se arrependeu depois.

– Arrepender-nos-emos também depois, amanhã, mas já com a dormida no papo – disse Jonas.

E como o preto abrisse a boca:

---

3. Chicote de vários rabos com que se chibatavam negros.

– Você não sabe o que é coragem, tio Bento. Escoramos sete. E almas do outro mundo, então, uma dúzia! Vamos lá. Está aberta a casa?

– A porta do meio emperrou, mas à força de ombros deve abrir.

– Abandonada há muito tempo?

– "Quizano!" Desde que morreu o último filho do capitão Aleixo ficou assim, ninho de morcego e suindara.

– E por que a abandonaram?

– "Descabeçada" do moço. Pra mim, castigo de Deus. Os filhos pagam a ruindade dos pais, e o capitão Aleixo, Deus que me perdoe, foi mau, mau, mau inteirado. Tinha fama! Aqui em dez léguas de roda, quem queria ameaçar um negro reinador era só dizer: "Espera, diabo, que te vendo pro capitão Aleixo". O negro ficava que nem uma seda!... Mas o que ele fez, os filhos pagaram. Eram quatro: Sinhozinho, o mais velho, que morreu "masgaiado" num trem; Nhá Zabelinha...

III

Enquanto o preto falava, insensivelmente fomos caminhando para a casa maldita.

Era o casarão clássico das antigas fazendas negreiras. Assobradado, erguido em alicerces e muramento de pedra até meia altura e daí por diante de pau a pique. Esteios de cabreúva, entremostrando-se picados a enxó nos trechos donde se esboroara o reboco. Janelas e portas em arco, de bandeiras em pandarecos. Pelos interstícios da pedra amoitavam-se as samambaias; e nas faces de sombra, avenquinhas raquíticas. Num cunhal crescia anosa figueira, enlaçando as pedras na terrível cordoalha tentacular. À porta de entrada ia ter uma escadaria dupla, com alpendre em cima e parapeito esborcinado.

Pus-me a olhar para aquilo, invadido da saudade que sempre me causam ruínas, e parece que em Jonas a sensação era a mesma, pois que o vi muito sério, de olhar pregado na casa, como quem recorda. Perdera o bom humor, o espírito brincalhão de inda há pouco. Emudecera.

– Está visto – murmurei depois dalguns minutos. – Vamos agora à boia, que não é sem tempo.

Voltamos.

O negro, que não parara de falar, dizia agora de sua vida ali.

– Morreu tudo, meu branco, e fiquei eu só. Tenho umas plantas na beira do rio, palmito no mato e uma paquinha lá de vez em quando na ponta do chuço. Como sou só...

– Só, só, só?

– "Suzinho, suzinho!" A Merência morreu, faz três anos. Os filhos, não sei deles. Criança é como ave: cria pena, avoa. O mundo é grande – andam pelo mundo avoando...

– Pois, amigo Bento, saiba que você é um herói e um grande filósofo por cima, digno de ser memorado em prosa ou verso pelos homens que escrevem nos jornais. Mas filósofo de pior espécie está me parecendo aquele sujeito... – concluí referindo-me ao Jonas, que se atrasara e parara de novo em contemplação da casa.

Gritei-lhe:

– Mexe-te, ó poeta que ladras às lagartixas! Olha que saco vazio não se põe de pé, e temos dez léguas a engolir amanhã.

Respondeu-me com um gesto vago e ficou-se no lugar, imóvel.

Larguei mão do cismabundo e entrei na casinhola do preto, que, acendendo luz – um candeeiro de azeite – foi ao borralho buscar raízes de mandioca assada. Pô-las sobre um mocho, quentinhas, dizendo:

– É o que há. Isto e um restico de paca moqueada.

– E achas pouco, Bento? – disse eu, metendo os dentes na raiz deliciosa. – Não sabes que se não fosse tua providencial presença teríamos de manducar viradinho de brisas com torresmos de zéfiros até alcançarmos a venda do Alonso amanhã? Deus que te abençoe e te dê no céu um mandiocal imenso, plantado pelos anjos.

IV

Caíra de todo a noite. Que céu! Alternavam estrelas vivíssimas com rebojos negros de nuvens acasteladas. Na terra, escuridão de breu, rasgada de piques de luz pelas estrelinhas avoantes. Uma coruja berrava longe, num esgalho morto de perobeira.

Que solidão, que espessura de trevas é a de uma noite assim, no deserto! Nesses momentos é que um homem bem compreende a origem tenebrosa do Medo...

V

Acabada a magra refeição, observei ao preto:

– Agora, amigo, é agarrarmos estas mantas e pelegos, mais a luz, e irmo-nos à casa-grande. Dormes lá conosco, à guisa de para-raios de almas. Topas?

Contente de ser-nos útil, tio Bento sobraçou a quitanda e deu-me a levar o candeeiro. E lá fomos pelo escuro da noite, a chapinhar nas poças e na grama empapada.

Encontrei Jonas no mesmo lugar, absorto em frente à casa.

– Estás louco, rapaz? Não comeres, tu que estalavas de fome, e ficares aí como perereca diante da cascavel?

Jonas olhou-me dum modo estranho e como única resposta esganiçou um "deixa-me". Fiquei a encará-lo por uns instantes, deveras desnorteado por tão inexplicável atitude. E foi assim, de rugas na testa, que galguei a escadaria musgosa do casarão.

Estava perra de fato a porta, como dissera o negro, mas com valentes ombradas abria-a no preciso para dar passagem a um homem. Mal entramos, morcegos às dezenas, assustados com a luz, debandaram às tontas, em voejos surdos.

– Macacos me lambam se isto aqui não é o quartel-general de todos os ratos de asas deste e dos mundos vizinhos!

– E das suindaras, patrãozinho. Mora aqui um bandão delas que até dá medo – acrescentou o preto, ao ouvir-lhes os pios no forro.

A sala de espera toava com o restante da fazenda. Paredes lagarteadas de rachas, escorridas de goteiras, com vagos vestígios do papel. Móveis desaparelhados, duas cadeiras Luís XV, de palhinha rota, e mesa de centro do mesmo estilo, com o mármore sujo pelo guano dos morcegos. No teto, tábuas despregadas, entremostrando rombos escuros.

Lúgubre...

– Tio Bento – disse eu, procurando iludir com palavras a tristeza do coração –, isto aqui cheira-me à sala nobre do sabá das bruxas. Que não venham hoje atropelar-nos, nem apareça a alma do capitão-mor a nos infernizar o sono. Não é verdade que a alma do capitão-mor vagueia por aqui a desoras?

– Dizem – respondeu o preto. – Dizem que aparece ali na casa do tronco, não às dez, mas à meia-noite, e que sangra as unhas a arranhar as paredes...

– E depois vem cá arrastar correntes pelos corredores, hein? Como é pobre a imaginativa popular! Sempre e em toda parte a mesma ária das correntes arrastadas! Mas vamos ao que serve. Não haverá um quarto melhor do que isto, nesta hospedaria de mestre tinhoso?

– Haver, há – trocadilhou sem querer o preto –, mas é o quarto do capitão-mor. Tem coragem?

– Ainda não estás convencido, Bento, de que sou um poço de coragem?

– Poço tem fundo – retrucou ele, sorrindo filosoficamente. – O quarto é aqui à direita.

Dirigi-me para lá. Entrei. Quarto amplo e em melhor estado que a sala de espera. Guarneciam-no duas velhas marquesas de palhinha bolorenta, além de várias cadeiras rotas. Na parede, um retrato na moldura clássica da época, dourada, de cantos redondos, com florões. Limpei com o lenço a poeira acumulada no vidro e vi que era um daguerreótipo esmaiado, representando imagem de mulher.

Bento percebeu a minha curiosidade e explicou:

– É o retrato da filha mais velha do capitão Aleixo, Nhá Zabé, uma moça tão desgraçada...

Contemplei longamente aquela antigualha venerável, vestida à moda da época.

– Tempo das anquinhas, hein, Bento? Lembras-te das anquinhas?

– Se me lembro! A sinhá velha, quando vinha da cidade, era assim que ela andava, que nem uma perua choca...

Recoloquei na parede o daguerreótipo e pus-me a arranjar as marquesas, arrumando numa e noutra pelegos, à guisa de travesseiros. Em seguida fui ao alpendre, de luz na mão, a ver se amadrinhava o meu relapso companheiro. Era demais aquela maluquice! Não jantar e agora ficar-se ali ao relento...

VI

Perdi meu requebrado. Chamei-o, mas nem com o "deixa-me" respondeu desta vez. Tal atitude pôs-me seriamente apreensivo.

– Se lhe desarranja a cabeça, aqui nestas alturas...

Torturado por esta ideia, não pude sossegar. Confabulei com o Bento e resolvemos sair em procura do transviado.

Fomos felizes. Encontramo-lo no terreiro, em face da antiga casa do tronco. Estava imóvel e mudo.

Ergui-lhe a luz à altura do rosto. Que estranha expressão a sua! Não parecia o mesmo – não era o mesmo. Deu-me a impressão de retesado no último arranco duma luta suprema, com todas as energias crispadas numa resistência feroz. Sacudi-o com violência.

– Jonas! Jonas!

Inútil. Era um corpo largado da alma. Era um homem "vazio de si próprio". Assombrado com o fenômeno, concentrei todas as minhas forças e, ajudado pelo Bento, trouxe-o para casa.

Ao penetrar na sala de espera, Jonas estremeceu; parou, arregalou os olhos para a porta do quarto. Seus lábios tremiam. Percebi que articulavam palavras incompreensíveis. Precipitou-se, depois, para o quarto e, dando com o daguerreótipo de Izabel, agarrou-o com frenesi, beijou-o, rompido em choro convulsivo. Em seguida, como exausto duma grande luta, caiu sobre a marquesa, prostrado, sem articular nenhum som.

Inutilmente interpelei-o, procurando a chave do enigma. Jonas permanecia vazio... Tomei-lhe o pulso: normal. A temperatura: boa. Mas largado, como um corpo morto.

Fiquei ao pé dele uma hora, com mil ideias a me azoinarem a cabeça. Por fim, vendo-o calmo, fui ter com o preto.

– Conta-me o que sabes desta fazenda – pedi-lhe. – Talvez que...

Meu pensamento era deduzir das palavras do negro algo explicativo da misteriosa crise.

VII

Nesse entremeio zangara de novo o tempo. As nuvens recobriam inteiramente o céu, transformado num saco de carvão. Os relâmpagos voltaram a fulgurar, longínquos, acompanhados de reboos surdos. E para que ao horror do quadro nenhum tom faltasse, a ventania cresceu, uivando lamentosa nas casuarinas.

Fechei a janela.

Mesmo assim, pelas frinchas o assobio lúgubre entrava a me ferir os ouvidos...

Bento falou em voz baixa, receoso de despertar o doente. Contou como viera ali, comprado pelo próprio capitão Aleixo, na feira de escravos do Valongo, molecote ainda. Disse da formação da fazenda e do caráter cruel do senhor.

– Era mau, meu branco, como deve ser mau o Canhoto. Judiava da gente à toa, pelo gosto de judiar. No começo não era assim, mas foi piorando com o tempo.

No caso da Liduína... A Liduína era uma bonita crioula aqui da fazenda. Muito viva, desde bem criança passou da senzala pra casa-grande, como mucama de Sinhazinha Zabé...

Isso foi... deve fazer sessenta anos, antes da guerra do Paraguai. Eu era molecote novo e trabalhava aqui dentro, no terreiro. Via tudo. A mucama, uma vez que Sinhazinha Zabé veio da Corte passar as férias na roça, protegeu o namoro dela com um portuguesinho, e foi então...

Na marquesa, onde dormia, Jonas estremeceu. Olhei. Estava sentado e em convulsões. Os olhos exorbitados fixavam-se nalguma coisa invisível para mim. Suas mãos crispadas mordiam a palhinha rota.

Agarrei-o, sacudi-o.

– Jonas, Jonas, que é isso?

Olhou-me sem ver, com a retina morta, num ar de desvario.

– Jonas, fala!

Tentou murmurar uma palavra. Seus lábios tremeram na tentativa de articular um nome. Por fim enunciou-o, arquejante:

– Izabel...

Mas aquela voz já não era a voz de Jonas. Era uma voz desconhecida. Tive a sensação plena de que um "eu" alheio lhe tomara de assalto o corpo vazio. E falava por sua boca, e pensava com seu cérebro. Não era Jonas, positivamente, quem estava ali.

Era "outro"!...

Tio Bento, ao pé de mim, olhava assombrado para aquilo, sem compreender coisa nenhuma; e eu, num horroroso estado de superexcitação, sentia-me à beira do medo pânico. Não fossem os trovões ecoantes e o ululo da ventania nas casuarinas denunciarem-me lá fora um horror talvez maior, e é possível que não resistisse ao lance e fugisse da casa maldita como um criminoso. Mas ali ao menos havia luz, aquele humilde candeeiro de azeite, no momento mais precioso do que todos os bens da terra.

Estava escrito, entretanto, que ao horror dessa noite de trovoada e mistério não faltaria uma nota sequer. Assim foi que, altas horas, a luz principiou a esmorecer. Estremeci, e fiquei de cabelos eriçados quando a voz do negro murmurou a única frase que eu não queria ouvir:

– O azeite está no fim...

– E há mais lá em tua casa?

– Era o restinho...

Estarreci...

Os trovões ecoavam longe, e o uivar do vento nas casuarinas era o mesmo de sempre. Parecia empenhada a natureza em pôr em prova a resistência dos meus nervos. Súbito, um estalido no candeeiro. A luz bruxuleou um clarão final e extinguiu-se.

Trevas. Trevas absolutas...

Corri à janela. Abria-a.

As mesmas trevas lá fora...

Senti-me sem olhos.

Procurei a cama às apalpadelas e caí de bruços na palhinha bolorenta.

VIII

Pela madrugada começou Jonas a falar sozinho, como quem se recorda. Mas não era o meu Jonas quem falava – era o "outro".

Que cena!...

Tenho até agora gravadas a buril no cérebro todas as palavras dessa misteriosa confidência, proferida pelo íncubo no silêncio das trevas profundas. Mil anos que viva e nunca se me apagará da memória o ressoar daquela voz de mistério. Não reproduzo suas palavras da maneira como as enunciou. Seria impossível, sobre nocivo à compreensão de quem lê. O "outro" falava ao jeito de quem pensa em voz alta, como a recordar. Linguagem taquigráfica, ponho-a aqui traduzida em língua corrente.

IX

"Meu nome era Fernão. Filho de pais incógnitos quando me conheci por gente já rolava no mar da vida como rolha sobre a onda. Ao léu, solto nos vaivéns da miséria, sem carinhos de família, sem amigos, sem ponto de apoio no mundo.

Era no Reino, na Póvoa do Varzim; e do Brasil, a boa colônia preluzida em todas as imaginações como o Eldorado, eu ouvia os marinheiros de torna-viagem contarem maravilhas.

Fascinado, deliberei emigrar.

Parti um dia para Lisboa, a pé, como vagabundinho de estrada. Caminhada inesquecível, faminta, mas rica dos melhores sonhos da minha existência. Via-me na terra nova feito mascate de bugigangas. Depois, vendeiro; depois, comerciante com casa-forte no Rio. Depois, já casado com linda cachopa, via-me de novo na Póvoa, rico, morando em quinta, senhor de vinhedo e terras de semeadura.

Assim embalado em sonhos áureos, alcancei o porto de Lisboa, onde passei o primeiro dia no cais, namorando os navios surtos no Tejo. Um havia em aprestos para largar de rumo à colônia, a caravela Santa Tereza. Acamaradando-me com velhos marujos de gandaia por ali, consegui nela, por intermédio deles, o engajamento necessário.

– Lá, foges – aconselhou-me um – e afundas para o sertão. E mercadejas, e enriqueces, e voltas cá excelentíssimo. É o que faria eu se tivesse os verdes anos que tens.

Assim fiz e, grumete do Santa Tereza, boiei no oceano, rumo às terras de ultramar.

Aportamos em África para recolher pretos de Angola, metidos nos porões como fardos de couro suado com carne viva por dentro. Pobres pretos! Desembarcado no Rio, tive ainda ocasião de vê-los no Valongo, seminus, expostos à venda como reses. Os pretendentes chegavam, examinavam-nos, fechavam negócio.

Foi assim, nessa tarefa, que conheci o capitão Aleixo. Era um homem alentado, de feições duras, olhar de gelo. Trazia botas, chapéu largo e rebenque na mão. Atrás dele, como sombra, um capataz mal-encarado.

O capitão notou o meu tipo, fez perguntas e ao cabo propôs-me serviço em sua fazenda. Aceitei e fiz a pé, em companhia do lote de negros adquiridos, essa viagem pelo interior de um país onde tudo me era novidade. Chegamos. Sua fazenda, formada de pouco tempo, ia então no apogeu, riquíssima de canaviais, gado e café em inícios. Deram-me servicinhos leves, compatíveis com a idade e a minha nenhuma experiência da terra. E, sempre subindo de posto, ali continuei até ver-me homem.

A família do capitão morava na Corte. Os filhos vinham todos os anos passar temporadas na roça, enchendo a fazenda de travessuras loucas. Já as meninas, então no colégio, lá se deixavam ficar mesmo nas férias. Só vieram uma vez, com a mãe, Dona Teodora – e foi isso a minha desgraça...

Eram duas, Inês, a caçula, e Izabel, a mais velha, lindas meninas de luxo, radiosas de mocidade. Eu as via de longe, como nobres figuras de romance, inacessíveis, e lembro-me do efeito que naquele sertão bruto, asselvajado pela escravaria retinta, fazia a presença das meninas ricas, sempre vestidas à moda da Corte. Eram princesinhas de conto de fadas que só provocam uma atitude: adoração.

Um dia...

Aquela cachoeira – lá lhe ouço o remoto rumorejo – era a piscina da fazenda. Escondida numa grota, como joia de cristal vivo a defluir com permanente escachoo num engaste rústico de taquaris, caetês e ingazeiros, formava um recesso grato ao pudor dos banhistas. Um dia...

Lembro-me bem – era domingo e eu, de vadiagem, saíra cedo a passarinhar. Seguia pela margem do ribeirão tocaiando os pássaros ribeirinhos.

Um pica-pau-de-cabeça-vermelha zombou de mim. Errei a bodocada e, metido em brios, afreimei-me em persegui-lo. E, salta daqui, salta dali, quando dei acordo estava embrenhado na grota da cachoeira, onde, num galho de ingá, pude visar melhor a minha presa e espeloteá-la.

Caiu a avezinha longe do meu alcance; barafustei pela trama dos taquaris para colhê-la. Nisto, por uma aberta na verdura, avistei embaixo a bacia de pedra onde a água chofrava. Mas estarreci. Duas ninfas nuas brincavam na espuma. Reconheci-as. Eram Izabel e sua mucama dileta, da mesma idade, a Liduína.

O improviso da visão ofuscou-me os olhos. Quem há insensível à beleza da mulher em flor e, a mais, vista assim em nudez num quadro agreste daqueles?

Izabel deslumbrou-me.

Corpo escultural, nesse período entontecedor em que florescem todas as promessas da puberdade, diante dele senti a explosão subitânea dos instintos. Ferveu-me nas veias o sangue. Fiz-me cachoeira de apetites. Vinte anos! O momento das erupções incoercíveis...

Imóvel como estátua, ali me quedei em êxtase o tempo que durou o banho. E estou ainda com o quadro na imaginação. A graça com que ela, de cabeça erguida, boca entreaberta, apresentava os pequeninos seios ao jato das águas... Os sustos e gritinhos nervosos quando gravetos derivantes lhe esfrolavam a epiderme... Os mergulhos de sereia na bacia de pedra e o emergir do corpo aljofrado de espuma...

Durou minutos o banho fatal. Depois vestiram-se numa laje a seco e lá se foram, contentes como borboletinhas ao sol.

Fiquei-me por ali, extático, rememorando a cena mais linda que meus olhos viram.

Impressão de sonho...

Águas de cristal rumorejantes; frondes orvalhadas pendidas para a linfa como a lhe escutar o murmúrio; um raio de sol matutino, coado pelas franças, a pintalgar de ouro tremeluzente a nudez menineira das náiades.

Quem poderá esquecer um quadro assim?

X

Essa impressão matou-me. Matou-nos.

XI

Saí dali transformado.

Não era mais o humilde serviçal da fazenda, contente de sua sorte. Era um homem branco e livre que desejava uma mulher formosa.

Daquele momento em diante minha vida iria girar em torno dessa aspiração. Nascera em mim o amor, vigoroso e forte como as ervas loucas da tiguera. Dia e noite só um pensamento ocuparia meu cérebro: Izabel. Um só desejo: vê-la. Um só objetivo à minha frente: possuí-la.

Todavia, apesar de branco e livre, que abismo me separava da filha do fazendeiro! Eu era pobre. Era um subalterno. Era nada.

Mas o coração não raciocina, nem o amor olha para conveniências sociais. E assim, desprezando obstáculos, cresceu o amor no meu peito como crescem rios em tempo de cheia.

Aproximei-me da mucama e, depois de lhe cair em graça e lhe conquistar a confiança, contei-lhe um dia a minha tortura.

– Liduína, tenho um segredo na alma que me mata, mas tu poderás salvar-me. Só tu. Preciso do teu socorro... Juras auxiliar-me?

Ela espantou-se da confidência, mas, insistida, rogada, implorada, prometeu tudo quanto pedi.

Pobre criatura! Tinha alma irmã da minha e foi ao compreender sua alma que pela primeira vez alcancei todo o horror da escravidão...

Abri-lhe o meu peito e revelei-lhe em frases candentes a paixão que me consumia.

Liduína a princípio assustou-se. Era grave o caso. Mas quem resiste à dialética dos apaixonados? E Liduína, vencida afinal, prometeu auxiliar-me.

XII

A mucama agiu por partes, fazendo desabrochar o amor no coração da senhora sem que esta o percebesse. A princípio, uma vaga e discreta referência à minha pessoa.

– Sinhazinha conhece o Fernão?

– Fernão?!... Quem é?

– Um moço que veio do reino e toma conta do engenho...

– Se já o vi, não me lembro.

– Pois repare nele. Tem uns olhos...

– É teu namorado?

– Quem me dera!...

Foi essa a abertura do jogo. E assim, aos poucos, em dosagem hábil, hoje uma palavra, amanhã outra, no espírito de Izabel nasceu a curiosidade – passo número um do amor.

Certo dia Izabel quis ver-me.

– Falas tanto nesse Fernão, nos olhos desse Fernão, que estou curiosa de vê-lo.

E viu-me.

Eu estava no engenho, dirigindo a moagem da cana, quando as duas apareceram de copo na mão. Vinham com o pretexto da garapa.

Liduína achegou-se a mim e:

– Seu Fernão, uma garapinha de espuma para Sinhá Izabel.

A menina olhou-me de frente, mas não lhe pude sustentar o olhar. Baixei os meus olhos, conturbado. Eu tremia, balbuciava apenas, nessa ebriez do primeiro encontro.

Dei ordens aos pretos e logo jorrou da bica um jato fofo de garapa espumejante. Tomei o copo da mão da mucama, enchi-o e ofereci-o à náiade. Ela o recebeu com simpatia, bebeu aos golinhos e pagou-me o serviço com um gentil 'obrigada', olhando-me de novo nos olhos.

Pela segunda vez baixei os meus.

Saíram.

Mais tarde Liduína contou-me o resto – um pequenino diálogo.

– Tinhas razão – dissera-lhe Izabel –, é um bonito rapaz. Mas não lhe vi bem os olhos. Que acanhamento! Parece que tem medo de mim... Duas vezes que o olhei de frente, duas vezes que os baixou.

– Vergonha – disse Liduína. – Vergonha ou...

– ... ou quê?

– Não digo...

A mucama, com o seu fino instinto de mulher, compreendeu que não era ainda tempo de pronunciar a palavra amor. Pronunciou-a dias mais tarde, quando percebeu a menina suficientemente madura para ouvi-la sem escândalo.

Passeavam pelo pomar da fazenda, então no auge da florescência.

O ar embriagava, tanto era o perfume nele solto.

Abelhas aos milhares, e colibris, zumbiam e esfuziavam num delírio orgíaco.

Era a festa anual do mel.

Percebendo em Izabel o trabalho dos amavios ambientes, Liduína aproveitou o ensejo para um passo a mais.

– Quando eu vinha vindo vi Seu Fernão sentado na pedra do muro. Uma tristeza...

– Que será que ele tem? Saudades da terra?

– Quem sabe?! Saudades ou...

– ... ou quê?

– ... ou amor.

– Amor! Amor! – disse Izabel sorvendo com volúpia o ar embalsamado. – Que linda palavra, Liduína! Eu, quando vejo um laranjal assim florido, a palavra que me vem à ideia é essa: amor! Mas amará ele a alguém?

– Pois de certo. Quem não ama neste mundo? Os passarinhos, as borboletas, as vespas...

– Mas a quem amará ele? A alguma preta do eito, com certeza... – e Izabel riu-se desabaladamente.

– Aquele? – fez Liduína num muxoxo. – Não é desses, não, Sinhazinha. Moço pobre, mas de condição. Para mim, até penso que ele é filho dalgum fidalgo do reino. Anda por aqui escondido...

Izabel quedou-se pensativa.

– Mas a quem amará, então, aqui, neste deserto de brancas?

– Pois as brancas...

– Que brancas?

– Dona Inezinha... Dona Izabelinha...

A mulher desapareceu por um momento para ceder o lugar à filha do fazendeiro.

– Eu? Engraçadinha! Era só o que faltava...

Liduína calou-se. Deixou que a semente lançada corresse o prazo da germinação. E, vendo um casal de borboletas a perseguirem-se com estalidos de asas, mudou o rumo à conversa.

– Sinhazinha já reparou nestas borboletas de perto? Têm dois números debaixo das asas – oito, oito. Quer ver?

Correu atrás delas.

– Não pegas! – gritou Izabel, divertida.

– Mas pego esta aqui – retrucou Liduína apanhando outra, lerdota, e trazendo-a a espernejar entre os dedos.

– É ver uma casca de árvore com musgo. Espertalhona! Assim se disfarça, que ninguém a percebe quando está sentadinha. É como o periquito, que está gritando numa árvore, em cima da cabeça da gente, e a gente nada vê. Por falar em periquito, por que Sinhazinha não arranja um casal?

Izabel tinha o pensamento longe dali. A mucama bem o sentia, mas muito de indústria continuava na tagarelice.

– Dizem que se querem tanto, os periquitos, que quando um morre o companheiro se mata. Tio Adão teve um assim, que se afogou numa pocinha d’água no dia em que a periquita morreu. Só entre os pássaros há coisas dessas...

Izabel continuava absorta. Mas em dado momento quebrou o mutismo.

– Por que te lembraste de mim nesse negócio do Fernão?

– Por quê? – repetiu Liduína cavorteiramente. – Porque é tão natural isso...

– Alguém te disse alguma coisa?

– Ninguém. Mas se ele ama de amor, aqui neste sertão, e ficou assim agora, depois que Sinhazinha chegou, a quem há de amar?... Ponha o caso em si. Se Sinhazinha fosse ele, e ele fosse Sinhazinha...

Calaram-se ambas e o passeio terminou no silêncio de quem dialoga consigo mesmo.”

XIII

Izabel dormiu tarde essa noite. A ideia de que sua imagem enchia o coração de um homem esvoaçava-lhe na imaginação como as abelhas no laranjal.

‘Mas é um subalterno!’ – alegava o Orgulho.

‘Que importa, se é um moço rico de bons sentimentos?’ – retorquia a Natureza.

‘E bem pode ser que fidalgo!...’ – acrescentava, insinuante, a Fantasia.

A Imaginação também veio à tribuna.

‘E pode vir a ser um poderoso fazendeiro. Quem era o capitão Aleixo na idade dele? Um simples arreador...’

Já era o Amor quem assoprava tais argumentos.

Izabel ergueu-se da cama e foi à janela. A lua em minguante quebrava de tons cinéreos o escuro da noite. Os sapos no brejal coaxavam melancólicos. Vaga-lumes tontos riscavam fósforos no ar.

Era aqui... Era aqui neste quarto, era aqui nesta janela!...

Eu a espiava de longe, nesse estado de êxtase que o amor provoca na presença do objeto amado. Longo tempo a vi assim, imersa em cisma. Depois fechou-se a persiana, e o mundo para mim se encheu de trevas.

XIV

No outro dia, antes que Liduína abordasse o tema dileto, disse-lhe Izabel:

– Mas, Liduína, que é amor?

– Amor? – respondeu a arguta mucama em quem o instinto substituía a cultura. – Amor é uma coisa...

– ... que...

– ... que vem vindo, vem vindo...

– ... e chega!

– ... e chega e toma conta da gente. Tio Adão diz que o amor é doença. Que a gente tem sarampo, catapora, tosse comprida, caxumba e amor – cada doença no seu tempo.

– Pois eu tive tudo isso – replicou Izabel – e não tive amor...

– Sossegue que não escapa. Teve as piores e não há de ter a melhor? Espere que um dia ele vem...

Silenciaram.

Súbito, agarrando o braço da mucama, Izabel encarou-a a fito nos olhos.

– És minha amiga do coração, Liduína?

– Um raio me parta neste momento se...

– És capaz dum segredo, mas dum segredo eterno, eterno, eterno?

– Um raio me parta se...

– Cala a boca.

Izabel vacilava.

Depois, nessa ânsia de confidência que nasce ao primeiro luar do amor, disse, corando:

– Liduína, parece-me que estou ficando doente... da doença que faltava.

– Pois é tempo – exclamou a finória arregalando os olhos. – Dezessete anos...

– Dezesseis.

E Liduína, cavilosa:

– Algum fidalguinho da Corte?

Izabel vacilou de novo; por fim disse:

– Eu tenho um namorado no Rio – mas é namoro só. Amor, amor, desse que bole cá dentro com o coração, desse que vem vindo, vem vindo e chega, não! Não, lá...

E em cochicho ao ouvido da mucama, corando:

– Aqui!...

– Quem? – perguntou Liduína, simulando espanto.

Izabel não respondeu com palavras. Ergueu-se e:

– Mas é um comecinho só. Vem vindo...”

XV

O amor veio vindo e chegou. Chegou e destruiu todas as barreiras. Destruiu nossas vidas e acabou destruindo a fazenda. Estas ruínas, estas corujas, este morcegal, tudo não passa da florescência de um grande amor…

Por que há de ser a vida assim? Por que hão de os homens, à força de orgulho, impedir que o botão da maravilhosa planta passe a flor? E por que hão de transformar o que é céu em inferno, o que é perfume em dor, o que é luz em negrume, o que é beleza em caveira?

Izabel, mimo de fragilidade feminil avivada de graça brasília, tinha o quê perturbador das orquídeas. Sua beleza não era ao molde da beleza rechonchuda e corada, forte e sadia, das cachopas da minha terra. Por isso mesmo mais fortemente me seduzia a pálida princesinha tropical.

Ao inverso, o que em mim a seduzia era a força varonil e transbordante, e a nobre rudeza dos meus instintos, que iam até a audácia de pôr os olhos na altura em que ela pairava.

XVI

O primeiro encontro foi... casual. Meu acaso chamava-se Liduína. Seu gênio instintivo fê-la a boa fada de nossos amores.

Foi assim.

Estavam as duas no pomar diante duma pitangueira enrubescida de frutos.

– Lindas pitangas! – disse Izabel. – Sobe, Liduína, e apanha um punhado.

Aproximou-se Liduína da pitangueira e fez vãs tentativas para trepar.

– Impossível, Sinhazinha, só chamando alguém. Quer?

– Pois vai chamar alguém.

Liduína partiu correndo e Izabel teve a previsão nítida de quem viria. De fato, momentos depois apareci eu.

– Senhor Fernão, desculpe-me – disse a moça. – Pedi àquela maluca que chamasse algum preto para colher pitangas – e foi ela incomodá-lo.

Perturbado pela sua presença e com o coração aos pulos, gaguejei, para dizer algo:

– São pitangas que quer?

– Sim. Mas falta uma cestinha que Liduína foi buscar.

Pausa.

Izabel, tão senhora de si, percebi-a nesse momento embaraçada como eu. Não tinha o que dizer. Silenciava. Por fim:

– Moem cana hoje? – perguntou-me.

Gaguejei que sim e novo silêncio se fez. Para quebrá-lo, Izabel gritou em direção da casa:

– Anda depressa, rapariga! Que lesmice...

E depois, para mim:

– Não tem saudades de sua terra?

Despregou-se-me a língua. Perdi o embaraço. Respondi que tive, mas não as tinha mais.

– Os primeiros anos passei-os a suspirar à noite, saudoso de tudo de lá. Só quem emigrou sabe a dor do fruto arrancado à árvore. Conformei-me, afinal. E hoje... o mundo inteiro para mim está aqui nestas montanhas.

Izabel compreendeu-me a intenção e quis perguntar-me por quê. Mas não teve ânimo. Saltou para outro assunto.

– Por que motivo só as pitangas desta árvore prestam? As outras são tão azedas...

– Vai ver – disse eu – que esta árvore é feliz e as outras não. O que azeda os homens e as coisas é a desgraça. Fui doce como a lima, logo que vim para cá. Hoje sou amargo...

– Julga-se infeliz?

– Mais do que nunca.

Izabel arriscou-se:

– Por quê?

Respondi intrepidamente:

– Dona Izabel, que é menina rica, não imagina a posição desgraçada de quem é pobre.

O pobre forma neste mundo uma casta maldita, sem direito a coisa nenhuma. O pobre não pode nada...

– Pode, sim. Pode uma coisa...

– ?

– Deixar de ser pobre.

– Não falo da riqueza do dinheiro. Essa é fácil de alcançar, depende apenas de esforço e habilidade. Falo de coisas mais preciosas que o ouro. Um pobre, tenha o coração que tiver, seja a mais nobre das almas, não tem o direito de erguer os olhos para certas *alturas*...

– Mas se a *altura* quiser descer até ele? – retrucou audaciosa e vivamente a menina.

– Esse caso acontece às vezes nos romances. Na vida, nunca...

Calamo-nos de novo. Neste entremeio Liduína reapareceu, esbaforida, com a cestinha na mão.

– Custou-me a achar – disse a velhaca, justificando a demora. – Estava caída atrás do toucador.

O olhar que lhe lançou Izabel dizia: "mentirosa"!

Tomei a cesta e preparei-me para trepar à árvore.

Izabel, porém, interveio:

– Não! Não quero mais pitangas. Vão tirar-me o apetite para a garapa do meio-dia. Ficam para outra vez.

E para mim, amável:

– Queira desculpar-me...

Saudei-a, ébrio de felicidade, e lá me fui de aleluias na alma, com o mundo a dançar em torno de mim. Izabel seguiu-me com o olhar, pensativamente.

– Tinha razão, Liduína, é um rapagão que vale todos os pelintras da Corte. Mas, coitado!... Queixa-se tanto do seu destino...

– Bobagens – muxoxou a mucama, trepando à pitangueira com agilidade de macaco.

Vendo aquilo, Izabel sorriu e murmurou, entre repreensiva e maliciosa:

– Você, Liduína...

A rapariga, que tinha entre os dentes alvíssimos o vermelho duma pitanga, esganiçou uma risada velhaca.

– Pois Sinhazinha não sabe que sou mais sua amiga do que sua escrava?

XVII

O amor é o mesmo em toda parte e em todos os tempos. Aquele enleio do primeiro encontro é o eterno enleio dos primeiros encontros. Aquele diálogo à sombra da pitangueira é o eterno diálogo da abertura. Assim, nosso amor, tão novo para nós, reproduzia um jogo velho qual o mundo.

Nascera em Izabel e em mim um sexto sentido maravilhoso. Compreendíamo-nos, adivinhávamo-nos e descobríamos meios de inventar os mais imprevistos encontros – encontros deliciosos, em que um olhar bastava para a permuta de mundos de confidências...

Izabel amou-me.

Que período de vida, esse!

Eu sentia-me alto como as montanhas, forte como o oceano e todo a coruscar de estrelas por dentro.

Era rei.

A terra, a natureza, os céus, a lua, a luz, a cor, tudo existia para ambiente do meu amor. Não era mais vida aquele meu viver, sim um êxtase contínuo.

Alheado de tudo, uma só coisa eu via, duma só coisa me alimentava.

Riquezas, poderio, honras – que vale tudo isso ante a sensação divina de amar e ser amado?

Nessa ebriedade vivi – quanto tempo não sei. O tempo não contava para o meu amor. Vivia – tinha a impressão de que só nessa época entrara a viver. Antes, a vida não me fora mais que simples agitação animalesca.

Poetas! Como vos compreendi a voz interior ressoada em rimas, como me irmanei convosco no esvoaçar pelos intermúndios do sonho!...

Liduína comportava-se como a fada boa dos nossos destinos. Sempre vigilante, a ela devíamos inteirinho o mar de felicidade em que boiávamos. Lépida, mimosa, travessa, a gentil crioula enfeixava em si toda a artimanha da raça perseguida – e todo o gênio do sexo escravizado à prepotência do homem.

Entretanto, o bem que nos fizeste como se avinagrou para ti, Liduína!... Em que fel horroroso se transfez para ti, afinal...

Eu sabia que o mundo é governado pelo monstro Estupidez. E que Sua Majestade não perdoa o crime de Amor. Mas nunca supus que esse monstro fosse a fera delirante que é – tão sanguissedenta, tão requintada em ferócia. Nem que houvesse monstro mais bem servido que esse.

Que comitiva numerosa traz!

Que servos diligentes possui!

A sociedade, as leis, os governos, as religiões, os juízes, as morais, tudo que é força social organizada presta mão forte à Estupidez Onipotente.

E assanha-se em punir, em torturar o ingênuo que, conduzido pela natureza, arrosta com os mandamentos da megera.

Ai dele se comete um crime de lesa-Estupidez! Mãos de ferro constringem-lhe a garganta. Seu corpo rola por terra, espezinhado; seu nome perpetua-se com pechas infames.

Nosso crime – que lindo crime: amar! – foi descoberto. E a monstruosa engrenagem de aço triturou-nos, ossos e alma, aos três...

XVIII

Uma noite...

A lua, bem no alto, empalidecia as estrelas e eu, triste, velava, rememorando o último encontro com Izabel. Fora à tardinha, numa volta do ribeirão, à sombra dum tufo de marianeiras cacheadas de frutos. Mãos unidas, cabeça contra cabeça, num enlevo de comunhão de alma, assistíamos ao alvoroto da peixaria assanhada na disputa das frutinhas amarelas que a espaços pipocavam na água remansosa do rio. Izabel, absorta, mirava aquelas ariscas linguinhas de prata, apinhadas em torno das iscas.

– Sinto-me triste, Fernão. Tenho medo da nossa felicidade. Qualquer coisa me diz que isso vai ter fim – e fim trágico...

Minha resposta foi aconchegá-la inda mais ao meu peito.

Um bando de saíras e sanhaços, de pouso nas marianeiras, entraram a debicar energicamente os cachos da frutinha silvestre. E o espelho das águas piriricou ao chuveiro das migalhas caídas. Coalhou-se o rio de lambaris famintos, engalfinhados num delírio de rega-bofe, com saltos de prata faiscantes no ar.

Izabel, sempre absorta, dizia:

– Como são felizes!... E são felizes porque são livres. Nós – pobres de nós!... Nós somos inda mais escravos do que os escravos do eito...

Duas viuvinhas pousaram numa haste de peri emersa da margem fronteira. A vara vergou-se-lhes ao peso, oscilou uns instantes e estabilizou-se de novo. E o lindo casal permaneceu imóvel, juntinho, comentando talvez, como nós, a festa glutona dos peixes.

Izabel murmurou num sorriso de infinita melancolia:

– Que cabecinha sossegada eles têm...

Eu rememorava frase por frase esse último encontro com a minha amada, quando, dentro da noite, ouvi bulha à porta.

Alguém corria o ferrolho e entrava.

Sentei-me na cama, de sobressalto.

Era Liduína. Tinha os olhos esgazeados de pavor e foi em voz arquejante que atropelou as derradeiras palavras que lhe ouvi na vida.

– Fuja! O capitão Aleixo sabe tudo. Fuja, que estamos perdidos...

Disse, e esgueirou-se para o terreiro como sombra.

XIX

O choque foi tamanho que me senti vazio de cérebro. Parei de pensar...

O capitão Aleixo...

Lembro-me bem dele. Era o plenipotenciário de Sua Majestade a Estupidez nestas paragens. Frio e duro, não reconhecia sensibilidade em carne alheia. Recomendava sempre aos feitores a sua receita de bem conduzir os escravos: “angu por dentro e relho por fora, sem economia e sem dó”.

Consoante tal programa, a vida na fazenda escoava-se entre trabalhos de eito, comezaina farta e bacalhau.

Com o tempo desenvolveu-se nele a crueldade inútil. Não se limitava a impor castigos: ia presenciá-los. Gozava de ver a carne humana avergoar-se aos golpes do couro cru.

Ninguém, entretanto, estranhava aquilo. Os pretos sofriam como predestinados à dor. E os brancos tinham como dogma que de outra maneira não se levavam pretos.

O sentimento de revolta não latejava em ninguém, salvo em Izabel, que se fechava no quarto, de dedos fincados nos ouvidos, sempre que na casa do tronco o bacalhau arrancava urros a um pobre infeliz.

A mim, em começo, também me era indiferente a dor alheia. Ao depois

– depois que o amor me floriu a alma de todas as flores do sentimento –, aquelas barbaridades diárias punham-me fremente de cólera.

Uma vez tive ímpetos de estrangular o déspota. Foi o caso dum vizinho que lhe trouxera um cão de fila para vender.

XX

– É bom? Bem bravo? – perguntou o fazendeiro examinando o animal.

– Uma fera! Para apanhar negro fugido, nada melhor.

– Não compro nabos em sacos – disse o capitão. – Experimentemo-lo.

Ergueu os olhos para o terreiro que fulgurava ao sol. Deserto. A escravaria inteira na roça. Mas naquele momento o portão se abriu e um preto velho entrou, cambaio, de jacá ao ombro, rumo ao chiqueiro dos porcos. Era um estropiado do eito que pagava o que comia tratando da criação.

O fazendeiro teve uma ideia. Tirou o cão da corrente e atiçou-o contra o preto.

– Pega, Vinagre!

O mastim partiu como bala e instante depois ferrava o pobre velho, dando com ele em terra. Estraçalhou-o...

O fazendeiro sorria-se com entusiasmo.

– É de primeira – disse ao sujeito. – Dou-lhe 100 mil-réis pelo Vinagre.

E como o sujeito, assombrado daqueles processos, lamentasse a desgraça do estraçalhado, o capitão fez cara de espanto.

– Ora bolas! Um caco de vida...

XXI

Pois foi esse homem que vi subitamente penetrar no meu quarto, essa noite, logo depois que se sumiu Liduína. Acompanhavam-no dois feitores, como sombras. Entrou e fechou a porta sobre si. Parou a alguma distância. Olhou-me e sorriu.

– Vou dar-te uma bela noivinha – disse ele. E num gesto ordenou aos carrascos que me amarrassem.

Despertei da vacuidade. O instinto de conservação retesou-me todas as energias e, mal os capangas vieram a mim, atirei-me a eles com furor de onça fêmea a quem roubam os cachorrinhos.

Não sei quanto tempo durou a luta horrorosa; sei apenas que a tantas perdi os sentidos em virtude das violentas pancadas que me racharam a cabeça.

Quando despertei pela madrugada vi-me por terra, com os pés doridos entalados no tronco. Levei a mão aos olhos sujos de pó e sangue e entrevi à minha esquerda, no extremo do madeiro hediondo, um corpo desmaiado de mulher.

Liduína...

Percebi ainda que havia mais gente ali.

Olhei.

Dois homens de picaretas abriam um largo rombo no espesso muro de taipa.

Outro, um pedreiro, misturava cal e areia no chão, rente a uma pilha de tijolos.

O fazendeiro também ali estava, de braços cruzados, dirigindo o serviço. Vendo-me desperto, aproximou-se do meu ouvido e murmurou com gélido sarcasmo as últimas palavras que ouvi sobre a terra:

– Olhe! A tua noivinha é aquela parede...

Compreendi tudo: iam emparedar-me vivo...”

XXII

Aqui se interrompeu a história do “outro”, como a ouvi naquela horrorosa noite. Repito que não a ouvi assim, nessa ordem literária, mas murmurada em solilóquio, aos arrancos, às vezes entre soluços, outras num cicio imperceptível. Tão estranha era essa forma de narrar que o velho tio Bento não apanhou coisa nenhuma.

E foi com ela a me doer no cérebro que vi chegar a manhã.

– Bendita sejas, luz!

Ergui-me, alvoroçado.

Abri a janela, todo a renascer-me dos horrores noturnos.

O sol lá estava espiando-me dentre a copa do arvoredo. Seus raios de ouro invadiram-me a alma. Varreram dela os frocos de trevas que a entenebreciam qual cabelugem de pesadelo.

O ar lavado e alerta encheu-me os pulmões da delirante vida matutina. Respirei-o alegremente, em haustos largos.

E Jonas? Dormia ainda, repousado de feições.

Era "ele" outra vez. O "outro" fugira com as trevas da noite.

– Tio Bento – exclamei –, conte-me o resto da história. Que fim teve Liduína?

O velho preto recomeçou a contá-la a partir do ponto em que a interrompera na véspera.

– Não! – gritei eu –, dispenso isso tudo. Só quero saber que fim teve Liduína depois que o capitão deu sumiço ao moço.

Tio Bento abriu cara de espanto.

– Como o meu branco sabe disso?

– Sonhei, tio Bento.

Ele permaneceu ainda uns instantes admirado, custando a crer. Depois narrou:

– Liduína morreu no chicote, a coitadinha – tão na flor, dezenove anos... O Gabriel e o Estevão, os carrascos, retalharam o seu corpinho de criança com os rabos do bacalhau... A mãe dela, que só na hora do castigo soube do acontecido na véspera, correu feito louca para a casa do tronco. No momento em que empurrou a porta e olhou, uma chicotada cortava o seio esquerdo da filha. Antonia deu um grito e caiu para trás como morta.

Apesar do radioso da manhã meus nervos fremiram às palavras do preto.

– Basta, basta... De Liduína basta. Só quero agora saber o que sucedeu a Izabel.

– Nhá Zabé ninguém mais viu ela na fazenda. Foi levada para a Corte e acabou mais tarde no hospício, é o que dizem.

– E Fernão?

– Esse sumiu. Ninguém nunca soube dele – nunca, nunca... Jonas acabava de despertar. E ao ver luz no quarto sorriu. Queixava-se de peso na cabeça.

Interpelei-o sobre o eclipse noturno de sua alma, mas Jonas mostrou-se alheio a tudo.

Enrugou a testa, recordando-se.

– Lembro-me que uma coisa me invadiu, que fui empolgado, que lutei com desespero...

– E depois?

– Depois?... Depois um vácuo...

Saímos para fora.

A casa maldita, mergulhada na onda de luz matutina, perdera o aspecto trágico.

Disse-lhe adeus – para sempre...

– *Vade retro!...*

E fomo-nos à casinhola do preto engolir o café e arrear os animais.

De caminho espiei pelas grades da casa do tronco: na taipa grossa da parede havia um trecho murado a tijolo...

Afastei-me horripilado.

E guardei comigo o segredo da tragédia de Fernão. Só eu no mundo a conhecia, contada por ele mesmo, oitenta anos após a catástrofe.

Só eu!

Mas como não sei guardar segredo, revelei-o em caminho ao Jonas.

Jonas riu-se à larga e disse, estendendo-me o dedo minguinho:

– Morde aqui!...

Barba Azul

1922

Jantávamos no Hotel do Oeste, eu e o Lucas, um amigo que sabe histórias. A tantas, como percebesse certo vulto lá ao fundo do salão, o rapaz firmou a vista e murmurou em solilóquio:

– Será ele?...

– Ele, quem?

– Estás vendo aquele sujeito gordo, na terceira mesinha à esquerda?

– O de luto?

– Sim... O patife anda sempre de luto...

– Quem é?

– Um celerado que tem muito dinheiro e teve muitas mulheres.

– Até aí nada vejo de mais.

– *Tem muito dinheiro porque teve muitas mulheres*. Está poderoso. Ri-se do mundo e de sua justiça. Inventou um crime inédito não previsto pelas leis e com isso enriqueceu. Se um de nós o denunciasse, o patife nos processaria e nos meteria na cadeia. Note-lhe bem o tipo; raras vezes terás ocasião de topar um celerado desse tamanho.

– Mas...

– Lá fora contarei tudo. Toca a jantar.

Enquanto jantávamos examinei o sujeito, sem que nada no seu físico me parecesse estranho. Deu-me a impressão de um médico aposentado que vivesse de rendas.

Por que de médico? Não sei. As criaturas dão-me ar disto ou daquilo por força de uma aura que pressinto a envolvê-las. Confesso, todavia, que minha adivinhação erra bastante. Sai-me fazendeiro um que eu previa médico, e surge-me corretor de negócios outro que eu jurava engenheiro. Creio que a falha do diagnóstico vem dos homens desrespeitarem as vocações e adotarem na vida atitudes profissionais diversas das que, por injunção natural, deviam eleger. Como no entrudo. As máscaras nunca dizem das caras verdadeiras que escondem.

Terminado o jantar, saímos em direção ao Triângulo, e lá nos abancamos num sórdido café. O meu amigo voltou ao assunto.

– Caso notável o daquele homem! Caso merecedor de novela ou conto, já que a Justiça não tem forças para metê-lo na cadeia. Conheci-o no Oeste, prático de farmácia em Brotas. Um dia casou-se. Lembro-me disso porque assisti ao casamento a convite dos pais da moça. Era a Pequetita Mendes, filha de um sitiante arranjado.

Pequetita! Bem posto apelido, que não era bem mulher aquela isca de gente. Miudinha, magrinha, sequinha, sem cadeiras, sem ombros, sem seios, Pequetita não passava de um desses restolhos enfermiços que aparecem ao lado das espigas viçosas – sabuguinho débil, um grão aqui, outro ali. Apesar dos seus 25 anos, representava 13, e ao escolhê-la Panfilo – chama-se Panfilo Novais o meu facínora – espantou a todos, a começar pela moça. Como, porém, era ele pobre e ela arranjada, explicou-se financeiramente a união.

Mas nada poderia resultar de bom de uma união dessa ordem, que repugnava aos homens e à natureza. Pequetita não viera ao mundo para o matrimônio. O instinto da espécie fizera-a ponto final. “Pararás aí.”

Ninguém pensou nisso, nem ela, nem os pais, nem ele – nem ele, *que depois só pensaria nisso...*

– ?

– Ouve. Casaram-se e tudo correu excelentemente até que...

– ... se separaram...

– ... até que os separou a morte. Pequetita não resistiu ao primeiro parto; faleceu após cruel intervenção cirúrgica.

Panfilo, dizem, chorou amargamente a morte da esposa, embora viessem consolá-lo os trinta contos de um seguro por ela constituído em seu favor.

A meu ver é daqui por diante que surge o criminoso. O desastre do primeiro casamento criou-lhe no cérebro um pensamento sinistro – pensamento que o iria nortear pela vida afora e que o fez, como te disse, rico e poderoso. A morte de Pequetita ensinou-lhe um crime inédito, não previsto pelas leis humanas.

– ?

– Espera. Compreenderás tudo dentro em pouco.

Decorrido um ano, o nosso homem, já dono da farmácia, apresentou-se novamente enliçado pelo amor. Aparecera por lá uma família de fora, gente pobre, mãe viúva com quatro filhas casadeiras. Três delas, lindas e viçosas, viram-se logo requestadas por todos os moços desimpedidos do lugar. Já a quarta, restolho maninguera que fazia lembrar Pequetita, só teve um par de olhos que a cobiçassem, os de Panfilo.

Pediu-a em casamento.

A mãe opôs-se – que era loucura aquilo; que a menina lhe nascera enfezada; que se queria mulher, escolhesse uma das três sadias.

Nada conseguiu. Panfilo fez pé firme e afinal casou-se.

Foi um assombro. Arranja-dote que já era, coisa nenhuma justificava tal preferência. Ele defendia-se hipocritamente, lamecha e sentimental:

– "É o meu gênero. Gosto dos bibelôs e esta me lembra a minha amada Pequetita...".

Resumindo: dez meses depois o patife enviuvava de novo nas mesmas circunstâncias da primeira vez. Morreu-lhe de parto a mulher.

– Novo seguro?

– E grande. Desta feita a bolada subiu a 100 contos. Mudou-se de terra, então. Vendeu a farmácia e perdi-o de vista.

Anos depois fui encontrá-lo no Rio, numa casa de chá. Estava outro, elegantemente vestido, denunciando prosperidade por todos os poros. Viu-me, reconheceu-me e chamou-me para sua mesa.

Conversa vai, conversa vem, contou-me que se casara pela quarta vez, havia coisa de um ano.

Assombrei-me.

– "Pela quarta?"

– "É verdade. Depois que saí daquela abençoada terrinha onde o destino me fez enviuvar duas vezes, casei-me em Uberaba com a filha do coronel Tolosa. Mas continuei perseguido pelo destino: faleceu-me essa também..."

– "Gripe?

– "Parto..."

– "Como a primeira, então? Mas, doutor, perdoe-me a liberdade: o senhor escolhe mal as mulheres! Vai ver que essa terceira era miudinha como as anteriores", disse eu irrefletidamente.

O homem franziu os sobrolhos e encarou-me de um modo estranho, como se lhe batera a pacuera ante a ironia de um Sherlock disfarçado. Voltou logo ao natural, porém, e prosseguiu com serenidade:

– "Que quer? É o meu gênero. Não suporto mulheraças..."

E mudou de assunto.

Ao deixá-lo fiquei apreensivo, com a suspeita a gerar-se-me no cérebro. Liguei a estranheza dos seus modos ante a minha observação ao olhar perscrutador com que devassara meu íntimo e deixei escapar em voz alta um *Hum*! que chamou a atenção de dois ou três passantes. E o caso do doutor Panfilo ficou a verrumar-me os miolos dias e dias.

– Doutor, dizes tu?

– Está claro. O diploma veio logo atrás dos seguros, como consequência lógica. Quem nesta terra, com algumas centenas de contos no banco, permanece *senhor*?

Por curiosidade, no intuito exclusivo de esclarecer-me, tomei informações relativas à sua quarta esposa. Soube que era de Cachoeira e fisicamente do mesmo naipe das outras.

Fui além. Tratei de indagar nas companhias de seguros que negócios trazia nelas o doutor Panfilo e soube que a vida da quarta mulher estava garantida em mais de duzentos contos. Com os trezentos e cinquenta já embolsados, arredondaria ele, pela morte desta, um pecúlio de alto bordo para quem começara humildemente como prático de farmácia.

Tudo isso me consolidou em convicção a suspeita de que Panfilo era de fato um grande criminoso. Segurava as esposas e matava-as...

– Como, se morriam de parto?

– Está aí o maquiavelismo do celerado. O Barba Azul aproveitou singularmente bem a lição do primeiro matrimônio. Viu que perdera a Pequetita no primeiro parto em virtude da sua má *conformação*, da sua inaptidão procriativa. Franzina em excesso, muito estreita de bacia...

– *Hum*!

– Foi um hum! assim que deixei escapar em plena rua do Ouvidor...

O miserável, que tinha olho médico, só se casou daí por diante com mulheres de vício orgânico semelhante ao da primeira. Cuidadosamente escolhia as esposas entre as predestinadas. E foi amontoando a sua fortuna.

Imagina tu agora a vida desse miserável, sempre alternando a fase de tocaia da viuvez com um ano de casamento criminoso. Escolhia a vítima, representava a comédia do amor, sagrava a união e... seguro de vida! Depois, imagina o sadismo dessa alma ao ver desenvolver-se no ventre da vítima, não o filho que ela docemente esperava, mas a bolada gorda que viria acrescentar os seus cabedais! Afez-se a tal caçada e nela aperfeiçoou-se de maneira a nunca errar o bote.

A quarta, soube-o logo depois, fora pelo mesmo caminho das outras em seguida a uma nova intervenção cirúrgica. E entraram os 200 contos. Vês tu que monstro?...

No outro dia lá estava na mesma mesa o doutor Panfilo. Entraram na sala várias moças, e pela força do hábito o seu olhar mortiço mediu num relance as ancas de cada uma. Bem-feitas de corpo que eram, nenhuma o interessou – e seu olhar desceu calmamente para o jornal que lia.

Está viúvo, pensei comigo. Anda evidentemente tocaiando a quinta mal conformada...

O colocador de pronomes*

1920

Aldrovando Cantagalo veio ao mundo em virtude dum erro de gramática. Durante 60 anos de vida terrena pererecou como um peru em cima da gramática. E morreu, afinal, vítima dum novo erro de gramática. Mártir da gramática, fique este documento da sua vida como pedra angular para uma futura e bem merecida canonização.

Havia em Itaoca um pobre moço que definhava de tédio no fundo de um cartório. Escrevente. Vinte e três anos. Magro. Ar um tanto palerma. Ledor de versos lacrimogêneos e pai duns acrósticos dados à luz no Itaoquense, com bastante sucesso.

* Na 1ª edição, este conto era encerrado com a seguinte nota: "Do espólio de Aldrovando Cantagalo faziam parte de numerosos originais de obras inéditas, entre as quais citaremos: *O Acento Circunflexo* – 3 volumes; *A Vírgula no Hebraico* – 5 volumes; *A Crase* – 10 volumes. Pesaram todos, por junto, 4 arrobas que renderam, vendidos a 3 tostões o quilo, 18 mil réis".

Vivia em paz com as suas certidões quando o frechou venenosa seta de cupido. Objeto amado: a filha mais moça do coronel Triburtino, o qual tinha duas, essa Laurinha, do escrevente, então nos 17, e a do Carmo, encalhe da família, vesga, madurota, histérica, manca da perna esquerda e um tanto aluada.

Triburtino não era homem de brincadeiras. Esgoelara um vereador oposicionista em plena sessão da Câmara e desde aí se transformou no tutu da terra. Toda gente lhe tinha um vago medo; mas o amor, que é mais forte que a morte, não receia sobrecenhos enfarruscados nem tufos de cabelos no nariz.

Ousou o escrevente namorar-lhe a filha, apesar da distância hierárquica que os separava. Namoro à moda velha, já se vê, pois que nesse tempo não existia a gostosura dos cinemas. Encontros na igreja, à missa, troca de olhares, diálogos de flores – o que havia de inocente e puro. Depois, roupa nova, ponta de lenço de seda a entremostrar-se no bolsinho de cima e medição de passos na rua dela, nos dias de folga. Depois, a serenata fatal à esquina, com o *Acorda, donzela*... sapecado a medo num velho pinho de empréstimo. Depois, bilhetinho perfumado.

Aqui se estrepou...

Escrevera nesse bilhetinho, entretanto, apenas quatro palavras, afora pontos exclamativos e reticências:

> *Anjo adorado!*
> *Amo-lhe!*

Para abrir o jogo bastava esse movimento de peão.

Ora, aconteceu que o pai do anjo apanhou o bilhetinho celestial e, depois de três dias de sobrecenho carregado, mandou chamá-lo à sua presença, com disfarce de pretexto – para umas certidõezinhas, explicou.

Apesar disso o moço veio um tanto ressabiado, com a pulga atrás da orelha.

Não lhe erravam os pressentimentos. Mal o pilhou portas aquém, o coronel trancou o escritório, fechou a carranca e disse:

– A família Triburtino de Mendonça é a mais honrada desta terra, e eu, seu chefe natural, não permitirei nunca – nunca, ouviu? – que contra ela se cometa o menor deslize.

Parou. Abriu uma gaveta. Tirou de dentro o bilhetinho cor-de-rosa, desdobrou-o.

– É sua esta peça de flagrante delito?

O escrevente, a tremer, balbuciou medrosa confirmação.

– Muito bem! – continuou o coronel em tom mais sereno. – Ama, então, minha filha e tem a audácia de o declarar... Pois agora...

O escrevente, por instinto, ergueu o braço para defender a cabeça e relanceou os olhos para a rua, sondando uma retirada estratégica.

– ... é casar! – concluiu de improviso o vingativo pai.

O escrevente ressuscitou. Abriu os olhos e a boca, num pasmo. Depois, tornando a si, comoveu-se e com lágrimas nos olhos disse, gaguejante:

– Beijo-lhe as mãos, Coronel! Nunca imaginei tanta generosidade em peito humano! Agora vejo com que injustiça o julgam aí fora!...

Velhacamente o velho cortou-lhe o fio das expansões.

– Nada de frases, moço, vamos ao que serve: declaro-o solenemente noivo de minha filha!

E, voltando-se para dentro, gritou:

– Do Carmo! Venha abraçar o teu noivo!

O escrevente piscou seis vezes e, enchendo-se de coragem, corrigiu o erro.

– Laurinha, quer o coronel dizer...

O velho fechou de novo a carranca.

– Sei onde trago o nariz, moço. Vassuncê mandou este bilhete à Laurinha dizendo que ama-“lhe”. Se amasse a ela deveria dizer amo-“te”. Dizendo “amo-lhe” declara que ama a uma terceira pessoa, a qual não pode ser senão a Maria do Carmo. Salvo se declara amor à minha mulher...

– Oh, Coronel...

– ... ou à preta Luzia, cozinheira. Escolha!

O escrevente, vencido, derrubou a cabeça, com uma lágrima a escorrer rumo à asa do nariz. Silenciaram ambos, em pausa de tragédia. Por fim o coronel, batendo-lhe no ombro paternalmente, repetiu a boa lição da sua gramática matrimonial.

– Os pronomes, como sabe, são três: da primeira pessoa – quem fala, e neste caso vassuncê; da segunda pessoa – a quem se fala, e neste caso Laurinha; da terceira pessoa – de quem se fala, e neste caso Do Carmo, minha mulher ou a preta. Escolha!

Não havia fuga possível.

O escrevente ergueu os olhos e viu Do Carmo que entrava, muito lampeira da vida, torcendo acanhada a ponta do avental. Viu também sobre a secretária uma garrucha com espoleta nova ao alcance do maquiavélico pai. Submeteu-se e abraçou a urucaca, enquanto o velho, estendendo as mãos, dizia teatralmente:

– Deus vos abençoe, meus filhos!

No mês seguinte, solenemente, o moço casava-se com o encalhe, e onze meses depois vagia nas mãos da parteira o futuro professor Aldrovando, o conspícuo sabedor da língua que durante 50 anos a fio coçaria na gramática a sua incurável sarna filológica.

Até aos 10 anos não revelou Aldrovando pinta nenhuma. Menino vulgar, tossiu a coqueluche em tempo próprio, teve o sarampo da praxe, mais a caxumba e a catapora. Mais tarde, no colégio, enquanto os outros enchiam as horas de estudo com invenções de matar o tempo – empalamento de moscas e moidelas das respectivas cabecinhas entre duas folhas de papel, coisa de ver o desenho que sai –, Aldrovando apalpava com erótica emoção a gramática de Augusto Freire da Silva. Era o latejar do furúnculo filológico que o determinaria na vida, para matá-lo, afinal...

Deixemo-lo, porém, evoluir e tomemo-lo quando nos serve, aos 40 anos, já a descer o morro, arcado ao peso da ciência e combalido de rins. Lá está ele em seu gabinete de trabalho, fossando à luz dum lampião os pronomes de Filinto Elísio. Corcovado, magro, seco, óculos de latão no nariz, careca, celibatário impenitente, dez horas de aulas por dia, 200 mil-réis por mês e o rim volta e meia a fazer-se lembrado.

Já leu tudo. Sua vida foi sempre o mesmo poento idílio com as veneráveis costaneiras onde cabeceiam os clássicos lusitanos. Versou-os um por um com mão diurna e noturna. Sabe-os de cor, conhece-os pela morrinha, distingue pelo faro uma seca de Lucena duma esfalfa de Rodrigues Lobo. Digeriu todas as patranhas de Fernão Mendes Pinto. Obstruiu-se da broa encruada de frei Pantaleão do Aveiro. Na idade em que os rapazes correm atrás das raparigas, Aldrovando escabichava belchiores na pista dos mais esquecidos mestres da boa arte de maçar. Nunca dormiu entre braços de mulher. A mulher e o amor – mundo, diabo e carne eram para ele os alfarrábios freiráticos do quinhentismo, em cuja soporosa verborreia espapaçava os instintos lerdos, como porco em lameiro.

Em certa época viveu três anos acampado em Vieira. Depois vagamundeou, como um Robinson, pelas florestas de Bernardes.

Aldrovando nada sabia do mundo atual. Desprezava a natureza, negava o presente. Passarinho, conhecia um só: o rouxinol de Bernardim Ribeiro. E se acaso o sabiá de Gonçalves Dias vinha bicar "pomos de Hespérides" na laranjeira do seu quintal, Aldrovando esfogueteava-o com apóstrofes:

– Salta fora, regionalismo de má sonância!

A língua lusa era-lhe um tabu sagrado que atingira a perfeição com frei Luís de Sousa, e daí para cá, salvo lucilações esporádicas, vinha chafurdando no ingranzéu barbaresco.

– A ingresia de hoje – declamava ele – está para a Língua como o cadáver em putrefação está para o corpo vivo.

E suspirava, condoído dos nossos destinos:

– Povo sem língua!... Não me sorri o futuro de Vera Cruz...

E não lhe objetassem que a língua é organismo vivo e que a temos a evoluir na boca do povo.

– Língua? Chama você língua à garabulha bordalenga que estampam periódicos? Cá está um desses galicígrafos. *Deletree-mo-lo* ao acaso.

E, baixando as cangalhas, lia:

– *Teve lugar ontem...* É língua esta espurcícia negral? Ó meu seráfico frei Luís, como te conspurcam o divino idioma estes sarrafaçais da moxinifada!

– ... *no Trianon...* Por quê, Trianon? Por que este perene barbarizar com alienígenos arrevesos? Tão bem ficava – a *Benfíca*, ou, se querem neologismo de bom cunho – o *Logratório...* Tarelos é que são, tarelos!

E suspirava deveras compungido.

– Inútil prosseguir. A folha inteira cacografa-se por este teor. Ai! Onde param as boas letras de antanho? Fez-se peru o níveo cisne. Ninguém atende à lei suma – Horácio! Impera o desprimor, e o mau gosto vige como suprema regra. A gálica intrujice é maré sem vazante. Quando penetro num livreiro o coração se me confrange ante o pélago de óperas barbarescas que nos vertem cá mercadores de má morte. E é de notar, outrossim, que a elas se vão as preferências do vulgacho. Muito não faz que vi com estes olhos um gentil mancebo preferir uma sordícia de Oitavo Mirbelo, *Canhenho duma dama de servir*[1], creio, à... adivinhe ao que, amigo? À Carta de Guia do meu divino Francisco Manuel!...

– Mas a evolução...

– Basta. Conheço às sobejas a escolástica da época, a "evolução" darwínica, os vocábulos macacos – pitecofonemas que "evolveram", perderam o pelo e se vestem hoje à moda de França, com vidro no olho. Por amor a frei Luís, que ali daquela costaneira escandalizado nos ouve, não remanche o amigo na esquipática sesquipedalice.

Um biógrafo ao molde clássico separaria a vida de Aldrovando em duas fases distintas: a estática, em que apenas acumulou ciência, e a dinâmica, em que, transfeito em apóstolo, veio a campo com todas as armas para contrabater o monstro da corrupção.

Abriu campanha com memorável ofício ao Congresso, pedindo leis repressivas contra os ácaros do idioma.

– "Leis, senhores, leis de Dracão, que diques sejam, e fossados, e alcaçares de granito prepostos à defensão do idioma. Mister sendo, a forca se restaure, que mais o baraço merece quem conspurca o sacro patrimônio da sã vernaculidade, que quem o semelhante a vida tira. Vêde, senhores, os pronomes, em que lazeira jazem..."

Os pronomes, ai!, eram a tortura permanente do professor Aldrovando. Doía-lhe como punhalada vê-los por aí pre ou pospostos contrarregras elementares do dizer castiço. E sua representação alargou-se nesse pormenor, flagelante, concitando os pais da pátria à criação dum Santo Ofício gramatical. Os ignaros congressistas, porém, riram-se da memória e grandemente piaram sobre Aldrovando as mais cruéis chalaças.

– Quer que instituamos patíbulo para os maus colocadores de pronomes! Isto seria autocondenar-nos à morte! Tinha graça!

Também lhe foi à pele a imprensa, com pilhérias soezes. E depois, o

---

1. Octave Mirbeau, *Journal d'une Femme de Chambre. Nota da edição de 1946.*

público. Ninguém alcançara a nobreza do seu gesto, e Aldrovando, com a mortificação na alma, teve que mudar de rumo. Planeou recorrer ao púlpito dos jornais. Para isso mister foi, antes de nada, vencer o seu velho engulho pelos "galicígrafos de papel e graxa". Transigiu e, breve, desses "pulmões da pública opinião" apostrofou o país com o verbo tonante de Ezequiel. Encheu colunas e colunas de objurgatórias ultraviolentas, escritas no mais estreme vernáculo.

Mas não foi entendido. Raro leitor metia os dentes naqueles intermináveis períodos engrenados à moda de Lucena; e ao cabo da aspérrima campanha viu que pregara em pleno deserto. Leram-no apenas a meia dúzia de Aldrovandos que vegetam sempre em toda parte, como notas rezinguentas da sinfonia universal.

A massa dos leitores, entretanto, essa permaneceu alheia aos flamívomos pelouros da sua colubrina sem raia. E por fim os "periódicos" fecharam-lhe a porta no nariz, alegando falta de espaço e coisas.

– Espaço não há para as sãs ideias – objurgou o enxotado –, mas sobeja, e pressuroso, para quanto recende à podriqueira!... Gomorra! Sodoma! Fogos do céu virão um dia alimpar-vos a gafa!... – exclamou, profético, sacudindo à soleira da redação o pó das cambaias botinas de elástico.

Tentou em seguida ação mais direta, abrindo consultório gramatical.

– Têm-nos os físicos (queria dizer médicos), os doutores em leis, os charlatas de toda espécie. Abra-se um para a medicação da grande enferma, a língua. Gratuito, já se vê, que me não move amor de bens terrenos.

Falhou a nova tentativa. Apenas moscas vagabundas vinham esvoejar na salinha modesta do apóstolo. Criatura humana nem uma só lá apareceu a fim de remendar-se filologicamente.

Ele, todavia, não esmoreceu.

– Experimentemos processo outro, mais suasório.

E anunciou a montagem da "Agência de Colocação de Pronomes e Reparos Estilísticos".

Quem tivesse um autógrafo a rever, um memorial a expungir de cincas, um calhamaço a compor-se com os "afeites" do lídimo vernáculo, fosse lá que, sem remuneração nenhuma, nele se faria obra limpa e escorreita.

Era boa a ideia, e logo vieram os primeiros originais necessitados de ortopedia, sonetos a consertar pés de versos, ofícios ao Governo pedindo concessões, cartas de amor.

Tais, porém, eram as reformas que nos doentes operava Aldrovando, que os autores não mais reconheciam suas próprias obras. Um dos clientes chegou a reclamar.

– Professor, vossa senhoria enganou-se. Pedi limpa de enxada nos pronomes, mas não que me traduzisse a memória em latim...

Aldrovando ergueu os óculos para a testa:

– E traduzi em latim o tal ingranzéu?

– Em latim ou grego, pois que o não consigo entender...

Aldrovando empertigou-se.

– Pois, amigo, errou de porta. Seu caso é ali com o alveitar da esquina.

Pouco durou a Agência, morta à míngua de clientes. Teimava o povo em permanecer empapado no chafurdeiro da corrupção...

O rosário de insucessos, entretanto, em vez de desalentar exasperava o apóstolo.

– Hei de influir na minha época. Aos tarelos hei de vencer. Fogem-me à férula os maraus de pau e corda? Ir-lhes-ei empós, filá-los-ei pela gorja!... Salta rumor!

E foi-lhes "empós". Andou pelas ruas examinando dísticos e tabuletas com vícios de língua. Descoberta e "asnidade", ia ter com o proprietário, contra ele desfechando os melhores argumentos catequistas.

Foi assim com o ferreiro da esquina, em cujo portão de tenda uma tabuleta – "Ferra-se cavalos" – escoicinhava a santa gramática.

– Amigo – disse-lhe pachorrentamente Aldrovando –, natural a mim me parece que erres, alarve que és. Se erram paredros, nesta época de ouro da corrupção...

O ferreiro pôs de lado o malho e entreabriu a boca.

– Mas da boa sombra do teu focinho espero – continuou o apóstolo – que ouvidos me darás. Naquela tábua um dislate existe que seriamente à língua lusa ofende. Venho pedir-te, em nome do asseio gramatical, que o expunjas.

– ???

– Que reformes a tabuleta, digo.

– Reformar a tabuleta? Uma tabuleta nova, com a licença paga? Estará acaso rachada?

– Fisicamente, não. A racha é na sintaxe. Fogem ali os dizeres à sã gramaticalidade. O honesto ferreiro não entendia nada de nada.

– Macacos me lambam se estou entendendo o que vossa senhoria diz...

– Digo que está a forma verbal com eiva grave. O "ferra-se" tem que cair no plural, pois que a forma é passiva e o sujeito é "cavalos".

O ferreiro abriu o resto da boca.

– O sujeito sendo "cavalos" – continuou o mestre –, a forma verbal é "ferram-se" – "ferram-se cavalos!"

– Ahn! – respondeu o ferreiro –, começo agora a compreender. Diz vossa senhoria que...

– ... que "ferra-se cavalos" é um solecismo horrendo e o certo é "ferram-se cavalos".

– Vossa senhoria me perdoe, mas o sujeito que ferra os cavalos sou eu, e eu não sou plural. Aquele "se" da tabuleta refere-se cá a este seu criado. É como quem diz: Serafim ferra cavalos – Ferra Serafim cavalos. Para economizar tinta e tábua abreviaram o meu nome, e ficou como está: Ferra Se (rafim) cavalos. – Isto me explicou o pintor, e entendi-o muito bem.

Aldrovando ergueu os olhos para o céu e suspirou.

– Ferras cavalos e bem merecias que te fizessem eles o mesmo!... Mas não discutamos. Ofereço-te 10 mil-réis pela admissão dum "m" ali...

– Se vossa senhoria paga...

Bem empregado dinheiro! A tabuleta surgiu no dia seguinte dessolecismada, perfeitamente de acordo com as boas regras da gramática. Era a primeira vitória obtida e todas as tardes Aldrovando passava por lá para gozar-se dela.

Por mal seu, porém, não durou muito o regalo. Coincidindo a entronização do "m" com maus negócios na oficina, o supersticioso ferreiro atribuiu a macaca à alteração dos dizeres e lá raspou o "m" do professor.

A cara que Aldrovando fez quando no passeio desse dia deu com a vitória borrada! Entrou furioso pela oficina adentro, e mascava uma apóstrofe de fulminar quando o ferreiro, às brutas, lhe barrou o passo.

– Chega de caraminholas, ó barata tonta! Quem manda aqui, no serviço e na língua, sou eu. E é ir andando, antes que eu o ferre com um bom par de ferros ingleses!

O mártir da língua meteu a gramática entre as pernas e moscou-se.

"*Sancta simplicitas!*", ouviram-no murmurar na rua, de rumo à casa, em busca das consolações seráficas de frei Heitor Pinto. Chegado que foi ao gabinete de trabalho, caiu de borco sobre as costaneiras venerandas e não mais conteve as lágrimas, chorou...

O mundo estava perdido e os homens, sobremaus, eram impenitentes. Não havia desviá-los do ruim caminho, e ele, já velho, com o rim a rezingar, não se sentia com forças para a continuação da guerra.

– Não hei de acabar, porém, antes de dar a prelo um grande livro, onde compendie a muita ciência que hei acumulado.

E Aldrovando empreendeu a realização de um vastíssimo programa de estudos filológicos. Encabeçaria a série um tratado sobre a colocação dos pronomes, ponto onde mais claudicava a gente de Gomorra.

Fê-lo, e foi feliz nesse período de vida em que, alheio ao mundo, todo se entregou, dia e noite, à obra magnífica. Saiu trabuco volumoso, que daria três tomos de quinhentas páginas cada um, corpo miúdo. Que proventos não adviriam dali para a lusitanidade! Todos os casos resolvidos para sempre, todos os homens de boa vontade salvos da gafaria! O ponto fraco do brasileiro falar resolvido de vez! Maravilhosa coisa...

Pronto o primeiro tomo – *Do pronome Se* – anunciou a obra pelos jornais, ficando à espera da chusma de editores que viriam disputá-la à sua porta. E por uns dias o apóstolo sonhou as delícias da estrondosa vitória literária, acrescida de gordos proventos pecuniários.

Calculava em 80 contos o valor dos direitos autorais, que, generoso que era, cederia por 50. E 50 contos para um velho celibatário como ele, sem família nem vícios, tinha a significação duma grande fortuna. Empatados em empréstimos hipotecários, sempre eram seus 500 mil-réis por mês de renda a pingarem pelo resto da vida na gavetinha onde, até então, nunca entrara pelega maior de 200. Servia, servia!... E Aldrovando, contente, esfregava as mãos, de ouvido alerta, preparando frases para receber o editor que vinha vindo...

Que vinha vindo, mas não veio, ai!... As semanas se passaram sem que nenhum representante dessa miserável fauna de judeus surgisse a chatinar o maravilhoso livro.

– Não me vêm a mim? Salta rumor! Pois me vou a eles!

E saiu em via-sacra, a correr todos os editores da cidade.

Má gente! Nenhum lhe quis o livro sob condições nenhumas. Torciam o nariz, dizendo: "Não é vendável!" ou: "Por que não faz antes uma cartilha infantil aprovada pelo Governo?".

Aldrovando, com a morte na alma e o rim dia a dia mais derrancado, retesou-se nas últimas resistências.

– Fa-la-ei imprimir à minha custa! Ah!, amigos! Aceito o cartel. Sei pelejar com todas as armas e irei até ao fim. Boa fé!...

Para lutar era mister dinheiro e bem pouco do vilíssimo metal possuía na arca o alquebrado Aldrovando. Não importa! Faria dinheiro, venderia móveis, imitaria Bernardo de Pallissy, não morreria sem ter o gosto de acaçapar Gomorra sob o peso da sua ciência impressa. Editaria ele mesmo um por um todos os volumes da obra salvadora.

Disse e fez.

Passou esse período de vida alternando revisão de provas com padecimentos renais. Venceu. O livro compôs-se, magnificamente revisto, primoroso na linguagem como não existia igual.

Dedicou-o a frei Luís de Sousa:

> *À memoria daquele que me sabe as dores,*
> *O AUTOR.*

Mas não quis o destino que o já trêmulo Aldrovando colhesse os frutos de sua obra. Filho dum pronome impróprio, a má colocação doutro pronome lhe cortaria o fio da vida.

Muito corretamente havia ele escrito na dedicatória: ... *daquele que me sabe*... e nem poderia escrever doutro modo um tão conspícuo colocador de pronomes. Maus fados intervieram, porém – até os fados conspiram contra a língua! – e por artimanha do diabo que os rege empastelou-se na oficina esta frase. Vai o tipógrafo e recompõe-na a seu modo... *daquele que sabe-me as dores*... E assim saiu nos milheiros de cópias da avultada edição.

Mas não antecipemos.

Pronta a obra e paga, ia Aldrovando recebê-la, enfim. Que glória! Construíra, finalmente, o pedestal da sua própria imortalidade, ao lado direito dos sumos cultores da língua.

A grande ideia do livro, exposta no capítulo VI – *Do método automático de bem colocar os pronomes* –, engenhosa aplicação duma regra mirífica por meio da qual até os burros de carroça poderiam zurrar com gramática, operaria como o "914" da sintaxe, limpando-a da avariose produzida pelo espiroqueta da pronominúria.

A excelência dessa regra estava em possuir equivalentes químicos de uso na farmacopeia alopata, de modo que a um bom laboratório fácil lhe seria reduzi-la a ampolas para injeções hipodérmicas, ou a pílulas, pós ou poções para uso interno.

E quem se injetasse ou engolisse uma pílula do futuro PRONOMINOL CANTAGALO curar-se-ia para sempre do vício, colocando os pronomes instintivamente bem, tanto no falar como no escrever. Para algum caso de pronomorreia aguda, evidentemente incurável, haveria o recurso do PRONOMINOL Nº 2, onde entrava a estricnina em dose suficiente para libertar o mundo do infame sujeito.

Que glória! Aldrovando prelibava essas delícias todas quando lhe entrou casa adentro a primeira carroçada de livros. Dois brutamontes de mangas arregaçadas empilharam-nos pelos cantos, em rumas que lá se iam; e concluso o serviço um deles pediu:

– Me dá um mata-bicho, patrão!...

Aldrovando severizou o semblante ao ouvir aquele "Me" tão fora dos mancais, e tomando um exemplar da obra ofertou-a ao "doente".

– Toma lá. O mau bicho que tens no sangue morrerá asinha às mãos deste vermífugo. Recomendo-te a leitura do capítulo sexto.

O carroceiro não se fez rogar; saiu com o livro, dizendo ao companheiro:

– Isto no "sebo" sempre renderá cinco tostões. Já serve!...

Mal se sumiram, Aldrovando abancou-se à velha mesinha de trabalho e deu começo à tarefa de lançar dedicatórias num certo número de exemplares destinados à crítica. Abriu o primeiro, e estava já a escrever o nome de Rui Barbosa quando seus olhos deram com a horrenda cinca:

"daquele QUE SABE-ME as dores."

– Deus do céu! Será possível?

Era possível. Era fato. Naquele, como em todos os exemplares da edição, lá estava, no hediondo relevo da dedicatória a frei Luís de Sousa, o horripilantíssimo – "que sabe-me"...

Aldrovando não murmurou palavra. De olhos muito abertos, no rosto uma estranha marca de dor – dor gramatical inda não descrita nos livros de patologia –, permaneceu imóvel uns momentos.

Depois empalideceu. Levou as mãos ao abdômen e estorceu-se nas garras de repentina e violentíssima ânsia.

Ergueu os olhos para Frei Luís de Souza e murmurou:

– Luís! Luís! *Lamma Sabachtani*!

E morreu.

De que, não sabemos – nem importa ao caso. O que importa é proclamarmos aos quatro ventos que com Aldrovando morreu o primeiro santo da gramática, o mártir número um da Colocação dos Pronomes.

Paz à sua alma.

Uma história de mil anos*

1922

– *Hu... hu...*

É como nos ínvios da mata soluça a juriti.

Dois *hus* – um que sobe, outro que desce.

O destino do *u*!... Veludo verde-negro transmutado em som – voz das tristezas sombrias. Os aborígenes, maravilhosos denominadores das coisas, possuíam o senso impressionista da onomatopeia. Urutau, uru, urutu, inambu – que sons definirão melhor essas criaturinhas solitárias, amigas da penumbra e dos recessos?

A juriti, pombinha eternamente magoada, é toda us. Não canta, geme em *u* – geme um gemido aveludado, lilás, sonorização dolente da saudade.

*Este conto foi originalmente publicado na *Revista do Brasil*, em novembro de 1922.

O caçador passarinheiro sabe como ela morre sem luta ao mínimo ferimento. Morre em u...

Já o sanhaço é todo as. Ferido, debate-se, desfere bicadas, pia lancinante.

A juriti apaga-se como chama de algodão. Frágil torrão de vida, extingue-se como se extingue a vida do torrão de açúcar ao simples contato da água. Um u que se funde.

Como vivem e morrem juritis, assim viveu e morreu Vidinha, a linda criança afinada em u.

E como não seria assim, se era Vidinha uma juriti humana – meiguice feita menina e moça, begônia sensível dos grotões?

Que amiga dos contrastes é a natureza!

Ali naquele barranco crescem no árido as samambaias. Rijas, ásperas, corajosas, resistem aos ventos, aos enxurros, ao cargueiro que as esbarra, ao viandante distraído que as chicoteia. Batidas, reerguem-se. Cortadas, rebrotam. Esmagadas, reviçam. Cínicas!

Mais adiante, na grota fria onde tudo é sombra e cerração, ergue-se a espaços, em meio dos caetês valentes e dos fetos rendados, a solitária begônia.

Tímida e frágil, o menor contato a magoa. Toda ela – caule, folhas, flores – é a mesma carne tenra de criança.

Sempre os contrastes.

Os eleitos da sensibilidade, os mártires da dor – e os fortes. A juriti e o sanhaço. A begônia e a samambaia.

Vidinha, a inocente criança, era juriti e begônia.

O Destino, como os sábios, também faz suas experiências. Permite vidas a título de experiência, na tentativa de aclimar na terra seres que não são da terra.

– Vingará Vidinha, solta no mundo em meio da alcateia humana?

Janeiro. Dia de mormaço a envolver o mundo sob a curva do céu imensamente azul.

A casa onde mora Vidinha é a única das cercanias, garça pousada no oceano verde sujo das samambaias e sapezeiros.

Que terra! Ondula em mamelões verdolengos até encontrar o céu, longe, no horizonte. Hispidez, aridez – terra outrora bendita, que o homem, senhor do fogo, transfez em deserto maldito.

Os olhos pervagam: cá e lá, até aos confins, sempre o chamalote verde-oliva da samambaia áspera – esse musgo da esterilidade.

Entristece, aquilo. Cansa a vista o sem-fim da morraria nua de árvores – e o consolo é pousar os olhos na pombinha branca da casinhola.

Como a cal das paredes cintila ao sol! E como nos enleva a alma sua pequenina moldura de árvores domésticas! Aquele pé de espirradeira todo florido; o cercado de taquara; a horta, o canteirinho de flores; o poleiro das aves nos fundos sob a fronde da guabirobeira...

Vidinha é a manhã da casa. Vive entre duas estações: a mãe – um outono, e o pai – inverno em começos. Ali nasceu e cresceu. Ali morrerá. Inocente e ingênua, do mundo só conhece o centímetro quadrado de mundo que é o pequeno sítio paterno. Imagina as coisas – não as sabe. O homem: seu pai. Quantos homens haja, todos serão assim: bons e pais. A mulher: sua mãe um tudo.

Bichos? O gato, o cão, o galo índio que canta pela alvorada, as galinhas suras. Sabe por ouvir dizer de outros muitos: da onça – gatão feroz; da anta – bicho enorme; da capivara – porco dos rios; da sucuri – cobra “desta” grossura! Veados e pacas já viu diversos mortos nas caçadas.

Longe do ermo onde está o sítio, é o mundo. Há nele cidades – casas e mais casas, pequenas e grandes, em linha, com estradas pelo meio a que chamam ruas. Nunca as viu, sonha-as. Sabe que nelas moram os ricos, seres de outra raça, poderosos que compram fazendas, plantam cafezais e mandam em tudo.

As ideias que povoam sua cabecinha bebeu-as ali na conversa caseira dos pais.

Um Deus no céu, bom, imenso, que tudo vê e ouve até o que a boca não diz. Ao lado dele, Nossa Senhora, tão boa, resplandecente, rodeada de anjos...

Os anjos! Crianças de asas e longas túnicas esvoaçantes. No oratório da casa há o retrato de um.

Seus prazeres: a vida da casa, os incidentes do terreiro.

– Venha ver, mamãe, depressa!...

– Alguma bobagem...

– ... o pintinho sura trepado nas costas do capão peva, tenteando-se nas asinhas! Venha ver que galanteza. Ei, ei... caiu!

Ou:

– Brinquinho quer por força pegar a cauda. Está que parece um pião, corrupiando.

É bonita? Vidinha o ignora. Não se conhece, não faz de si nenhuma ideia. Se nem espelho possui... É, no entanto, linda, dessa lindeza das telas raras que jazem fora de moldura nos desvãos ignorados. Vestida à maneira dos pobrezinhos, vale o que não está vestido: o corado das faces, a expressão de inocência, o olhar de criança, as mãos irrequietas. Tem a beleza das begônias silvestres. Deem-lhe um vaso de porcelana e cintilará.

Cinderela, a eterna história...

O pai vive na luta silenciosa contra a aridez do solo, disputando às formigas, às geadas, à esterilidade, umas colheitinhas curtas. Não importa. Vive contente. A mãe moureja o dia inteiro nos trabalhos da casa. Cose, arruma, remenda, varre.

E Vidinha, entre eles, orquídea que floriu em tronco rude, brinca e sorri. Brinca e sorri com seus amigos: o cão, o gato, os pintos, as rolas que descem ao terreiro. Em noites escuras vêm visitá-la, cirandando em torno à casa, seus amiguinhos luminosos – os vaga-lumes.

Os anos passam. Os botões se fazem flor.

Um dia Vidinha entrou a sentir vagas perturbações de alma. Fugia aos brinquedos e cismava. A mãe notou a mudança.

– Em que está pensando, menina?

– Não sei. Em nada... – e suspirou.

A mãe observou-a inda uns tempos e disse ao marido:

– É lado de casar Vidinha. Está moça. Já não sabe o que quer.

Mas casa-lá como? Com quem? Não havia ali vizinhos naquele deserto, e a criança corria o risco de estiolar-se como flor estéril sem que olhos de homem casadoiro pusessem reparo em seus encantos.

Não será assim, todavia. O destino levará por diante mais uma cruel experiência.

O lobo fareja de longe a menina da capinha vermelha.

A begônia daquele deserto, filha das selvas, será caça. Será caçada por um caçador...

Está na idade do sacrifício.

O caçador não tardará.

Vem perto, piando de inambu, com a espingarda nas mãos. Trocará de bom grado, vão ver, os inambus perseguidos pela inocente juriti incauta.

– Ó de casa!

– ??

– Venho de longe. Perdi-me nestes carrascais, coisa de dois dias, e não posso comigo de canseira e fome. Venho pedir pousada.

Os ermitões do samambaial acolhem de braços abertos o transviado gentil.

Bonito moço da cidade. Bem-falante, maneiroso – uma sedução!

Como são belos os gaviões caçadores de inocências...

Deixou-se ficar a semana inteira. Contava coisas maravilhosas. O pai esquecia a roça para ouvi-lo, e a mãe desleixava a casa. Que sereia!

No pomar, sob o dossel das laranjeiras abotoadas:

– Nunca pensou em sair daqui, Vidinha?

– Sair? Aqui tenho casa, pai, mãe – tudo...

– Acha muito isso? Oh, lá fora é que é o lindo! Que maravilha é lá fora! O mundo! As cidades! Aqui é o deserto, prisão horrível, aridez, melancolia...

E ia contando contos das Mil e Uma Noites sobre a vida das cidades. Dizia do luxo, da magnificência, das festas, das pedrarias que cintilam, das sedas que acariciam o corpo, dos teatros, da música inebriante.

– Mas isso é um sonho...

O príncipe confirmava.

– A vida lá fora é um sonho.

E desfiava rosários inteiros de sonhos.

Vidinha, num deslumbramento, murmurava:

– É lindo! Mas tudo só para ricos.

– Para os ricos e para a beleza. Beleza vale mais que riqueza – e Vidinha é bela!

– Eu?..

O espanto da criança...

– Bela, sim – e riquíssima, se o quiser. Vidinha é diamante a lapidar. É Cinderela, hoje no borralho, amanhã princesa. Seus olhos são estrelas de veludo.

– Que ideia...

– Sua boca, ninho de colibri feito para o beijo...

– !...

A iniciação começa. E tudo na alma de Vidinha se aclara. As ideias vagas se definem. Os hieróglifos do coração se decifram. Compreende a vida enfim. Sua inquietação era amor, em casulo ainda, a agitar-se nas trevas. Amor sem objeto, perfume sem destino. O amor é febre da idade, e Vidinha chegara à idade da febre sem o saber. Sentia-lhe o queimor no coração, mas ignorava. E sonhava.

Tinha agora a chave de tudo. O príncipe encantado viera afinal. Estava ali ele, o grande mago de palavras maravilhosas, senhor do Abre-te Sésamo da Felicidade.

E o casulo do amor rompeu-se – e a crisálida do amor, ébria de luz, fez-se ardente borboleta de amor...

O gavião da cidade, fino de faro, havia descido no momento oportuno. Dizia-se doente e ia ficando. Sua doença chamava-se – desejo. Desejo de caçador. Ânsia de caçador por mais uma perdiz.

E a perdiz veio-lhe para as garras, fascinada pela estonteante miragem do amor.

O primeiro beijo...

A florada maravilhosa dos beijos...

O último beijo, à noite...

Pela manhã do décimo dia:

– Que é do caçador?

Fugira...

Já não recendem os manacás. São negras as flores do jardim. Não brilham as estrelas do céu. Não cantam os passarinhos. Não luzem os vaga-lumes. O sol não alumia. A noite só traz pesadelos.

Uma coisa só não mudou: o *hu, hu* magoado da juriti lá no recesso das grotas.

Os dias de Vidinha são agora vagueios agitados pelo campo. Detém-se às vezes ante uma flor, de olhos parados, como recrescidos no rosto. E monologa mentalmente:

– Vermelha? Mentira. Cheirosa? Mentira. Tudo mentira, mentira, mentira...

Mas Vidinha é juriti, corpo e alma afinados em u. Não desespera, não luta, não explode. Chora por dentro e definha. Begônia silvestre que o passante brutal chicoteou, dobra no hastil quebrado, pende para a terra e murcha. Chama de algodão... Torrão de açúcar...

Estava concluída a experiência do Destino. Mais uma vez provava-se que não vive na terra o que não é da terra.

Uma cruz...

E dali por diante, se alguém falava em Vidinha, o velho pai murmurava:

– Era a nossa luz de alegria. Apagou-se...

E a mãe lacrimejante:

– Não me sai da memória a última palavra dela: "Agora um beijo, mamãe, um beijo seu...".

Os pequeninos

1939

Ouvi certa vez uma conversa inesquecível. A esponja de doze anos não a esmaeceu em coisa nenhuma. Por que motivo certas impressões se gravam de tal maneira e outras se apagam tão profundamente?

Eu estava no cais, à espera do Arlanza, que me ia devolver de Londres um velho amigo já de longa ausência. O nevoeiro atrasara o navio.

– Só vai atracar às dez horas – informou-me um sabe-tudo de boné.

Bem. Tinha eu de matar uma hora de espera dentro dum nevoeiro absolutamente fora do comum, dos que negam aos olhos o consolo da paisagem distante. A visão morria a dez passos; para além, todas as formas desapareciam no algodoamento da névoa. Pensei nos fogs londrinos que o meu amigo devia trazer na alma e comecei a andar por ali à toa, entregue a esse trabalho, tão frequente na vida, de “matar o tempo”. Minha técnica em tais circunstâncias se resume em recordar passagens da vida. Recordar é reviver. Reviver os bons momentos tem as delícias do sonho.

Mas o movimento do cais interrompia amiúde o meu sonho, forçando-me a cortar e a reatar de novo o fio das recordações. Tão cheio de nós foi ele ficando que o abandonei. Uma das interrupções me pareceu mais interessante que a evocação do passado, porque a vida exterior é mais viva que a interior – e a conversa dos três carregadores era inegavelmente “água-forte”.

Três portugueses bem típicos, já maduros; um deles de rosto singularmente amarrotado pelos anos. Um incidente qualquer ali do cais dera origem à conversa.

– Pois esse caso, meu velho – dizia um deles –, me lembra a história da ema que tive num cercado. Também ela foi vítima dum animalzinho muitíssimo menor, e que seria esmagado, como esmagamos moscas, se lhe ficasse ao alcance do bico – mas não ficava...

Esse começo assanhou a curiosidade dos companheiros.

– Como foi? – perguntaram.

– Eu nesse tempo estava de cima, dono de terras, com casa minha, meus animais de cocheira, família. Foi um ano antes daquela rodada que me levou tudo... Peste de mundo! Tão bem que eu ia indo e afundei, perdi tudo, tive de rolar morro abaixo até bater com o lombo neste cais, entregue ao mais baixo dos serviços, que é o de carregador...

– Mas como foi o caso da ema?

Os ouvintes não queriam filosofias; ansiavam por pitoresco – e o homem por fim contou, depois de sacar o cachimbo, enchê-lo, acendê-lo. Devia ser história das que exigem pontuação a baforadas.

– Eu morava em minhas terras, lá onde vocês sabem – na Vacaria, zona de campos e mais campos, aquela planura sem-fim. E há lá muita ema. Conhecem? É a avestruz do Brasil, menor que a avestruz africana, mas mesmo assim um avejão dos mais alentados. Que força tem! Domar uma ema corresponde a domar um potro. Exige o mesmo muque. Mas são aves de boa índole. Domesticam-se facilmente e eu andava querendo ter uma em meus cercados.

– São de utilidade? – perguntou o utilitário da roda.

– De nenhuma; apenas enfeitam a casa. Aparece um visitante. "Viu minha ema?" – e lá o levamos a examiná-la de perto, a assombrar-se do tamanhão, a abrir a boca diante dos ovos. São assim como uma laranja--baiana das graúdas.

– E o gosto?

– Nunca provei. Ovos para mim só os de galinha. Mas, como ia dizendo, fiquei com ideia de apanhar uma ema nova para domesticá-la – e um belo dia eu mesmo o consegui graças à ajuda dum quiriquiri.

A história começava a interessar. Os companheiros do narrador ouviam-no suspensos.

– Como foi? Ande logo.

– Foi num dia em que saí a cavalo para uma chegada à fazendinha do João Coruja, que morava a uns seis quilômetros do meu rancho. Montei no meu pampa e fui varando a macega. Aquilo lá não há caminho, só trilhas de vai-um pelo capim rasteiro. Os olhos alcançam longe naquele mar de verde sujo que some na distância. Fui andando. De repente vi a uns trezentos metros longe qualquer coisa que se movia na macega. Parei. Firmei a vista. Era uma ema a dar voltas num círculo estreito. "Que diabo disto será aquilo?", perguntei comigo mesmo. Emas eu vira muitas, mas sempre a pastarem sossegadas ou a fugirem no galope, nadando com as asas curtas. Assim a dar voltas era novidade. Fiquei de rugas na testa. Que será? A gente da roça conhece muito bem a natureza de tudo; se vê qualquer coisa na "forma da lei", não se espanta porque é o natural; mas se vê qualquer coisa fora da lei, fica logo de orelha em pé – porque não é o natural. Que tinha aquela ema para dar tantas voltas em torno do mesmo ponto? Não era da lei. A curiosidade me fez esquecer o negócio do João Coruja. Torci a rédea ao pampa e lá me fui para a ema.

– E ela fugiu no galope...

– O natural seria isso, mas não fugiu. Ora, não há ema que não fuja do homem – nem ema, nem animal nenhum. Nós somos o terror da bicharia toda. Parei o pampa a cinco passos dela e nada, nada "da ema fugir". Nem me viu; continuou nas suas voltas, com ar aflito. Pus-me a observá-la, intrigado. Seria seu ninho ali? Não era. Não havia sinal de ninho. A pobre ave girava e regirava, fazendo movimentos de pescoço sempre na mesma direção, para a esquerda, como se quisesse alcançar qualquer coisa com o bico. A roda que fazia era de raio curto, aí duns três metros, e pelo amassamento do capim calculei que já havia dado umas cem voltas.

– Interessante! – murmurou um dos companheiros.

– Foi o que pensei comigo mesmo. Mais que interessante: esquisitíssimo. Primeiro, não fugir de mim; segundo, continuar nas voltas aflitas, sempre com aqueles movimentos de pescoço para a esquerda. Que seria? Apeei e fui chegando. Olhei-a de bem perto. "A coisa é embaixo da asa", vi logo. A pobre criatura tinha qualquer coisa sob a asa, e aquelas voltas e aquele movimento de pescoço eram para alcançar o sovaco. Aproximei-me mais. Segurei-a. A ema, arquejante, não fez a menor resistência. Deixou-se agarrar. Ergui-lhe a asa e vi...

Os ouvintes suspenderam o fôlego.

– ... e vi uma coisa vermelha atracada ali, uma coisa que se assustou e voou, e foi pousar num galho seco a vinte passos de distância. Sabem o que era? Um quiriquiri...

– Que é isso?

– Um gaviãozinho dos menores que existem, assim do tamanho dum sanhaço – um gaviãozinho-carijó.

– Mas não disse que era vermelho?

– Estava vermelho do sangue da ema. Agarrara-se-lhe ao sovaco, que é um ponto despido de penas, e aferrara-se à carne com as unhas, enquanto com o bico ia arrancando nacos de carne viva e devorando-os. Aquele ponto do sovaco é o único sem defesa num corpo de ema, porque ela não o alcança com o bico. É como esse ponto que temos nas costas e não podemos coçar com as unhas. O quiriquiri conseguira localizar-se ali e estava a seguro de bicadas.

– Examinei a ferida. Pobre ema! Uma ferida enorme, assim dum palmo de diâmetro e onde o bico do quiriquiri fizera menos mal que suas garras, pois, como tinha de manter-se aferrado, ia mudando as garras à proporção que a carne dilacerada cedia. Nunca vi ferida mais arrepiante.

– Coitada!

– As emas são duma estupidez famosa, mas o sofrimento abriu a inteligência daquela. Fê-la compreender que eu era o seu salvador – e a mim entregou-se como quem se entrega a um deus. O alívio que minha chegada lhe produziu, fazendo que o quiriquiri a largasse, iluminou-lhe os miolos.

– E o gaviãozinho?

– Ah, o patife, muito vermelho do sangue da ema, lá ficou no galho seco à espera de que eu me afastasse. Pretendia retomar ao banquete! “Eu já te curo, malvado!”, exclamei, sacando o revólver. Um tiro. Errei. O quiriquiri voou para longe.

– E a ema?

– Levei-a para casa, curei-a e tive-a lá por uns meses num cercado. Por fim soltei-a. Não vai comigo isso de escravizar os pobres animaizinhos que Deus fez para vida solta. Se no cercado estava livre dos quiriquiris, era em compensação uma escrava saudosa das correrias pelo campo. Se fosse consultada, certamente que preferiria os riscos da liberdade à segurança da escravidão. Soltei-a. “Vai, minha filha, segue o teu destino. Se outro quiriquiri te apanhar, arruma-te lá com ele.”

– Mas então é assim?

– Um velho caboclo da zona informou-me que aquilo é frequente. Esses minúsculos gaviõezinhos procuram as emas. Ficam traiçoeiramente a rondá-las, à espera de que se descuidem e levantem a asa. Eles, então, rápidos como setas, lançam-se; e se conseguem alcançar-lhes o sovaco, ali enterram as garras e ficam como carrapatos. E as emas, apesar de imensas comparadas com eles, acabam vencidas. Caem exaustas; morrem; e os malvadinhos repastam-se no carname durante dias.

– Mas como eles sabem? É o que mais admiro...

– Ah, meu caro, a natureza está inçada de coisas assim, que para nós são mistérios. Com certeza houve um quiriquiri que por acaso fez isso uma primeira vez, e como deu certo ensinou a lição aos outros. Estou convencido de que os animais ensinam uns aos outros o que vão aprendendo. Oh, vocês, criaturas da cidade, não imaginam que coisas interessantes há na natureza da roça...

O caso da ema foi comentado sob todos os ângulos – e deu um broto. Fez sair da memória do carregador de cara amarrotada uma história vagamente similar, em que bichinhos muito pequenos destruíram a vida moral dum homem.

– Sim, destruíram a vida dum bicho imensamente maior, como sou eu em comparação com as formigas. Fiquem vocês sabendo que a mim aconteceu coisa ainda pior que o acontecido à ema. Fui vítima dum formigueiro...

Todos arregalaram os olhos.

– Só se já foste hortelão e as formigas te comeram a fazenda – sugeriu um.

– Nada disso. Comeram-me mais que a fazenda, comeram-me a alma. Destruíram-me moralmente – mas foi sem querer. Pobrezinhas! Não as culpo de nada.

– Conta lá isso depressa!, Manuel. O Arlanza não tarda. E o velho contou.

– Eu era o fiel da firma Toledo & Cia., com obrigação de tomar conta daquele grande armazém da rua Tal. Vocês sabem que tomar conta dum depósito de mercadorias é coisa séria, porque o homem se torna o único responsável por tudo quanto entra e sai. Ora, eu, português dos antigos, desses de antes quebrar que torcer, fui escolhido para "fiel" porque era fiel – era e sou. Não valho nada, sou um pobre homem ao léu, mas honradez está aqui. Meu orgulho sempre foi esse. Criei reputação desde menino. "O Manuel é dos bons; quebra mas não torce." Pois não é que as formigas me quebraram?

– Conta lá isso depressa...

– A coisa foi assim. Na qualidade de fiel do armazém, nada entrava nem saía sem ser por minhas mãos. Eu fiscalizava tudo e com tal severidade que Toledo & Cia. juravam sobre mim como sobre a Bíblia. Certa vez entrou lá uma partida de 32 sacos de arroz, que contei, conferi e fiz empilhar a um canto, junto a uma pilha de velhos caixões que lá estavam encostados de muito tempo. Trinta e dois. Contei-os e recontei-os e escrevi no livro de entradas 32, nem mais um, nem menos um. E no dia seguinte, conforme velho hábito meu, ainda me fui à pilha e recontei os sacos. Trinta e dois.

– Pois muito que bem. O tempo se passa. O arroz lá fica meses à espera de negócio, até que um dia recebo do escritório ordem para entregá-lo ao portador. Vou dirigir a entrega. Fico na porta do armazém conferindo os sacos que por ali passavam às costas de dois carregadores – um, dois, vinte, 31... Faltava o último.

– "Anda com isso!" –, berrei ao carregador que fora buscá-lo, mas o bruto aparece-me lá dos fundos com as mãos vazias: – "Não há mais nada".

– “Como não há mais nada?” – exclamei. – “São 32. Falta um. Vá buscá-lo, vá ver.”

– Ele foi e voltou na mesma: – “Não há mais nada”.

– “Impossível!”. E fui eu mesmo fazer a verificação e nada achei. Misteriosamente desaparecera um saco de arroz da pilha...

– Aquilo pôs-me tonto de cabeça. Esfreguei os olhos. Cocei-me. Voltei ao livro de entradas; reli o assento; claro como o dia: 32. Além disso eu lembrava-me muito bem daquela partida por causa dum incidente agradável. Logo que terminei a contagem eu havia dito “32, última dezena do Camelo!”, e aproveitei o palpite na venda da esquina. Mil-réis na dezena 32: de tarde apareceu-me o empregadinho com 80 mil-réis. Dera o camelo com 32.

– Vocês bem sabem que essas coisas a gente não esquece. Eram, pois, 32 sacas – e como então só estavam lá 31? Pus-me a parafusar. Furtar ninguém furtara, porque eu era o mais fiel dos fiéis, não arredava pé da porta e dormia lá dentro. Janelas gradeadas de ferro. Porta, uma só. Que ninguém furtara o saco de arroz era coisa que eu juraria perante todos os tribunais do mundo, como o jurava para a minha consciência. Mas a saca de arroz desaparecera... e como era?

– Tive de comunicar ao escritório o desaparecimento – e foi o maior vexame da minha vida. Porque nós, operários, temos a nossa honra, e a minha honra era aquela – era ser o único responsável por tudo quanto entrasse e saísse daquele depósito.

– Chamaram-me ao escritório.

– “Como explica a diferença, Manuel?”

– Cocei a cabeça.

– “Meu senhor”, respondi ao patrão, “bem quisera eu explicá-la, mas por mais que torça os miolos não o consigo. Recebi os 32 sacos de arroz; contei-os e recontei-os, e tanto eram 32 que nesse dia deu essa dezena e ‘mamei’ do vendeiro da esquina 80 ‘paus’. O arroz demorou lá meses. Agora recebo ordem para entregá-lo ao caminhão. Vou presidir à retirada e só encontro 31. Furtá-lo, ninguém o furtou; isso juro, porque a entrada do armazém é uma só e eu sempre fui cão de fila – mas o fato é que o saco de arroz desapareceu. Não sei explicar o mistério.

– As casas comerciais têm que seguir certas normas, e se eu fosse o patrão faria o que ele fez. Já que era o Manuel o responsável único, se não havia explicação para o mistério, pior para o Manuel.

– “Manuel”, disse o patrão, “a nossa confiança em você sempre foi completa, como você muito bem sabe, confiança de doze anos; mas o arroz não podia ter-se evaporado como água ao fogo. E como desapareceu um saco podem desaparecer mil. Quero que você mesmo nos diga o que devemos fazer”.

Respondi como devia.

– “O que há a fazer, meu senhor, é despedir o Manuel. Ninguém furtou a saca de arroz, mas a saca de arroz confiada à guarda do Manuel desapareceu. O que o patrão tem a fazer é fazer o que o Manuel faria se estivesse em seu lugar: despedi-lo e contratar outro.”

O patrão disse:

– “Muito lamento ter de agir assim, Manuel, mas tenho sócios que me fiscalizam os atos, e serei criticado se não fizer como você mesmo me aconselha”.

O velho carregador parou para avivar o cachimbo.

– E foi assim, meus caros, que depois de doze anos de serviço no armazém de Toledo & Cia. fui para o olho da rua, suspeitado de ladrão por todos os meus colegas. Se ninguém podia furtar aquele arroz e o arroz desaparecera, qual o culpado? O Manuel, evidentemente.

– Fui para a rua, meus caros, já velhusco e sem carta de recomendação, porque recusei a que a firma me quis dar por esmola. Em boa consciência, que carta poderiam dar-me os senhores Toledo & Cia.?

– Ah, o que sofri! Saber-me inocente e sentir-me suspeitado – e sem meios de defesa. Roubar é roubar, seja mil-réis, sejam contos. Cesteiro que faz um cesto faz um cento. E eu, que era um homem feliz porque compensava a minha pobreza com a fama de honestidade sem par, rolei para a classe dos duvidosos. E o pior era o rato que me roía os miolos. Os outros podiam satisfazer-se atribuindo a mim o furto, mas eu, que sabia da minha inocência, não arrancava aquele rato da cabeça. Quem tiraria de lá o saco de arroz? Esse pensamento ficou-me lá dentro como um berne dos cabeludos.

– Dois anos se passaram, em que envelheci dez. Um dia recebo recado da firma, ‘que aparecesse no escritório’. Fui.

– "Manuel", disse-me o mesmo chefe que me despedira, "o misterioso desaparecimento do saco de arroz está decifrado e você reabilitado da maneira mais completa. Ladrões tiraram de lá o arroz sem que você visse..."

– "Não pode ser, meu senhor! Tenho orgulho do meu trabalho de guarda. Sei que ninguém entrou lá durante aqueles meses. Sei."

O chefe sorriu.

– "Pois saiba que inúmeros ladrõezinhos entraram e saíram com o arroz."

Fiquei tonto. Abri a boca.

– "Sim, as formigas..."

– "As formigas? Não estou entendendo nada, patrão..."

– Ele contou então tudo. A partida dos 32 sacos fora arrumada, como já disse, junto a uma pilha de velhos caixões vazios. E o último saco ficava pouco acima do nível do último caixão – disso eu me lembrava perfeitamente. Fora esse o saco desaparecido. Pois bem. Um belo dia o escritório dá ordem ao novo fiel para remover de lá os caixões. O fiel executa-a – mas ao fazê-lo nota uma coisa: grãos de arroz derramados no chão, em redor dum olheiro de formigas-saúvas. Foram as saúvas as roubadoras da saca de arroz número 32!

– Como?

– Subiram pelos interstícios da caixotaria e furaram o saco último, o qual ficava um pouco acima do nível do último caixão. E foram retirando os grãos um a um. Com o progressivo esvaziar-se, o saco perdeu o equilíbrio e escorregou da pilha para cima do último caixão – e nessa posição as formigas completaram o esvaziamento...

– E...

– Os senhores Toledo & Cia. pediram-me desculpas e ofereceram-me de novo o lugar, com paga melhorada a título de indenização. Sabem o que respondi? "Meus senhores, é tarde. Já não me sinto o mesmo. O desastre matou-me por dentro. Um rato roubou-me todo o arroz que havia dentro de mim. Deixou-me o que sou: carregador do porto, saco vazio. Já não tenho interesse em nada. Continuarei, portanto, carregador. É serviço de menos responsabilidade – além de que este mundo é uma pinoia. Pois um mundo onde uns bichinhos inocentes dão cabo da alma dum homem, então isso é lá mundo? Obrigado, meus senhores!", e saí.

Nesse momento o Arlanza apitou. O grupo dissolveu-se e também eu fui colocar-me a postos. O amigo de Londres causou-me má impressão. Magro, corcovado.

– Que te aconteceu, Marinho?

– Estou com os pulmões afetados.

Hum!, sempre a mesma coisa – o pequenininho a derrear o grande. Quiriquiri, saúva, bacilo de Koch...

A facada imortal
1942

Todos os tratados de xadrez descrevem a célebre partida jogada por Philidor no século XVIII, a mais romântica que os anais enxadrísticos mencionam. Tão sábia foi, tão imprevista e audaciosa, que recebeu o nome de *Partida imortal*. Embora depois dela se jogassem pelo mundo milhões de partidas de xadrez, nenhuma ofuscou a obra-prima do famoso Philidor André Danican.

Também a “facada” do Indalício Ararigboia, um saudoso amigo morto, se vem perpetuando nos anais da alta malandragem como a *La Gioconda* do gênero ou como está admitido nas rodas técnicas – a *Facada imortal*. Indalício foi positivamente o Philidor dos faquistas.

Lembro-me bem: era um rapaz lindo, de olhos azuis e voz suavíssima; as palavras vinham-lhe como pêssegos embrulhados em paina, e sabiamente camaralentadas, porque, dizia ele, o homem que fala depressa é um perdulário que deita fora o melhor ouro da sua herança. Ninguém dá tento ao que esse homem diz, porque *quod abundat nocet*. Se não valorizamos nós mesmos as nossas palavras, como pretendermos que os outros as prezem? Meu mestre nesse ponto foi o general Pinheiro Machado, num discurso que lhe ouvi certa vez. Que astuciosa e bem calculada lentidão! Entre uma palavra e outra o Pinheiro punha um intervalo de segundos, como se sua boca estivesse perdigotando pérolas. E a assistência o ouvia com religiosa unção, absorvendo como pérolas o que como pérolas era emitido. Substantivos, adjetivos, verbos, advérbios e conjunções caíam sobre os ouvintes como seixos lançados à lagoa; e antes que cada um chegasse bem lá no fundo, o general não soltava outro. Cacetíssimo, mas de alta eficiência.

– Foi ele então o teu mestre na arte de falar valorizadamente...

– Não. Nasci sonolento. O Pinheiro apenas me abriu os olhos quanto ao valor monetário do dom que a natureza me dera. Depois de ouvir esse seu discurso é que passei a dedicar-me à nobre arte de fazer com os homens o que fazia Moisés nas rochas do deserto.

– Fazê-los "sangrar"...

– Exatamente. Vi que se somasse minha natural lentidão do falar com alguma psicologia vienense (Freud, Adler), o dinheiro dos homens me atenderia como as galinhas atendem ao *quit, quit* das donas de casa. Para cada bolso há uma chave Yale. Minha técnica se resume hoje em só abordar a vítima depois de descobrir a chave certa.

– E como o consegue?

– Tenho minha álgebra. Considero os homens equações do terceiro grau – equações psicológicas, está claro. Estudo-os, deduzo, concluo – e esfaqueio com precisão praticamente absoluta. O mordedor comum é um ser indecoroso, digno do desprezo que lhe dá a sociedade. Pedincha, implora; apenas desenvolve, sem a menor preocupação estética, o surrado cantochão do mendigo: "Uma esmolinha pelo amor de Deus!". Comigo, não! Assumi essa atitude (porque o pedir é uma atitude na vida), primeiro, por esporte; depois, com o fito de reabilitar uma das mais velhas profissões humanas.

– Realmente, a intenção é nobilíssima...

Indalício racionalizara a "mordedura" ao ponto da sublimação. Citava filósofos gregos. Mobilizava músicos de fama.

– Liszt, Mozart, Debussy, dizia ele, nobilitaram essa coisa comum chamada “som” à força de harmonizá-lo de certo modo. O escultor nobilitará até um paralelepípedo de rua, se lhe der forma estética. Por que não nobilitaria eu o deprimentíssimo ato de pedir? Quando lanço a minha facada, sempre depois de sérios estudos, a vítima não me *dá* o seu dinheiro, apenas paga a finíssima demonstração técnica com que o tonteio. Paga-me a facada do mesmo modo que o amador de pintura paga o arranjo de tintas que o pintor faz sobre uma estopa, um quadrado de papelão, uma relíssima tábua. O faquista comum, notem, nada dá em troca do miserável dinheirinho que tira. Eu dou emoções gratíssimas à sensibilidade das criaturas finas. Minha vítima tem que ser fina. O simples fato da minha escolha já é um honroso diploma, porque nunca me desonrei em esfaquear criaturas vulgares, de alma grosseira. Só procuro gente na altura de compreender as sutilezas das paisagens de Corot ou dos versos de Verlaine.

Como se requintava a formosura do Indalício nos momentos em que discorria assim! Envolvia-o a aura dos predestinados, dos apóstolos que se sacrificam para aumentar de alguma coisa a beleza do mundo. De sua barba loura, à Cristo, escapavam os suaves reflexos de *cendré*. As frases fluíam-lhe da boca de fino desenho como o óleo ou o mel escorre duma ânfora grega suavemente inclinada. Suas palavras traziam patins aos pés. Tudo no Indalício eram mancais de esferas. Talvez o ajudasse a circunstância de ser surdinho. Isso de não ouvir bem põe veludos em certas pessoas, dá-lhes um macio de violoncelo. Como não se distraem com a vulgaridade dos sons que todos nós normalmente ouvimos, atentam mais em si próprios, “ouvem-se mais”, concentram-se.

Nosso costume naquele tempo era reunir-nos todas as noites no velho Café Guarany com y grego – a reforma ortográfica ainda dormia no calcanhar do Medeiros de Albuquerque; ficávamos ali horas trabalhando para a Antarctica e comentando as proezas de cada um. Rodinha muito interessante e vária, cada um com a sua mania, a sua arte ou a sua tara. Ligava-nos apenas uma coisa: o pendor comum pelas finuras mentais em qualquer campo que fosse, literatura, perfídia, oposição ao Governo, arte de viver, amor. Um deles era absolutamente ladrão – desses que a sociedade trancafia. Mas que ladrão engraçado! Estou hoje convencido de que roubava unicamente com um fim: deslumbrar a rodinha com a primorosa estilização das proezas. Outro era bêbado profissional – e talvez pela mesma razão: informar à roda sobre o que é a vida do clã de adoradores do álcool que passam a vida nas "botecas". Outro era o Indalício...

– E antes, Indalício? Que é que fazias?

– Ah, perdia o tempo numa escola do Rio como professor de meninos. Nada mais desinteressante. Fugi, farto e refarto. Odeio qualquer atividade vazia dessa "emoção da caça", que considero a coisa suprema da vida. Fomos caçadores durante milhões e milhões de anos, na nossa longuíssima fase de homens primitivos. A civilização agrícola é coisa de ontem, e por isso ainda espinoteiam com tanta vivacidade, dentro do nosso modernismo, os velhos instintos do caçador. Continuamos os caçadores que éramos, apenas mudados de caça. Como nestas cidades de hoje não existem aqueles *Ursus spelaeus* que no período das cavernas nós caçávamos (ou nos caçavam), matamos a sede do instinto com as amáveis cacinhas da civilização. Uns caçam meninas bonitas, outros caçam negócios, outros caçam imagens e rimas. O Breno Ferraz caça boatos contra o governo...

– E eu, que caço? – perguntei.

– Antíteses – respondeu de pronto o Indalício. – Fazes contos, e que é o conto senão uma antítese estilizada? Eu caço otários, com a espingarda da psicologia. E como isso me dá para viver folgadamente, não quero outra profissão. Tenho prosperado. Calculo que nestes últimos três anos consegui remover do bolso alheio para o meu cerca de 200 contos de réis.

Aquela revelação fez que o nosso respeito pelo Indalício aumentasse de dez pontos.

– E sem abusar – continuou ele –, sem forçar a nota, porque meu intento nunca foi acumular dinheiro. Em dando para o passadio à larga, está ótimo. O lucro maior que obtenho, entretanto, está na contenteza de alma, na paz da consciência – coisas que nunca tive nos anos em que, como professor de educação moral, eu transmitia às inocentes crianças noções que hoje considero absolutamente falsas. As nevralgias da minha consciência naquela época, quando provava nas aulas, com infames sofismas, que a linha reta é o caminho mais curto entre dois pontos!

Com o perpassar do tempo o Indalício desprezou completamente as facadas simples, ou do "primeiro grau", como dizia ele, isto é, as que apenas produzem dinheiro. Passou a interessar-se unicamente pelas que representavam "soluções de problemas psicológicos" e lhe davam, além do íntimo prazer da façanha, a mais pura glória ali na rodinha. Uma noite desenvolveu-nos o teorema do máximo...

– Sim, cada homem, em matéria de facada, tem o seu máximo; e o faquista que arranca 100 mil-réis dum freguês cujo máximo é de 1 conto, lesa-se a si próprio – e ainda perturba a harmonia universal. Lesa-se em 900 mil-réis e interfere na ordem preestabelecida do cosmos. Aqueles 900 mil-réis estavam predestinados a mudarem-se de bolso *naquele dia, naquela hora*, por meio *daqueles agentes*; a inépcia do mau faquista perturba a predestinação, dessa arte criando uma ondulazinha de desarmonia que até ser reabsorvida contribui para o mal-estar do Universo.

Essa filosofia ouvimo-la no dia do seu "grande deslize", quando o Indalício nos apareceu no Guarany seriamente incomodado com a perturbação que essa sua "mancada" podia estar determinando na harmonia das esferas.

– Errei – disse ele. – Meu assalto foi contra o Macedo, que, vocês sabem, é a maior vítima dos mordedores de São Paulo. Mas fui precipitado em minhas conclusões quanto ao seu máximo e dei-lhe um golpe de 2 contos apenas. A prontidão com que atendeu, *reveladora de que estava ganhando 3*, demonstrou-me, da maneira mais evidente, que o máximo do Macedo é de 5 contos! Perdi, pois, 3 contos... E o pior não está nisso, mas na desconfiança em que fiquei de mim mesmo. Estarei por acaso decaindo? Nada mais grotesco do que ferir em 80 ao otário cujo máximo é de 100. O bom atirador não gosta de acertar perto. Há de enfiar as balas, exatinho, no centro geométrico do alvo.

Nesse dia foram necessários dez chopes para abafar a inquietação do Indalício; e ao recolher-nos, lá pela meia-noite, saí com ele a pretexto de consolá-lo, mas na realidade para impedi-lo de passar pelo viaduto. Mas afinal descobri a aspirina adequada ao caso.

– Só vejo um meio de te restaurares na confiança perdida, meu caro Indalício: dares uma facada no Raul! Se o consegues, terás realizado a proeza suprema de tua vida. Que tal?

Os olhos do Indalício iluminaram-se, como os do caçador que depois de perder um quati dá de frente com um precioso veado – e foi assim que teve início a construção da grande obra-prima do nosso saudoso Indalício Ararigboia.

O Raul, velho companheiro de roda, tinha-se, e era tido, como absolutamente imune a facadas. Rapaz de modestas posses, vivia duns 400 mil-réis mensalmente drenados do governo; mas tratava-se bem, vestia-se com singular apuro, usava lindas gravatas de seda, bons sapatos; para perpetuar semelhante proeza, entretanto, adquirira o hábito de não pôr fora dinheiro nenhum, e hermeticamente fechara o corpo a facadas, por mínimas que fossem. Recebido o ordenado no começo do mês, pagava as contas, as prestações, retinha os miúdos do bonde e pronto – ficava até o mês seguinte leve como um beija-flor. Em matéria de facadas sua teoria sempre fora de negação absoluta.

– "Morre" quem quer – dizia ele. – Eu por exemplo não sangrarei nunca porque de há muito *deliberei* não sangrar! O mordedor pode atacar-me de qualquer lado, Norte, Sul, Leste, Oeste, a jusante ou a montante, e com uso de todas as armas, inclusive as do arsenal do Indalício: inútil! Não sangro, pelo simples fato de haver deliberado não sangrar – além de que por sistema não ando com dinheiro no bolso.

Indalício não ignorava a inexpugnabilidade do Raul, mas como se tratasse dum companheiro de roda nunca pensou em tirar o ponto a limpo. Minha sugestão daquele dia, porém, fê-lo mudar de ideia. A inexpugnabilidade do Raul entrou a irritá-lo como intolerável desafio à sua genialidade.

– Sim – disse o Indalício –, porque verdadeiramente imune a facadas não creio que haja ninguém no mundo. E se alguém, como o Raul, faz essa ideia de si, é que nunca foi abordado por um verdadeiro mestre – um Balzac como eu. Hei de destruir a inexpugnabilidade do Raul; e se meu golpe vier a falhar, talvez até me suicide com a pistola de Vatel. Viver desonrado aos meus próprios olhos, nunca!

E Indalício pôs-se a estudar o Raul a fim de descobrir-lhe o máximo – sim, porque até no caso do Raul aquele gênio insistia em ferir no máximo! Duas semanas depois confessou-me, com a habitual suavidade:

– O caso está resolvido. O Raul realmente jamais levou facada e considera-se em absoluto imune – mas lá no fundo da alma, ou do inconsciente, está inscrito o seu máximo: 5 mil-réis! Tenho orgulho em revelar a minha descoberta. Raul considera-se inesfaqueável, e jurou morrer sem a menor cicatriz no bolso; a sua consciência, portanto, não admite máximo nenhum. *Mas o máximo do Raul é de 5!* Para chegar a essa conclusão tive de insinuar-me nos desvãos de sua alma com a gazua do Freud.

– Só 5?

– Sim. Só 5 – e máximo absoluto! Se o Raul se psicanalisasse, descobriria, com assombro, que apesar das suas juras de imunidade a natureza o colocou na asa dos 5.

– E vai o nosso Balzac sujar-se com uma facada de 5 mil-réis! Em que ficou a tua fixação do mínimo em 200?

– De fato, hoje não dou facadas de menos de 200, e me julgaria desonrado se me abaixasse a uma de 180. Mas o caso do Raul, especialíssimo, me força a abrir uma exceção. Vou esfaqueá-lo em 50 mil-réis...

– Por que 50?

– Porque ontem, inopinadamente, a minha álgebra psicológica demonstrou que há possibilidade de um segundo máximo no Raul, não de cinco, como está inscrito no seu inconsciente, mas de dez vezes isso, como consegui ler na aura desse inconsciente!...

– No inconsciente do inconsciente!...

– Sim, na verdadeira estratosfera do inconsciente raulino. Mas só serei bem-sucedido se não errar na escolha do momento mais favorável, e se conseguir deixar em ponto de bala por meio da aplicação de diversas cocaínas psicológicas. Só quando Raul se sentir levitado, expandido, com a alma bem rarefeita, é que sangrará no máximo astral que eu descobri!...

Mais um mês gastou o Indalício em estudos do Raul. Certificou-se do dia em que lhe pagavam no Tesouro, do quanto lhe levavam as contas e prestações, e quanto costumava sobrar-lhe depois de satisfeitos todos os compromissos. E não há por aqui toda a série de preparos psicológicos, físicos, metapsíquicos, mecânicos e até gastronômicos a que o gênio do Indalício submeteu o Raul; encheria páginas e páginas. Resumirei dizendo que o ataque em voo piqué só seria realizado depois do completo "condicionamento" da vítima por meio da sábia aplicação de todos os "matadores". O nosso pobre Indalício faleceu sem saber que estava lançando os fundamentos do moderno totalitarismo...

No dia 4 do mês seguinte avisou-me da iminência do golpe.

– Vai ser amanhã, às oito da noite, no Bar Baron, quando o Raul cair na leve crise sentimental que lhe provocam certas passagens da *Petit Chose* de Daudet, recordadas entre a segunda e a terceira dose do meu vinho...

– Que vinho?

– Ah, um que descobri em estudos *in anima nobile* – nele mesmo: a única vinhaça que de mistura com o Daudet do *Petit Chose* deixa o Raul, durante meio minuto, sangrável no máximo astral! Vocês vão abrir a boca. Estou positivamente criando a minha obra-prima! Aparece amanhã no Guarany às nove horas para ouvires o resto...

No dia seguinte fui ao Guarany às oito e já lá encontrei a roda. Pu-los ao par dos desenvolvimentos da véspera e ficamos a comentar os prós e contras do que àquela hora estaria se passando no Bar Baron. Quase todos jogavam no Raul.

Às nove entrou o Indalício, suavemente. Sentou-se.

– Então? – perguntei.

Sua resposta foi tirar do bolso e sacudir no ar uma nota nova de 50 mil-réis.

– Fiz um trabalho preparatório perfeito demais para que me falhasse o golpe – disse ele. – No momento decisivo bastou-me um *quit, quit* dos mais simples. Os 50 *fluíram* do bolso do Raul para o meu – contentes, felizes, alegrinhos...

O assombro da roda chegou ao auge. Era realmente escachante aquele prodígio!

– Maravilhoso, Indalício! Mas põe isso em troco miúdo – pedimos. E ele contou:

– Nada mais simples. Depois do preparo do terreno, a técnica foi, entre a segunda e a terceira dose da vinhaça e o Daudet, ferir fundo nos 50 – e o que eu esperava ocorreu. Ultrassurpreso de haver no globo quem o avaliasse em 50 mil-réis, a ele, que na intimidade trevosa do subconsciente só admitia o miserável máximo de 5, Raul deslumbrou-se... Raul perdeu o controle de si próprio... sentiu-se levitado, rarefeito por dentro, estratosférico – e com os olhos emparvecidos meteu a mão no bolso, sacou tudo quanto havia lá, exatamente esta nota, e entregou-me, sonambúlico, num incoercível impulso de gratidão! Instantes depois voltava a si. Corou como a romã, formalizou-se, e só não me agrediu porque a minha sábia fuga estratégica não lhe deu tempo...

Maravilhamo-nos sinceramente. Aquela Yale psicológica era talvez a única, dos milhões de chaves existentes no universo, capaz de abrir a carteira do Raul para um faquista; e o tê-la descoberto e manejado com tanta segurança era coisa que indiscutivelmente vinha fechar com chave de ouro a gloriosa carreira do Indalício como de fato fechou: meses depois a gripe espanhola de 1918 nos levava esse precioso e amável amigo.

– Parabéns, Indalício! – exclamei. – Só a má-fé te negará o dom da genialidade. A *Partida imortal* do grande Philidor já não está sem pendante no mundo. Criaste a *Facada imortal*.

Como ninguém da roda jogasse xadrez, todos me olharam perguntativamente. Mas não houve tempo para explicações. Vinha entrando o Raul. Sentou-se, calado, contido. Pediu uma caninha (sinal de rarefação no bolso). Ninguém disse nada. Esperamos que ele se abrisse. Indalício estava profundamente absorvido nos "Pingos e Respingos" dum *Correio da Manhã* sacado do bolso.

Súbito, veio-me uma infinita vontade de rir, e foi rindo que rompi o silêncio:

– Então, seu Raul, caiu, hein?...

Realmente desapontado, o querido Raul não achou a palavra chistosa, o "espírito" com que em qualquer outra circunstância comentaria um seu desazo qualquer. Limitou-se a sorrir amareladamente e a emitir um "Pois é!..." – o mais desenxabido "Pois é" ainda pronunciado no mundo. Tão desenxabido que o Indalício engasgou-se de rir... com o "Pingo" que lia.

A policitemia de Dona Lindoca

Dona Lindoca não era feliz. Quarentona bem puxada apesar dos 37 anos em que fizera finca-pé, via pouco a pouco chegar a velhice com seu empaste de feições, rugas e macacoas.

Não era feliz, porque nascera com o gênio da ordem e do asseio meticuloso – e gente assim passa a vida a amofinar-se com criados e coisinhas. E como também nascera casta e amorosa, não ia com o desamor e desrespeito do mundo. O marido jamais lhe retribuíra o amor com os mimos entressonhados em noiva. Não tinha "caídos", nem usava para a sua sensibilidade, sempre menineira, desses pequeninos nadas cariciosos que para certas criaturas constituem a suprema felicidade na terra.

Isso, porém, não traria a dona Lindoca mal de monta, excedente a suspiros e queixas às amigas, se a certeza da infidelidade do Fernando não viesse um dia estragar tudo. Estava a boa senhora a escovar-lhe o paletó quando sentiu vago aroma suspeito. Foi logo aos bolsos – e apanhou o corpo do delito num lencinho perfumado.

– Fernando, você deu agora para usar perfume? – indagou a santa esposa aspirando o lenço comprometedor. – E "*Coeur de Jeannette*", inda mais...

O marido, pegado de surpresa, armou a cara mais alvar de toda a sua coleção de "caras circunstanciais" e murmurou o primeiro rebate sugerido pelo instinto de defesa:

– Você está sonhando, mulher... – Mas teve que render-se à evidência, logo que a esposa lhe chegou ao nariz o crime.

Há coisas inexplicáveis, por mais lépida que seja a presença de espírito de um homem traquejado. Lenço cheiroso em bolso de marido que jamais usou perfume, eis uma. Põe em ti o caso, leitor, e vai estudando desde já uma saída honrosa para a hipótese de te suceder o mesmo.

– Pilhéria de mau gosto do Lopes...

O melhor que lhe acudiu foi lançar à conta do espírito brincalhão do seu velho amigo Lopes mais aquela. Dona Lindoca, está claro, não engoliu a grosseira pílula – e desde aquele dia entrou a suspirar suspiros de um novo gênero, com muita queixa às amigas sobre a corrupção dos homens. Mas a realidade era diferente de tudo aquilo. Dona Lindoca não era infeliz; seu marido não era um mau marido; seus filhos não eram maus filhos. Gente toda ela muito normal, vivendo a vida que todas as criaturas normais vivem. Dava-se apenas o que se dá sempre na existência da generalidade dos casais pacíficos. A peça matrimonial "Multiplicai-vos" tem um segundo ato em excesso trabalhoso na procriação e criação dos rebentos. É uma dobadoura de anos, na qual os atores principais mal têm tempo de cuidar de si, tanto lhes monopolizam as energias os cuidados absorventes da prole. Nesse período longo e rotineiro, quanto perfume vago não trouxe da rua o doutor Fernando! Mas o olfato da esposa, sempre saturado com o cheirinho das crianças, jamais deu tento de nada.

Um dia, porém, começou a dispersão. Casaram-se as filhas e os filhos foram deixando o borralho um por um, como passarinhos que já sabem fazer uso das asas. E como o esvaziamento do lar ocorreu no período muito curto de dois anos, o vácuo trouxe a dona Lindoca uma penosa sensação de infelicidade.

O marido não mudara em coisa nenhuma, mas como só agora dona Lindoca tinha tempo de dar-lhe atenção, parecia-lhe mudado. E queixava-se dos seus eternos negócios fora de casa, da sua indiferença, do seu "desamor". Certa vez, perguntou-lhe ao jantar:

– Fernando, que dia é hoje?

– Treze, filha.

– Treze só?

– Está claro que treze só. Impossível que fosse treze e mais alguma coisa. É da aritmética.

Dona Lindoca arrancou um suspiro dos mais sucados.

– Essa aritmética antigamente era bem mais amável. Pela aritmética antiga, hoje não seria 13 só e sim treze de julho...

O doutor Fernando bateu na testa.

– É verdade, filha! Não sei como me escapou que é hoje dia dos teus anos. Esta cabeça...

– Essa cabeça não falha quando as coisas a interessam. É que para você eu já passei... Mas console-se, meu caro. Não me ando sentindo bem e breve deixarei você livre no mundo. Poderá então, sem remorso, regalar-se com as Jeannettes...

Como as recriminações alusivas ao caso do lenço perfumado fossem uma "scie", o marido adotara a boa política de "passar", como no pôquer. "Passava" todas as alusões da esposa, meio eficaz de torcer em germe o pepino de um debate tão inútil quão indigesto. Fernando "passou" a Jeannette e aceitou a doença.

– Sério? Sente qualquer coisa, Lindoca?

– Uma ansiedade, uma canseira, isto desde que vim de Teresópolis.

– Calor. Estes verões cariocas derrancam até aos mais pintados.

– Sei quando é calor. O mal-estar que sinto deve ter outra causa.

– Nervoso, então. Por que não vai ao médico?

– Já pensei nisso. Mas a qual médico?

– Ao Lanson, filha. Que ideia! Pois não é o médico da casa?

– Deus me livre. Depois que matou a mulher do Esteves? Isso quer você...

– Não matou tal, Lindoca. É maldade inventada por aquela caninana da Marocas. Ela é que diz isso.

– Ela e todos. Voz corrente. Além do mais, depois daquele caso da corista do Trianon...

O doutor Fernando espirrou uma gargalhada.

– Não diga mais nada! – exclamou. – Adivinho tudo. A eterna mania.

Sim, era a mania. Dona Lindoca não perdoava infidelidade de marido, nem no seu nem no das outras. Em matéria de moralidade sexual não cedia milímetro. Como fosse de natural casta, exigia castidade de todo mundo. Daí o desmerecerem ante seus olhos todos os maridos que na voz das comadres andavam de amores fora do ninho conjugal. Aquele doutor Lanson perdera-se no conceito de dona Lindoca não porque houvesse "matado" a mulher do Esteves – pobre tuberculosa que mesmo sem médico tinha de morrer –, mas porque andara às voltas com uma corista.

A gargalhada do marido enfureceu-a.

– Cínicos! São todos os mesmos... Pois não vou ao Lanson. É um sujo. Vou ao doutor Lorena, que é homem limpo, decente, um puro.

– Vai, filha. Vai ao Lorena. A pureza desse médico, que eu cá chamo hipocrisia requintada, com certeza lhe há de ajudar muito a terapêutica.

– Vou, sim, e nunca mais me há de entrar aqui outro médico. De *Lovelaces* ando eu farta – concluiu dona Lindoca sublinhando a indireta.

O marido olhou-a de soslaio, sorriu filosoficamente e, "passando" o "*Lovelaces*", pôs-se a ler os jornais.

No dia seguinte, dona Lindoca foi ao consultório do médico puritano e voltou radiante.

– Tenho uma policitemia – foi logo dizendo. – Garante ele que não é grave, embora requeira tratamento sério e longo.

– Policitemia? – repetiu o marido com vincos na testa, sinal de que entendia suas pitadas de medicina.

– Que espanto é esse? Policitemia, sim, a doença da rainha Margarida e da grã-duquesa Estefânia, disse-me o doutor. Mas cura-me, assegurou – e ele sabe o que diz. Como é fino o doutor Lorena! Como sabe falar!...

– Sobretudo falar...

– Já vem você. Já começa a implicar com o homem só porque é um puro... Pois, quanto a mim, só sinto tê-lo conhecido agora. É um médico decente, sabe? Fino, amável, muito religioso. Religioso, sim! Não perde a missa das onze na Candelária. Diz as coisas de um modo que até lisonjeia a gente. Não é um sujo como o tal Lanson, que anda metido com atrizes, que vê humores em tudo e põe as clientes nuas para examiná-las.

– E o teu Lorena, como as examina? Vestidas?

– Vestidas, sim, está claro. Não é nenhum libertino. E se o caso exige que a cliente se dispa em parte, ele aplica os ouvidos mas fecha os olhos. É decente, ora aí está! Não faz do consultório casa de encontros.

– Venha cá, minha filha. Noto que você fala com leviandade de sua doença. Tenho minhas noções de medicina e parece-me que essa tal policitemia...

– Parece nada. O doutor Lorena afirmou-me que não é coisa de matar, embora de cura lenta. Doença até distinta, de fidalgos.

– De rainhas, grã-duquesas, sei...

– Só que exige muito tratamento – sossego, regime alimentar, coisas impossíveis nesta casa.

– Por quê?

– Ora essa. Quer você que uma dona de casa possa cuidar de si tendo tanta coisa em que olhar? Vá a pobre de mim deixar de matar-se na trabalheira, para ver como isto vira de pernas para o ar. Tratamento na regra, só para essas que tomam o marido das outras. A vida é para elas...

– Deixemos isso, Lindoca, até cansa.

– Mas vocês não se cansam delas.

– Elas, elas! Que elas, mulher? – exclamou já exasperado o marido.

– As perfumadas.

– Bolas.

– Não briguemos. Basta. O doutor... ia-me esquecendo. O doutor Lorena quer que você apareça por lá, no consultório.

– Para quê?

– Ele dirá. Das duas às cinco.

– Muita gente a essa hora?

– Como não? Um médico daqueles... Mas a você não fará esperar. É negócio à parte da clínica. Vai?

O doutor Fernando foi. O médico desejava adverti-lo de que a doença da dona Lindoca era grave, havendo perigo sério caso o tratamento que prescrevera não fosse seguido à risca.

– Muito sossego, nada de contrariedades, mimos. Principalmente mimos. Indo tudo a contento, num ano poderá estar boa. Do contrário, teremos mais um viúvo em pouco tempo.

A possibilidade da morte da esposa, quando assim se antolha pela primeira vez a um marido de coração sensível, abala profundamente. O doutor Fernando deixou o consultório e rodando para casa ia a recordar o tempo róseo do namoro, o noivado, o casamento, o enlevo dos primeiros filhos. Não era mau marido. Poderia até figurar entre os ótimos, no juízo dos homens que se perdoam uns aos outros os pequenos arranhões no pacto conjugal, filhos da curiosidade adâmica. Já as mulheres não compreendem assim, e dão demasiado vulto a borboleteios que muitas vezes só servem para valorizar as esposas aos olhos dos maridos. Assim é que a notícia da gravidade da moléstia de dona Lindoca despertou em Fernando um certo remorso, e o desejo de redimir com carinhos de noivo os anos de indiferença conjugal.

– Pobre Lindoca. Tão boa de coração... Se azedou um bocado, a culpa foi só minha. O tal perfume... Se ela pudesse compreender a absoluta insignificância do frasco donde emanou aquele perfume...

Ao entrar em casa indagou logo da esposa.

– Está em cima – respondeu a criada.

Subiu. Encontrou-a no quarto, numa preguiçosa.

– Viva a minha doentezinha! – e abraçou-a e beijou-a na testa.

Dona Lindoca espantou-se.

– Ué! Que amores esses agora? Até beijos, coisas que me dizias fora da moda...

– Vim do médico. Confirmou-me o diagnóstico. Não há gravidade nenhuma, mas exige tratamento de rigor. Muito sossego, nada de amofinações, nada que abale o moral. Vou ser o enfermeiro da minha Lindoca e hei de pô-la sãzinha.

Dona Lindoca arregalou os olhos. Não reconhecia no indiferente Fernando de tanto tempo aquele marido amável, tão perto do padrão com que sempre sonhara. Até diminutivos...

– Sim – disse ela – tudo isso é fácil de dizer, mas sossego de fato, repouso absoluto, como, nesta casa?

– Por que não?

– Ora, você será o primeiro a dar-me aborrecimentos.

– Perdoe-me, Lindoca. Compreenda a situação. Confesso que não fui contigo o esposo entressonhado. Mas tudo mudará. Você está doente e isso vai fazer que tudo renasça – até o velho amor dos vinte anos, que não morreu nunca, apenas encasulou-se. Não imagina como me sinto cheio de ternura para com a minha mulherzinha. Estou todo lua de mel por dentro.

– Os anjos digam amém. Só receio que com tanto tempo o mel já esteja azedo...

Apesar de mostrar-se assim tão incrédula, a boa senhora irradiava. O seu amor pelo marido era o mesmo dos primeiros tempos, de modo que aquela ternura a fez logo reflorir, à imitação das árvores desfolhadas pelo inverno a um chuvisco de primavera.

E a vida de Dona Lindoca de fato mudou. Os filhos passaram a vir vê-la com frequência – logo que o pai os advertiu da vida periclitante da boa mãe. E mostravam-se muito carinhosos e solícitos. Os parentes mais chegados, também por influxo do marido, amiudaram as visitas, de tal jeito que dona Lindoca, sempre queixosa outrora de isolamento, se fosse queixar-se agora seria de solicitude excessiva.

Veio uma tia pobre do interior tomar conta da casa, chamando a si todas as preocupações amofinantes.

Dona Lindoca sentia um certo orgulho da sua doença, cujo nome lhe soava bem aos ouvidos e fazia abrir a boca aos visitantes – policitemia... E como o marido e os demais lhe lisonjeassem a vaidade enaltecendo o chique das policitemias, acabou por considerar-se uma privilegiada.

Falavam muito na rainha Margarida e na grã-duquesa Estefânia como se fossem pessoas da casa, havendo um dos filhos conseguido e posto na parede o retrato de ambas. E certa vez em que os jornais deram um telegrama de Londres noticiando achar-se enferma a princesa Mary, dona Lindoca sugeriu logo, convencidamente:

– Vai ver que é uma policitemia...

A prima Elvira trouxe de Petrópolis uma novidade de sensação.

– Viajei com um doutor Maciel na barca. Contou-me que a baronesa de Pilão Arcado também está com policitemia. E também aquela grandalhona loura, mulher do ministro francês – a Grouvion.

– Sério?

– Sério, sim. É doença de gente graúda, Lindoca. Este mundo!... Até em questão de doenças as bonitas vão para os ricos e as feias vão para os pobres! Você, a Pilão Arcado e a Grouvion com policitemia – e lá a minha costureirinha do Catete, que morre dia e noite em cima da máquina de costura, sabe o que lhe deu? Tísica mesentérica...

Dona Lindoca fez cara de nojo.

– Eu nem sei onde “essa gente” apanha tais coisas...

Outra ocasião, ao saber que uma sua ex-criada de Teresópolis fora ao médico e viera com diagnóstico de policitemia, exclamou, incrédula, a sorrir com superioridade:

– Duvido! A Liduína com policitemia? Duvido!... Vai ver que quem disse tal bobagem foi o Lanson, aquela toupeira.

A casa virou perfeita maravilha de ordem. As coisas surgiam à hora e no ponto, como se anões invisíveis estivessem a prover tudo. A cozinheira, ótima, fazia pitéus de arregalar o olho. A arrumadeira alemã dava ideia de uma abelha em forma de gente. A tia Gertrudes era uma governante de casa como jamais existiu outra.

E nenhum barulho, todos na ponta dos pés, com pssius aos estouvados. E presentinhos. Os filhos e noras jamais esqueciam a boa mamãe, ora com flores, ora com os doces de que ela mais gostava. O marido fizera-se caseiro. Deu jeito aos negócios e pouco saía, e à noite nunca, passando a ler para a esposa os crimes dos jornais nas raras vezes em que não tinham visitas.

Dona Lindoca começou a viver vida de céu aberto.

– Como me sinto feliz agora! – dizia. – Mas para que nada haja perfeito, tenho a policitemia. Verdade é que esta doença não me incomoda em nada. Não a sinto absolutamente – além de que é doença fina...

O médico vinha vê-la amiúde, mostrando boa cara à doente e má ao marido.

– Demora ainda, meu caro. Não nos iludamos com aparências. As policitemias são insidiosas.

O curioso era que Dona Lindoca realmente não sentia coisa nenhuma. O mal-estar, a ansiedade do começo que a levara a consultar o médico, de muito que havia passado. Mas quem sabia da sua doença não era ela e sim o médico. De modo que enquanto ele não lhe desse alta teria de continuar nas delícias daquele tratamento.

Certa vez chegou a dizer ao doutor Lorena:

– Sinto-me boa, doutor, completamente boa.

– Parece-lhe, minha senhora. O característico das policitemias é iludir assim os doentes, e pô-los derreados, ou liquidados, à menor imprudência. Deixe-me cá levar o barco a meu modo, que para outra coisa não queimei as pestanas na escola. A grã-duquesa Estefânia também se julgou boa, certa vez, e contra o parecer do médico assistente deu-se alta a si própria...

– E morreu?

– Quase. Recaiu e foi um custo pô-la de novo no ponto em que estava. O abuso, minha senhora, a falta de confiança no médico, tem levado muita gente para o outro mundo...

E repetiu ao marido aquele parecer, com grande encanto de Dona Lindoca, que não cessava de abrir-se em elogios ao grande clínico.

– Que homem! Não é à toa que ninguém diz "isto" dele, neste Rio de Janeiro das más-línguas. "Amantes, minha senhora", declarou ele outro dia à prima Elvira, "ninguém me apontará jamais nenhuma."

O doutor Fernando ia se saindo com uma ironia à moda antiga, mas recolheu-se a tempo, por amor ao sossego da esposa, com a qual jamais esgrimira depois da doença. E resignou-se a ouvir o estribilho de sempre: "É um homem puro e muito religioso. Fossem todos assim e o mundo seria um paraíso".

Durou seis meses o tratamento de Dona Lindoca e duraria doze, se um belo dia não rebentasse um grande escândalo – a fuga do doutor Lorena para Buenos Aires com uma cliente, moça da alta sociedade.

Ao receber a notícia Dona Lindoca recusou-se a dar crédito.

– Impossível! Há de ser calúnia. Vai ver como ele logo aparece por aqui e tudo se desmente.

O doutor Lorena jamais apareceu; o fato confirmou-se, fazendo Dona Lindoca passar pela maior desilusão de sua vida.

– Que mundo, meu Deus! – murmurava. – Em que mais acreditar, se até o doutor Lorena faz dessas?

O marido rejubilou-se por dentro. Sempre vivera engasgado com a pureza do charlatão, comentada todos os dias em sua presença sem que ele pudesse explodir o grito da alma que lhe punha um nó na garganta: "Puro nada! É um pirata igual aos outros".

O abalo moral não fez Dona Lindoca recair enferma, como era de supor. Sinal de que estava perfeitamente curada. Para melhor certificar-se disso o marido lembrou-se de consultar outro médico.

– Pensei no Lemos de Souza – sugeriu ele. – Está com muito nome.

– Deus me livre! – acudiu logo a doente. – Dizem que é amante da mulher do Bastos.

– Mas trata-se de um grande clínico, Lindoca. Que importa o que lá do seu namoro dizem as más-línguas? Neste Rio ninguém escapa.

– A mim importa muito. Não quero. Veja outro. Escolha um decente. Sujeiras não admito aqui.

Depois de comprido debate acordaram em chamar o Manuel Brandão, professor da Escola e já em adiantado grau de senilidade. Não constava que fosse amante de ninguém.

Veio o novo doutor. Examinou cuidadosamente a doente e ao cabo concluiu com absoluta segurança.

– Vossa Excelência não tem nada – disse ele. – Absolutamente nada.

Dona Lindoca pulou, muito lépida, da sua preguiçosa.

– Então sarei de uma vez, doutor?

– Sarou... se é que esteve doente. Não consigo ver sinal nenhum em seu organismo de doença presente ou passada. Quem foi o médico?

– O doutor Lorena...

O velho clínico sorriu e, voltando-se para o marido:

– É o quarto caso de doença imaginária que o meu colega Lorena (aqui entre nós, um refinadíssimo patife) leva a explorar durante meses. Felizmente raspou-se para Buenos Aires, ou "desinfetou" o Rio, como dizem os capadócios.

Foi um assombro. O doutor Fernando abriu a boca.

– Mas então...

– É o que lhe digo – reafirmou o médico. – A sua senhora teve qualquer crise nervosa que passou com o repouso. Mas, policitemia, nunca! Policitemia!... Até me espanta que tão grosseiramente pudesse o tal Lorena iludir a todos com essa pilhéria...

A tia Gertrudes voltou para sua casa no interior. Os filhos foram se tornando mais parcos nas visitas e os demais parentes idem. O doutor Fernando retomou a vida de negócios e nunca mais teve tempo de ler crimes para a desconsolada esposa, sobre cujos ombros recaiu a velha trabalheira de zelar pela casa.

Em suma, a infelicidade de Dona Lindoca voltou com armas e bagagens, fazendo-a suspirar suspiros ainda mais profundos que os de outrora. Suspiros de saudade. Saudade da policitemia...

Duas cavalgaduras

1923

Um grande amigo dos livros, o estudante Batista de Ribeiro Couto.

Na sua dolorosa miséria de rapaz pobre, solto sem padrinhos na voragem carioca, desses bons amigos se socorria para desafogo da alma crestada ao vento das decepções. Falhava-lhe o sonhado emprego? Abria *Dom Casmurro* e logo a malícia de Capitu empolgava, levando-o para casos bem distantes do seu dorido caso pessoal. Traía-o algum amigo? O moço embarcava para Florença no *Lys Rouge,* hospedava-se com Miss Bell e, de visita às igrejas com Dechartre, ei-lo embriagado no ardente amor da condessa.

O estômago, porém, é Sancho. Não digere contemplações. Exige pão. E a fome, um dia, apresentou ao estudante o seu inexorável ultimatum: Mata-me ou mato-te.

Um só recurso lhe restava: reduzir a pão duro os seus amados livros.

Fê-lo, mas com que mágoa! Como vacilou na escolha da primeira vítima! E como lhe doeu o sórdido negocismo do belchior, miserável depreciador da "mercadoria" com o fito de obtê-la pelo mínimo!

Era este belchior certo judeu mulato com um sebo à rua do Catete. Mulato de barbicha irônica, própria para coçadelas nos momentos de engatilhar o preço. Tinha um jeito irritante de tomar os livros e ler o título por baixo dos óculos, como se os cheirasse. Tipo desagradável de múmia ressurreta, em perfeita harmonia com a sordidez da casa.

Que vitrina! Já ali se lhe anunciava a alma. Livros encardidos, brochuras de cantos surrados, canetas de vintém, lápis "quebra a ponta", tinteiros de refugo — tudo desbotado pelo sol e tamisado pela horrível poeira negra da rua. Dentro, um cheiro de velhice, misto de mofo e ranço — bafo proveniente metade da múmia, metade das estantes prenhes de brochuras infectas.

Pois foi nas garras de tal aranha barbada que o pobre contemplativo caiu, e um a um lhe sorvia ela todos os volumes da amada biblioteca, sempre a ratinhar, a rosnar, a espichar níqueis para o que valia notas.

Uma vez recebeu o moço más notícias de casa e instante pedido de uma linda irmãzinha que deixara em Catalão. Era forçoso servi-la, inda que houvesse de vender a alma ao diabo.

O jeito era um só: negociar em bloco os livros restantes. Que vá, que vá! Uma grande dor única é de preferir-se a mil dorezinhas parceladas. Que vá tudo!

Contou-os. Trezentos. Pelo preço médio que o judeu lhe pagava por unidade, obteria com aquele sacrifício os duzentos mil-réis necessários e mais uns bicos. Que vá.

Batista retesou-se de alma, amordaçou o coração, meteu na carroça os velhos amigos e, como vai para a guilhotina o condenado, foi com eles para a rua do Catete.

O judeu examinou os volumes um por um, cheirou-os, sopesou-os e depois de longas manobras, engasgos, meias-palavras e coçadelas da barbicha, abriu a oferta.

— Dou-lhe quarenta mil-réis, moço, por ser para o senhor. E lamba as unhas, hein?

Tomado de súbita onda de cólera homicida, o estudante não lambeu as unhas: lambeu-lhe a vida. Estrangulou-o...

Havia eu lido esse formoso conto e ficara com os tipos gravados em relevo na memória, tanta nitidez dera à pintura o autor. O judeu mulato, sobretudo, passara a viver dentro de mim em lugar de honra na "sala de Harpagão".

Somos todos nós uns museus de tipos apanhados na rua ou colhidos na literatura. Museus classificados, com salas disto e daquilo. A minha sala dos usurários encerrava bom número de Shylockzinhos modernos, fisgados à porta de cartórios ou diretamente nos antros onde costumam empoleirar-se como harpias pacientes à espera dos náufragos da vida. Ombro a ombro conviviam eles com os patriarcas do clã — mestre Harpagão, tio Grandet e o João Antunes, de Camilo Castelo Branco.

Lida a novela de Couto, entrou para a sala mais um — o judeu mulato do Catete, tipo de tal vida que uma suspeita breve me tomou: "Este diabo existe. Não pode ser ficção. Há nele traços que se não inventam. E se existe, hei de vê-lo".

E pus-me a procurá-lo em certo dia de folga.

Fui feliz. Logo adiante do palácio do Catete certa vitrina atraiu-me a atenção. Acerquei-me dela com cara de Colombo. Aqueles livros desbotados, aquelas canetas... Tudo exato!

Mas... e aquele coelhinho?...

Sim, havia a mais, na sórdida vitrina, um coelhinho de lã do tamanho de um punho fechado. Encardido, os olhos de louça já bambos, as longas orelhas roídas, visivelmente brinquedo já muito brincado.

Aquele coelhinho!

Uma criança existe de quem o usurário comprou o coelhinho...

Meu Deus! Poderá haver em corpo humano almas assim?

Shakespeare, Balzac: que fraca imaginação a vossa! Criastes Shylock,

Grandet, mas a potência do vosso gênio não previu este caso extremo. O judeu mulato reabilita os vossos heróis e atinge a suprema expressão do sórdido.

Furtou o coelhinho à criança...

Furtou-o com a gazua dum níquel...

Privou a pobrezinha do seu único brinquedo, do seu único amigo, talvez...

Abra-se um parêntesis.

Aqui intervém a imaginação.

Bastou que meus olhos vissem na sórdida vitrina o coelhinho de lã para que a irrequieta rainha Mab me viesse cabriolar na cachola.

E todo um drama infantil se me antolhou, nitidamente.

Era um menino de poucos anos, filho de pais miseráveis.

O homem bebia e a mãe definhava nas unhas "da pertinaz moléstia". Minto: da tísica. "Pertinaz moléstia" é a tísica dos ricos...

O clássico operário bêbado, em suma, e a clássica mãe tuberculosa. É sempre assim nos romances e é sempre assim na vida, essa impiedosa plagiária dos romances.

Reina a miséria na cafua úmida em que vivem, ele a delirar o seu eterno delírio alcoólico, ela a tossir os pulmões cavernosos — e a triste criança, sempre de olhos assustados, a criar-se um mundinho de sonhos para refúgio da almazinha que teima em ser alma.

Só tem um amigo essa criança: o coelhinho de lã que a mãe lhe deu em certo dia de doença grave.

Excelente quinino! A febre cedeu incontinenti e dois dias depois o enfermo se punha de pé.

Desde aí ficou sendo o coelhinho o amigo único da criança triste, seu confidente de todas as horas, seu irmãozinho mais novo.

Conversavam o dia inteiro, brincavam, contavam-se mutuamente lindas histórias; e à noite, muito abraçados, dormiam o sono dos anjos e dos coelhos.

Aquele coelhinho de lã...

É preciso ser Dickens para compreender o papel dos brinquedos únicos na vida das crianças miseráveis.

O comum dos homens não vê nisso coisa nenhuma. Triste coisa, o comum dos homens...

Um dia, o pai desapareceu.

Inutilmente a tísica o esperou até altas horas, e o esperou no dia seguinte, e o esperou a semana inteira.

Desapareceu, e está dito tudo.

Na vida os miseráveis desaparecem, tal qual nos romances.

Vida, romance; romance, vida: será tudo um?

A tísica piorou, e certa manhã não pôde erguer-se da cama.

E a fome veio.

E foi mister vender, hoje isto, amanhã aquilo, todos os trapos e cacos da mansarda em crise.

A mansarda! Que lindo efeito faz em romance esta palavra lúgubre! A man-sar-da!...

Vendeu-se tudo.

Luizinho era o leva e traz.

Levava o trapo, o caco, e trazia os níqueis do pão. E assim até que as reservas se esgotaram e a mansarda ficou nua como Jó.

— E agora?

A tísica lançou os olhos cansados pelas paredes nuas, pelos cantos nus.

Nada. Só viu o coelhinho. Mas era um crime sacrificar o coelhinho de lã...

Resistiu ainda algum tempo.

Por fim, disse:

— Vai, meu filho, vai vender o coelhinho de lã...

A criança relutou, mas cedeu ao cabo de muitas lágrimas. A fome impunha-lhe aquele sacrifício: trocar o seu tesouro por um pão.

O que chorou nessa manhã!

Como apertava contra o peito o amiguinho, sem ânimo de notificá-lo da tragédia iminente!

Resolveu mentir.

— Sabe? — disse ao coelho. — Vou pôr você numa casa que tem vitrina para a rua. Fica lá sentadinho a ver quem passa, os bondes, os automóveis tão bonitos! E eu vou todos os dias espiar você através do vidro. Quer?

O coelhinho não compreendeu aquilo e desconfiou.

— Mas por quê? Estou tão bem aqui...

Não era fácil iludi-lo; a fome, porém, é capciosa e Luizinho continuou a mentir:

— É cá uma coisa que sei. Uma pândega! Por enquanto é segredo. Fica você lá quietinho uns tempos, depois volta para cá de novo e eu conto a história.

O coelhinho de lã piscou para o menino, cavorteiramente. Gostava desses mistérios...

Luizinho levou-o ao belchior. Mostrou-o ao judeu; ofereceu-lho. O aranho tomou o coelhinho entre os dedos rapinantes, examinou-o, apalpou-o, cheirou-o e abrindo a gaveta suja tirou de dentro o menor níquel.

— Toma!

Luizinho ressentiu-se. Já conhecia o valor do dinheiro; achou aquilo "pouco demais". Vendo, porém, pela cara do judeu que era inútil insistir, pegou do níquel, beijou o coelhinho e disparou a correr.

No dia seguinte reapareceu no Catete. Parou diante da vitrina e longo tempo esteve a namorar o amigo, trocando com ele sinais de inteligência. O coelhinho piscava-lhe com uma vontade doida de rir e ele piscava para o coelhinho com uma vontade doida de chorar. E assim todos os dias, a semana inteira.

— A semana inteira, senhor novelista? Não estou compreendendo nada. Vosmecê disse que o último recurso dos famintos fora o coelhinho de lã, que trocaram por um pão. Ora, comido o pão, e nada mais havendo para vender, manda a lógica que mãe e filho tenham morrido de fome.

— Obrigado, senhor lógico! Vejo que leu Stuart Mill e Bain, mas que nunca leu Dickens, nem Escrich, nem Montepin. Devia ser como dizes, se a vida fosse feita pelos lógicos. Mas Deus não era lógico, era apenas romancista. Não morreram, não, nem mãe nem filho. E não morreram porque justamente naquele dia o pai bêbado reapareceu...

— Oh!...

— Sim, meu Bain, reapareceu. E sabe que mais? Reapareceu regenerado...

— Oh! Oh!...

—...e com dinheiro no bolso. Quer mais? E rico! Quer mais? E milionário, com a sorte grande da Espanha no papo. Quer mais? Quer mais? Nos romances há o epílogo e não sabe que o epílogo é o esparadrapo que une os bordos da ferida? O dedo de Deus que recompensa? O suspiro de consolo que nos reconcilia com a vida?

— Mas isto, afinal de contas, é vida ou romance?

— Grande tolo... É a vida com a lição da arte. A arte corrige a vida, dizendo-lhe: se não és assim, megera, devias sê-lo; se não procedeste assim, harpia, devias ter procedido; se não fizeste o bêbado reaparecer no momento oportuno, carcaça, devias tê-lo feito. A arte ensina à vida o seu dever.

Imagina tu, amigo lógico, que quando Deus criou o mundo...”

Feche-se o parêntesis.

Mas acordei. A rainha Mab fugiu-me do cérebro a galope em sua carruagenzinha *made by the joiner squirrel,* e entrei no belchior.

Lá estava no balcão o judeu mulato com sua barbicha de bode, os óculos de latão, o gorro sebento.

Não morrera, o aranho; apesar de estrangulado na novela de Ribeiro Couto, passava muito bem de saúde, o infame.

Era ele mesmo!

Naquele momento cheirava o lombo de um livro que um novo estudante batista lhe oferecera.

Enquanto negociavam, pus-me à espreita disfarçadamente.

Exatinho! Couto fotografara-o com objetiva Zeiss. Até a voz...

— Hum! Hum! — fungou ele depois de lido o título. — Oscar Wilde... Isto não se vende, já passou da moda. Tenho carradas de *Dorian Gray...* A pior coisa que ele escreveu...

— Mas quanto oferece? — indagou o estudante, aborrecido de tantas micagens.

— Por ser freguês, pago sete tostões. E lamba as unhas, que hoje me pegou de veia!

O meu estudante batista não fez como o de Ribeiro Couto. Não lhe lambeu a vida. Lambeu-lhe os sete níqueis oferecidos e saiu a pegar o bonde, displicentemente.

— E o senhor, que deseja? — disse-me então o pirata, depois de encafuar o livro na estante.

Eu não desejava coisa nenhuma, além de vê-lo, apalpá-lo, cheirá-lo, talvez estrangulá-lo de verdade. Não obstante, fiz-me de tolo.

— Ando à procura de um livro. Um livro de Wilde. Tem aí qualquer coisa deste escritor?

A fisionomia do estrangulado iluminou-se.

— Tenho a melhor coisa que Wilde escreveu, *O Retrato de Dorian Gray*, conhece? — disse, puxando fora da estante o volume adquirido momentos antes.

— Coisa papa-fina!

Tomei o livro, folheei-o. Edição francesa vulgar. Valeria, novo, quatro mil-réis.

— Quanto pede?

— Seis mil-réis, por ser para o amiguinho.

Sorri-me por dentro e por fora. Larguei o volume e acendi o cigarro.

— Não me interessa. É caro.

— Caro? Um livro destes, nesta encadernação, deste editor, deste autor? Nem me diga isso! E o senhor deve saber que *Dorian Gray* é a obra-prima de Oscar Wilde.

Meus dedos se crisparam. Que prazer estrangular aquela harpia! Contive-me, porém.

— E aquele coelhinho? — perguntei-lhe. — Quanto?

— Que coelhinho? — exclamou o aranho, mudando de cara.

— Um que está na vitrina.

— Ah, sim... Aquele coelhinho não vendo.

— Por que o expõe, então?

— Expu-lo ao sol. Mora aqui na minha mesa, mas como a casa é úmida ponho-o às vezes lá para evitar o bolor.

Diabo! O homem principiava a desnortear-me. Tinha em casa um objeto que não vendia. Era lá possível que um judeu daqueles não vendesse até a alma?

Insisti:

— Dou-lhe cinco mil-réis pelo coelhinho.

— Já lhe disse que não é de venda. Cinco mil-réis! Nem cinco contos, sabe? Revoltei-me. Veio-me à imaginação toda a tragédia do Luizinho e tive ímpetos de insultá-lo.

Contive-me e disse apenas:

— No entanto, furtou-o a uma pobre criança miserável...

O meu Shylock abriu a mais expressiva cara de espanto que já topei na vida. Depois encarou-me a fito e seus olhos lacrimejaram. Sentou-se, como aniquilado de súbita dor e explicou-me, em voz entrecortada:

— Não sou casado, não tenho filhos, não tenho ninguém no mundo. Mas tive uma criança. Enjeitaram-na aqui à minha porta e recolhi-a. Criei-a. Durante sete anos constituiu a minha única alegria. O Antoninho... Um dia veio a gripe e levou-o para o céu. Seu último brinquedo foi esse coelhinho de lã. Conservo-o aqui na minha mesa como joia preciosa, pois me fala do Antoninho melhor que um livro aberto. Como quer que o venda? Não há no mundo o que para mim valha esse coelhinho...

Foi à vitrina e recolheu o brinquedo. Pô-lo sobre a mesa ao lado do tinteiro. E depois de uma pausa exclamou, olhando-o com um sorriso que me pareceu divino:

— Tinha um nome. O Antoninho só dizia "o Labi"...

— ?

— Sim, Rabi... Quer dizer rabicó, sem cauda. O Antoninho trocava o r pelo l.

Saí da casa do judeu completamente desorientado. Fui ao telégrafo e expedi ao autor de *O Crime do Estudante Batista* o seguinte despacho: "Couto, somos duas cavalgaduras!"

O bom marido

1922

Enquanto a mulher morria no trabalho, com oito filhos à cola, Teofrasto, o bom marido, procurava emprego.

Teofrasto Pereira da Silva Bermudes. Magro, alto, arcado, feio. Bigodeira, orelhas cabanas, pastinha na testa.

Dona Belinha casara-se contra a vontade dos seus, movida, quem sabe, menos de amor que de dó. Apiedou-a a humildade romântica de Téo, cujo palavrear de namoro feria habilmente uma tecla apenas — sua pobreza.

— Que vale haver dentro de mim um coração de ouro, nicho que habitarias a vida inteira, Isabel? Que vale este meu amor puríssimo, forte como a morte, feito de todas as abnegações, renúncias e delicadezas, se sou pobre?

Que crime horroroso, ser "pobrezinho"!... — e ele armava a cara dolorida das presas da Fatalidade.

O noivado inteiro foi esse ferir a nota exata. Teofrasto adivinhou por instinto que a corda sensível da moça era a da piedade e fê-la vibrar de mil maneiras. Lido que era nas Tristezas à beira-mar, em Graziela, Escrich e mais lacrimogêneos do ultrassentimentalismo, seu cérebro virou arsenal de glândulas peritas em verter lágrimas de 1840 sobre o coração das mulheres de hoje.

Venceu assim aquela e fê-la romper com a família — burgueses arranjados de límpida visão prática.

Inutilmente tentaram os pais abrir os olhos à moça.

— É um vagabundo, Belinha, sem eira nem beira, incapaz de ganhar a vida, malandro completo. Esteve na venda do Souza, mas foi posto no olho da rua por excesso de preguiça. Também esteve no cartório um mês e perdeu o lugar pelas mesmas razões. Além disso, é filho do Chico Manteiga, o maior parasitão que já vegetou por estes lados. Puxou ao pai...

— Falta de sorte — exclamava Belinha. — Téo ainda não se arrumou porque ainda não foi compreendido.

— Sorte!... Incapacidade é que é. Teofrasto não presta. Quem chega aos trinta e dois anos sem achar o que fazer na vida está julgado: não presta. Ele inventou esse casamento contigo por uma razão só: viver à tua custa.

— Isso não! Téo jurou que há de trabalhar feito um mouro para que eu tenha a melhor das vidas. Sou professora, mas ele não admite que eu tire cadeira.

— Diz isso agora. Casa-te e verás como tudo muda. Nasceu para chupim o malandro e escolheu-te para tico-tico...

A moça, entretanto, teimou. Preferiu romper com a família a soltar o romântico pretendente. As juras de Téo, suas cartas de arrancar lágrimas às pedras, recebidas todos os dias, e aquele seu modo de olhar com infinitos de meiguice, deram à menina forças para resistir à sensatez dos conselhos.

— Ninguém te conhece, Téo. Desprezam-te porque és pobre. Mas para mim a riqueza que vale é a que me ofereces: esse tesouro de amor e carinho que sinto em teu peito.

Téo respondia dando corda às glândulas lacrimais e estilando grossos pingos.

— Anjo de bondade, tu és o orvalho que reanima a planta queimada do sol, és a chuva que abranda o fogo do deserto, és o pão que mata a fome ao faminto, és Deus, és Tudo...

E abraçava-a, soluçante.

— Isabel, meu anjo da guarda, meu paraíso, minha salvação... Abençoado o momento em que te encontrei na vida...

Repousava a cabeça no colo da moça e ficava a soluçar baixinho, enquanto Isabel lhe alisava maternalmente as melenas revoltas.

Realizado o casamento, Teofrasto, ganho de súbito furor, deu de procurar emprego. Passava os dias fora de casa, na "labuta", e só vinha para as refeições, cansado.

— Uf! Não posso mais...

— Conseguiste alguma coisa?

— Promessas por enquanto.

Isabel revoltava-se contra a dureza dos homens. Por que motivo repeliam assim criatura tão boa, tão honesta, tão esforçada e de tanta capacidade? Todos se arrumavam, aqui, ali, bem ou mal; só Teofrasto se debatia em vão... Por quê? Três meses já de caça ao trabalho e nada...

Resolveu ajudá-lo. Obteria uma cadeira, mesmo contra a vontade dele, e lecionaria. Trezentos mil-réis por mês! Já dá...

Quando o marido soube desses projetos, indignou-se.

— Não consinto! Para trabalhar aqui estou eu, homem e forte. Tinha graça ver-te a ensinar meninos e a custear as despesas da casa...

— Mas, Téo, tu vives a te matar sem conseguires coisa nenhuma...

— Mas conseguirei. Insistirei até o fim. Fecham-me as portas? Arrombá-las-ei. Habilitações não me faltam, tu sabes; falta-me sorte apenas.

— Sei disso. Ninguém o reconhece melhor do que eu. Mas havemos de ficar assim toda a vida, esperando?...

— Peço-te um mês de prazo. Juro-te que dentro de um mês estará tudo arrumado. O que não quero, o que de maneira nenhuma consinto, é que digam por aí: "Olhem o Téo, um homenzarrão, a viver do trabalho da pobre mulher". Isso nunca!

Passou-se o mês concedido, e mais outro, e o terceiro. Agravando-se a situação, resolveu Isabel requerer cadeira às escondidas do esposo. Fê-lo e foi feliz, vendo-se nomeada logo.

Nesse dia esteve Teofrasto na farmácia, como de costume. Lá se reuniam todas as tardes diversos amigos para comentário dos fatos locais e encrencas da alta política. Nenhum dissertava tão bem quanto ele. Ninguém como ele para "descangicar" aquela trapalhada de "hermismo" e "civilismo" que dividia o país.

Era hermista. Adorava o marechal Hermes, o Pinheiro Machado, o Surucucu e *tutti quanti*.

— Precisamos endireitar este país, custe o que custar. Basta de conselheiros! Venha a espada! Venha o pulso forte que diz — quero, posso e mando. É de despotismo, de um sábio e largo despotismo, que o país precisa.

Os civilistas troçavam.

— Espada burocrática, que vale? Antes a pena luminosa da Águia de Haia. Téo pulava da cadeira, furioso.

— Águia de Haia? Sabem quem foi a verdadeira Águia de Haia? Foi o Barão do Rio Branco! Rui não passou dum fonógrafo. Os discos iam daqui, pelo telégrafo.

Tomou fôlego, gozando-se da piada, e prosseguiu:

— Depois, respondam-me cá: e as emissões? Rui é emissor, e eu sou contra a emissão!

Um coronel lido em jornais saltou-lhe à frente.

— Calúnia velha! Rui já provou que o ministro da Fazenda que emitiu menos foi ele.

— Será. Mas a Revisão? A Constituição, como diz o Pinheiro, deve ser a arca santa, a deusa intangível — e Rui é revisionista.

— Está claro! Foi ele quem fez a joça e sabe melhor do que ninguém os vícios que ela encerra. O Pinheiro, um pente-fino de marfim, que é que entende de constituições? Entende de cavalos e pôquer, e nada mais...

— Não admito!

— Vá não admitir na casa do diabo!

Teofrasto abandonou a arena e foi para casa furioso. Entrou e caiu na rede, já com a habitual cara de vítima.

— Que infeliz sou, Isabel! O mundo me persegue. Corri ceca e meca. Nada...— Não faz mal — respondeu a moça, cuja fisionomia irradiava. — Requeri às escondidas uma cadeira e obtive-a!...

Téo sentou-se de golpe.

— Quê?

— É verdade. Fui nomeada hoje adjunta ao grupo escolar.

— Fado cruel! Destino espezinhador! Eu, que te adoro, que te quero com todas as veras de alma, ser obrigado a viver do produto do teu trabalho? Nunca!

— Mas que tem isso, bobo? Não sou vadia, gosto de serviço e a escola me distrairá.

— Nunca! Não consinto, não admito que minha adorada esposa trabalhe. Antes rebentar os miolos à bala!

— Não digas isso, Téo!...

— Digo, digo porque sinto! És um anjo e não me conformo com a situação. E arrepelando a grenha, de olhos cravados no teto:

— Em que signo maldito nasci eu? Que te fiz, meu Deus, para me castigares desta maneira?

A criadinha veio nesse momento chamá-lo para o jantar. À mesa Téo prosseguiu na lamúria, alternando imprecações com garfadas.

— Não me conformo! Não me sujeito! Pensas que não tenho brio, Isabel? Como me conheces pouco ainda! Passa-me o arroz...

Isabel acalmava-o.

— Tolice. Todo mundo trabalha. A mulher do Pessegueiro não está a lecionar depois de velha? O marido perdeu o emprego e ela agora é quem...

Coma deste bolinho, que está muito bom. — Sim, mas ali o caso é diferente. Ele perdeu o emprego, mas logo arranja outro. Tem sorte, tem a proteção de todo mundo. Cerveja!... Oh! Isto é então um banquete?

— Natural. Quis fazer-te surpresa dupla: nomeação e jantarzinho melhor.

— Nomeação! Não pronuncies tal palavra, Isabel, que me ofendes sem querer. Hamburguesa? Por que não compraste Brahma? Gosto mais da Brahma.

Houve sobremesa e Téo repetiu o papo de anjo.

Entraram em fase nova. O ordenado da professora veio salvar as finanças do casal. E seriam perfeitamente felizes se não fora a resistência de Téo. Mas não se conformava, o homem...

Depois do almoço, todos os dias, saíam ambos, ela para a escola, ele para o "serviço exaustivo" de procurar emprego — na farmácia, onde crescia de virulência o eterno bate-boca político.

Assim viveram até a vinda do primeiro filho, cuja presença perturbou o regime da casa. Fazia-se necessário meter nova criada, simples pajem que fosse.

Téo achou que não.

— É boa! E quem pajeia o menino durante a minha ausência? — quis saber a esposa.

— Ora quem! Eu, Isabel.

— Não consinto. Nada mais ridículo que um homem de bigodes a pegar criança. Prefiro tomar costuras para fazer à noite e com o rendimento pôr criada.

— Mas eu é que não consinto que redobres de trabalho! Costurar à noite, que horror! Nunca!

Isabel, que já conhecia o gênio do marido, cedeu provisoriamente e finda a licença retomou as aulas, deixando em casa o marido às voltas com o pimpolho.

Correu tudo muito bem durante os primeiros dias, enquanto brincar com o filho era para Téo novidade. Ao termo de duas semanas, porém, fartou-se e principiou a sentir saudades da farmácia. Disse-o à esposa, estilizadamente.

— Não vai bem assim, Isabel. Perco o meu tempo aqui a lidar com o menino e desse modo não arrumo a vida. Quinze dias já que não procuro emprego.

— Não to dizia? O melhor é fazer como pensei. Tomo costuras de fora e ponho criada.

— Mas não posso conformar-me com esse redobro de trabalho, Isabel! Vá que ensines, mas costurar para fora...

— Que é que tem? Nada me custa, sou forte — e além disso é o jeito...

Veio a criada. Dona Isabel tomou costuras e passava as noites à máquina, pedalando. Cosia habitualmente até as onze. Inúmeras vezes ao se recolher encontrava o marido no vale dos lençóis, ressonando. Entrava de manso na ponta dos pés e despia-se sem rumor para não acordar o coitadinho. Como o queria! Tão carinhoso... Incapaz de entrar a desoras, às oito já estava ali ao lado dela, brincando com o pequeno, enfiando a agulha da máquina, contando os casos do dia.

— Tive com o Bragadas hoje uma discussão violenta na farmácia. Provei que o Hermes vai ser a salvação do país e ele embuchou. Ninguém pode comigo na polêmica! Nasci para advogado.

— Por falar, por que não tiras carta de solicitador? O João Candó não vive tão bem como rábula?

Téo segurou o queixo.

— É verdade. Está aí uma ideia que não me ocorreu ainda. Vou pensar nisso.

Teofrasto Pereira da Silva Bermudes pensou naquilo durante vários anos. Nesse intervalo vieram novos filhos, dois, três, quatro, cinco. Os encargos da família redobraram e dona Isabel teve que fazer prodígios para assegurar a subsistência do clã.

Pobre criatura! Perdera a mocidade. Seus vinte e seis anos pareciam quarenta. A beleza fora-se-lhe minada pela gravidez ininterrupta. Por fim, em consequência de certo aborto infeliz, entrou a perder a saúde. Era já com esforço que prosseguia na tarefa penosa, muito acima das suas forças.

Não se queixava, entretanto. Gabava-se até de feliz. Ao receber visitas, puxava logo a palestra para o tema clássico das mulheres, os maridos, e louvava o seu.

— Não é por me gabar, prima Biluca, mas marido como o meu não há outro. Téo me adora! A nossa lua de mel não acabou, nem acabará nunca. Que carinhos! Que meiguice! Sempre entrou cedo em casa, nunca me disse palavra dura, vive para mim, faz tudo quanto quero. Um mimo!

Biluca já não dizia o mesmo do seu. Casara com um homem forte, de rara atividade, que se absorvia nos negócios e estava prosperando magnificamente. Dava à família o máximo conforto, educava os filhos muito bem, mas... não era carinhoso. Muito ocupado sempre, não a punha ao colo, não lhe dizia palavrinhas doces.

Isabel irradiava.

— Téo não é assim. Beija-me sempre, ao sair e ao entrar. Tem caídos de noivo. E se você soubesse como se amofina de me ver trabalhar... Coitado!

Abria pausa de ternura e prosseguia:

— Sim, porque isso de homem para uso externo, uma figa! Quero maridinho para mim e não para as outras, não acha?

— Pois decerto!

— Téo mata-se no trabalho, passa os dias no serviço...

— No serviço?

— Sim... procurando emprego. Você sabe que não tem sorte nenhuma, o pobre; não há pior serviço do que esse. Mas não consegue colocar-se...

A fama do bom marido correu mundo. Todas as mulheres apontavam-no como o exemplo a seguir.

Os homens exemplares, porém, enfureciam-se.

— Um vagabundo daqueles! Um miserável chupim!

— Que tem isso? — disse uma. — Eu, franqueza, preferia que fosses também chupim, mas que me desses o carinho que ele dá à Isabel.

— É o cúmulo! Pois não vês que aquilo é profissão? Tipo asqueroso!... Agrada à mulher porque vive dela. É o seu negócio. Como há de um malandro daqueles encher o dia senão conversando bobagens na farmácia ou beijocando a idiota da esposa em casa?

Todos os homens pensavam assim; as mulheres, entretanto, liam pela cartilha da dona Isabel — e invejavam-na.

Dez anos se passaram sem que o emprego viesse. Estava escrito no livro do destino que Teofrasto morreria a procurar emprego. Fatalidade...

O triste é que viviam em penúria crescente. O trabalho da professora, por mais estirado que fosse, já não dava para vestir e alimentar os oito filhos pequenos e mais o nono, de bigodes.

A doença começou a derreá-la.

Mas como se galvanizava! Como insistia na terrível luta sem tréguas! Dona Isabel transformava em alento os carinhos do esposo. Comovia-se com eles e enlevava-se à noite a ouvi-lo dizer, da rede onde se balançava de pernas cruzadas, lançando baforadas para a ar:

— Isabel, como me dói ver-te sempre pedalando essa máquina! Por que não descansas um pouco? (Baforada.) Tenho o coração em chaga viva, pisado, torturado pela dor de não poder aliviar-te. (Baforada.) Tu te matas, Isabel, e eu...

Numa dessas vezes espicaçou-o uma ideia. Ergueu-se de salto e disse:

— Isto não pode ficar assim. Vou agarrar o coronel na rua e obrigá-lo a dar-me o posto de fiscal da Câmara. Se o não fizer, mato-o!

A mulher, assustada, interrompeu a costura.

— Pelo amor de Deus, Téo, não me vás cometer alguma loucura!...

— Não me detenhas, Isabel! Tudo tem fim na vida. Hei de conseguir, hei de extorquir, hei de arrancar o emprego! Não se martiriza assim um homem...

E saiu — ou vai ou racha — deixando a esposa apavoradíssima. Fora, o ar livre acalmou-o e Téo seguiu para a farmácia, onde penetrou dizendo:

— Aposto o que vocês quiserem como antes do fim do mês os russos estão em Berlim. Assumiu o Governo o Kerensky, e o Kerensky é um bicho!

— Como sabe?

— Li. Como também aposto que o general Cadorna vai envolver os austríacos por cima e dar um pealo por baixo — exclamou fazendo gestos no ar, indicativos das operações estratégicas.

O diálogo se passava durante a Grande Guerra.

— Pois eu aposto — retrucou um germanófilo — que o Ludendorff esfrega toda essa canalha em três tempos!

A conversa pegou fogo. Aquela gente entendia de guerra muito mais que os beligerantes, e o ardor de Teofrasto excedia ao do próprio Clemenceau. O debate só arrefeceu quando o relógio da matriz soou as dez.

— Diabo! Perdi a conta esta vez! — exclamou Téo.

Despediu-se e tocou para casa apressadamente. Dona Isabel, assustada com a demora, recebeu-o convencida de tragédia.

— Que houve, Téo? Fizeste alguma para ele?

— Ele, quem?

— O coronel...

— Ah, sim, o coronel... Ficou para amanhã. Não houve meio de encontrá-lo.

A mulher calou-se, compreendendo tudo...

O estado de dona Isabel agravava-se dia a dia. Por mais que se fizesse de tesa, tinha de arrear a carga. Ponderou tudo com o seu raro bom senso e escreveu à família: "Fiz o que pude, mas estou vencida. Não me queixo. Sou feliz, imensamente feliz. Téo me adora e faz o possível para colocar-se.

Não tem sorte. Persegue-o a mais cruel das fatalidades. Venham olhar para estas crianças, que o meu fim está próximo".

Téo nada soube desse passo e muito admirado ficou de ver chegarem os sogros.

Os velhos olharam-no com rancor e dirigiram-se para o quarto da filha.

Foi dolorosa a cena do encontro. Separados de dez anos, mal a reconheciam agora.

— Em que estado te encontramos, Belinha! Por que não nos chamou há mais tempo? O orgulho te matou...

Isabel, no fundo da cama, sorria.

— Perdoe, mamãe, e lembre-se de que não me queixo. Fui feliz. Téo é para mim um anjo de bondade. O que nos fez mal foi a miséria e agora a doença. Estou no fim.

Os pais choravam, assombrados em face da múmia a que se reduzira a linda menina de outrora. E culpavam-se de a terem abandonado, de não a terem socorrido a tempo.

Veio o doutor. Os velhos conferenciaram com ele a um canto.

— Caso perdido. Galopante. Morre exausta de canseira, de trabalheira excessiva, de partos e abortos malconduzidos — de miséria, em suma. Aquele infame assassinou-a...

Dona Isabel morreu nos braços do bom marido, beijando-o e abençoando-o.

Suas últimas palavras foram:

— O que mais me dói, Téo, é deixar-te sozinho no mundo, ao desamparo. Mas já pedi... e mamãe... olhará... por...

Não teve forças para o ti. Enunciou-o com os olhos e fechou-os para sempre.

Após o enterro, o sogro dispôs tudo para levar consigo o batalhãozinho de órfãos. Quanto ao chupim, puseram-no incontinenti no olho da rua.

— Fora daqui, assassino! Vá procurar outra!...

Teofrasto humildemente obedeceu. Saiu, procurou outra e achou... Um mês mais tarde ligava-se a certa mulata doceira, cuja quitanda ia próspera.

Guardou, entretanto, luto rigoroso e só dois meses mais tarde reapareceu na farmácia.

— Resurrexit! — exclamaram os amigos.

Teofrasto cumprimentou-os com cara de circunstância, triste como se recebera pêsames. E falou da morta.

— Uma santa! O meu consolo é que tenho a consciência tranquila. Fui o melhor dos maridos e fi-la a mais contente das esposas.

— Lá isso parece. Ela o dizia e todas o repetem. Mas, olha, isto aqui não é sala de visitas de casa de defunto. Está na berlinda a declaração de guerra do Brasil à Alemanha. Que achas?

Teofrasto mudou de cara, esquecido já da santa e todo nas unhas da paixão política.

— Acho que fizemos muito bem. Precisamos entrar na guerra e mostrar aos alemães de quantos paus se faz uma canoa. O presidente Wenceslau Braz é um bicho!...

Marabá

Bom tempo houve em que o romance era coisa de aviar com receitas à vista, qual faz o honesto boticário com os seus xaropes.

Quer trabuco histórico? Tome tanto de Herculano, tanto de Walter Scott, um pajem, um escudeiro e o que baste de Briolanjas, Urracas e Guterres.

Quer indianismo? Ponha duas arrobas de Alencar, uns laivos de Fenimore, pitadas de Chateaubriand, graúnas *quantum satis,* misture e mande.

Receitas para tudo. Para começo (fórmula Herculano): "Era por uma dessas tardes de verão em que o astro-rei etc., etc."E para fim (fórmula Alencar): "E a palmeira desapareceu no horizonte..." Arrumado o cenário da natureza, surgia, lá em Portugal, um lidador com o seu espadagão, todo carapaçado de ferro e ereto no lombo de árdego morzelo; ou, aqui no Brasil, um cacique de feroz catadura, todo arco, flechas e inúbias.

E vinha, ou uma castelã de olhos com cercadura

de violetas, ou uma morena virgem nua, de pulseira na canela e mel nos lábios.

E não tardava um donzel trovadoresco que "cantava" a castelã, ou um guerreiro branco que fugia com a Iracema à garupa.

Depois, a escada de corda, o luar, os beijos — multiplicação da espécie à moda medieval; ou um sussurro na moita — multiplicação da espécie à moda natural.

A tantas o pai feroz descobria tudo e, à frente dos seus peões, voava à caça do sedutor em desabalada corrida, rebentando dúzias de corcéis; ou o cacique de rabos de arara na cabeça erguia as mãos para o céu de Tupã implorando vingança.

E dom Bermudo, apanhando o trovador pirata, o objurgava em estilo de catedral, com a toledana erguida sobre sua cabeça:

— Mentes pela gorja, perro infame!

Ou o cacique, filando o guerreiro branco, o trazia para a taba ao som da inúbia e lá o assava em fogueira de pau-brasil; vingança tremenda, porém não maior que a de dom Bermudo a fender o crânio do pajem e a arrancar-lhe o coração fumegante para depô-lo no regaço da castelã manchada.

E a moça desmaiava, e o leitor chorava e a obra recebia etiqueta de histórica, se passada unicamente entre Dons e Donas, ou de indianista, se na manipulação entravam ingredientes do empório Gonçalves Dias, Alencar & Cia.

Veio depois Zola com o seu naturalismo, e veio a psicologia e a preocupação da verdade, tudo por contágio da ciência que Darwin, Spencer e outros demônios derramaram no espírito humano.

Verdade, Verdade!... Que musa tirânica! Como fez mal aos romancistas — e como os força a ter talento!

Foram-se as receitas, os figurinos. Cada qual faça como entender, contanto que não discrepe do *veritas super omnia,* latim que em arte significa mentir com verossimilhança.

— Tudo isso para quê? — perguntará o leitor atônito.

É que trago nos miolos uma novela tão ao sabor antigo, tão fora da moda, que não me animo a impingi-la sem preâmbulo. E não é feia, não. Vem de Alencar, esse filho de alguma Sherazade aimoré, que a todos nós, na juventude, nos povoou a imaginação de lindas coisas inesquecíveis. E compõe-se de um guerreiro branco, duas virgens das selvas, caciques, danças guerreiras, fuga heroica etc.

Chama-se "Marabá" e principia assim:

Era por uma dessas noites enluaradas de verão, em que a natureza parece chovida de cinzas brancas.

Dorme a taba, e dorme a floresta circundante, sem sussurros de brisas, nem regorjeio de aves.

Só o urutau pia longe, e uma ou outra suindara perpassa, descrevendo voos de veludo ao som dum clu, clu, clu... que ora se aproxima, ora se perde distante.

No centro do terreiro, atado a um poste da canjerana rija, o prisioneiro branco vela. Foi vencido em combate cruento, teve todos os seus homens trucidados e vai agora pagar com a vida o louco ousio de pisar terra aimoré. Será sacrificado pela manhã ao romper do sol, cabendo ao potente Anhembira, cacique invicto, a honra de fender-lhe o crânio com a ivirapema de pau-ferro. Seu corpo será destroçado pelas horrendas megeras da tribo, sua carne devorada pelos ferozes canibais.

O guerreiro branco rememora com melancolia o viver tão breve — sua meninice de ontem, o engajamento numa nau, a viagem por mar, as aventuras nas terras novas de Santa Cruz, norteadas pela desmedida ambição do ouro.

É louro e tem olhos azuis. Em suas veias corre o melhor sangue do reino. Seu avô caiu nas Índias, varado duma zagaia cingalesa; seu pai, nos sertões inóspitos dos Brasis, acabou na paralisia do curare que seta fatal lhe inoculou. Chegara a vez do mal-aventurado rebento último dessa estirpe de heróis...

Em redor, guerreiros cor de bronze, exaustos da dança e bêbados de cauim, jazem estirados, as mãos soltas dos tacapes terríveis. Também dormita o velho pajé, de cócoras rente à ocara, com o maracá em silêncio ao lado.

Que mais? Sim, a lua... A lua que no alto passeia o seu crescente.

Súbito, um vulto se destaca de moita vizinha e aproxima-se cauteloso, com pés sutis de corça arisca.

É Iná, a mais formosa virgem das selvas, oriunda do sangue cacical de Anhembira, o Morde-corações. A virgem caminha em direção ao prisioneiro. Para-lhe defronte e por instantes o contempla, como presa de indecisas ideias.

Por fim decide-se e, ligeira como a irara, desfaz os nós da muçurana fatal e dá de beber ao guerreiro branco o trago de cauim desentorpecedor dos músculos adormentados. Em seguida mira-o a furto nos olhos, perturbada, e num gesto indica-lhe a mata, sussurrando em língua da terra:

— Foge!

O guerreiro branco vacila. Não conhece a mata, que é imensa, e teme encontrar em seu seio morte mais cruel que a pelo tacape de Anhembira.

Iná compreende o seu enleio e, tomando-lhe a mão, leva-o consigo; conhece a mata a palmo e sabe o caminho de pô-lo a seguro em sítio até onde não ousa alongar-se a gente aimoré.

A noite inteira caminham, e só quando um grande rio de águas negras lhes tranca o passo é que a virgem morena se detém. Aponta o rio ao moço guerreiro e nesse gesto diz que está finda a sua missão, pois que o rio leva ao mar e o mar é o caminho dos guerreiros brancos.

O moço tem o peito a estourar de gratidão e amor, e como não pode significá-los com palavras lusas, recorre ao esperanto da natureza: abraça a virgem morena, beija-a e, a céu aberto, ao som múrmuro das águas eternas, louco de paixão, a possui.

Reticências.

Ao romper da madrugada:

— É a cotovia que canta!... — diz ela.

— Não; é o rouxinol — retruca Romeu.

— É a cotovia...

— É o rouxinol...

Vence a cotovia. O moço beija-a pela última vez e parte. Não esquece, porém, de enfiar no dedo de Julieta um anel — joia indispensável ao desfecho da nossa tragédia.

PRIMEIRO ATO

A tribo está apreensiva. As velhas murmuram e o pajé inquieta-se.

— Marabá! — sussurram todos.

Castigo de Tupã? Sinal do céu que marca o termo da glória de Anhembira, o chefe da tribo?

Uma criança nascera ali, de olhos azuis e loura, evidentemente marabá.

E nascera de Iná, a virgem bronzeada em cujas veias corre o sangue do grande morubixaba.

Traição!

A mãe mentira à raça, e do contato com o estrangeiro invasor, cruel inimigo que do seio do mar surgiu para desgraça do povo americano, teve aquela filha. O louro dos cabelos, o azul dos olhos, a alvura da pele denunciavam claramente o imperdoável crime.

— Marabá! — sussurram todos.

E um vago terror espalha-se pela tribo.

O pajé reúne em concílio os velhos para decidirem sobre o gravíssimo caso. E após longas ponderações a assembleia resolve o sacrifício da pequena marabá, em holocausto aos manes irritados da tribo.

Levam a sentença ao cacique, que é pai, mas que antes de pai é o chefe, o inexorável guardião da Lei velha como o tempo.

Anhembira cerra o sobrecenho, baixa a cabeça e queda-se imóvel como a própria estátua da dor.

Entre parêntesis.

Uma coisa me espanta: que haja inda hoje, nestes nossos atropelados dias modernos, quem escreva romances! E quem os leia!...

Conduzir por trezentas páginas a fio um enredo, que estafa!

Nada disso. Sejamos da época. A época é apressada, automobilística, aviatória, cinematográfica, e esta minha "Marabá", no andamento em que começou, não chegaria nunca ao epílogo.

Abreviemo-la, pois, transformando-a em entrecho de filme. Vantagem tríplice: não maçará o pobre do leitor, não comerá o escasso tempo do autor e ainda pode ser que acabe filmada, quando tivermos por cá miolo e ânimo para concorrer com a Fox ou a Paramount. Vá daqui para diante a cem quilômetros por hora, dividida em quadros e letreiros.

QUADRO

Enquanto Anhembira, de cabeça derrubada sobre o peito, medita sobre a sentença que condenou a criança loura, uma índia velha corre a avisar Iná.

Iná é mãe e as mães não vacilam. Toma a filhinha nos braços e foge para as selvas...

QUADRO

Lindo cenário. Trecho de mata virgem trancado de cipoeira, trançado de taquaruçus. Vê-se à direita um velho tronco de enorme jequitibá ocado. É nesse oco que mora a menina loura de olhos azuis. A mãe ajeitou-o para esconderijo seguro; tapetou-o de musgos macios; fez dele um ninho de meter inveja às aves.

Ali dorme o lindo anjo, filho do amor a céu aberto. Ali recebe a mãe inquieta, que de fuga lhe traz o seio nutriz. De fuga, pois a tribo ignora o estratagema e está certa de que a filha de Anhembira arrojou ao abismo das águas o fruto maldito do seu ventre.

LETREIRO

Marabá cresceu no sombrio da mata, como a ninfa mimosa do ermo. Iná ensinou-lhe a vida e deu-lhe armas com que abatesse as aves que piam no subosque, e a caça ligeira que entoca, e os peixes faiscantes que se alapam nas pedras.

QUADRO

Marabá despede-se de sua mãe.

Já pode viver por si e quer seguir para ermos distantes onde não chegue o som das inúbias de Anhembira — lá onde o rio é como um deus irrequieto que ora escabuja nas fragas, ora brinca com as pétalas mortas remoinhantes em seus remansos. Iná despede-se da filha e, repetindo o gesto do guerreiro branco, põe-lhe no dedo o anel de núpcias.

QUADRO

A vida solitária de Marabá. Seu namoro com o rio. Nele banha-se e mergulha e nada, com a linda coma loura flutuante, e nele mira seus olhos feitos de pedaços do céu.

É seu amante, é seu deus o rio eterno. É o ser vivo em cuja companhia refoge à depressão do ermo absoluto.

LETREIRO

Em Marabá confluem duas psíquicas — a da terra, herdada de sua mãe, e a do moço louro vindo de além-mar, duma plaga distante que em sonhos indecisos sua alma em botão adivinha.

QUADRO

Mas pouco cisma, a linda Marabá. O tempo lhe é escasso para a delirante vida de ninfa que é o seu viver ali.

Ora perde a manhã inteira na perseguição do gamo que veio beber ao rio; ora galga a pedranceira em prodígios de arrojo para colher uma flor que se abriu no mais alto da penha.

Persegue borboletas — e que quadro é vê-la no campo, veloz como a gazela, a loura cabeleira solta ao vento!

Sa nudez de virgem esplende em fulgor de escultura divina. Deus a esculpiu — e escultor nenhum jamais concebeu corpo assim, de linhas mais puras, seios mais firmes, ancas mais esgalgas, braços de torneio mais fino.

Tem a nudez divina, Marabá — porque existe a nudez humana: das criaturas que convivem entre humanos e sofrem todos os vincos da humanidade.

Marabá não viciou sua nudez no contato humano; é nua como é nu o lírio — sem saber que o é.

Mas é mulher. Adivinha de instinto que as flores fê-las Deus para a mulher, e colhe-as, e tece-as em guirlandas, e com elas enfeita os cabelos e o colo e a cintura. E assim, toda flores, mira-se no espelho das águas e sorri. E porque sorri, logo salta, alegre, e dança. E porque dança, anima as selvas da luz maravilhosa que os helenos ensinaram ao mundo.

Súbito, um rumor fá-la estacar. A filha de Dionísio se apaga e surge Diana.

Ei-la de arco em punho, em louca desabalada, na pista do cervo incauto que lhe interrompeu a bela improvisação coreográfica.

Quem lhe ensinou a dançar?

Tudo. O sangue estuante em suas veias, o vento que agita a fronde das jiçaras, o remoinho das águas, as aves. Viu dançarem os tangarás, um dia, e desde esse momento sua vida é uma contínua e maravilhosa criação em que a alma da terra americana se exsolve em movimentos rítmicos.

Sempre mulher, Marabá amansou uma veadinha de leite e tem-na consigo como inseparável companheira, dócil às suas expansões de carinho. Com a pequena corça brinca horas a fio, e abraça-a, e beija-a no mimoso focinho róseo.

Que festa a vida de Marabá!

Ninguém a vence em riquezas. Ouro, dá-lhe o sol às catadupas, e todo só para ela. Perfume, não em frascos microscópicos o tem, mas ambiente, perenal; as flores só exalam para ela, e todas as brisas se ocupam em trazê-lo de longe, tomado da corola das orquídeas mais raras.

E as abelhas ofertam-lhe o mel puríssimo; e os ingazeiros de beira-rio dão-lhe a nívea polpa dos seus frutos invaginados; e cem árvores da floresta parecem precipitar a maturescência de suas bagas rubras, roxas, verdoengas, para que mais cedo os alvos dentes da ninfa as mordam com delícia.

E os dias de Marabá são assim um delírio de luz, de perfumes, de movimentos sadios e livres, capaz de enlouquecer a imaginação dos pobres seres chamados homens, que vivem em prisões chamadas cidades, dentro de gaiolas chamadas casas, com poeira para os pulmões em vez de ar, catinga de gasolina em vez de vida.

NOTA A MR. CECIL B. DE MILLE

Este papel de Marabá tem que ser feito por Annette Kellermann. Como, porém, Annette já está madura e Marabá é o que existe de mais botão, torna-se preciso inventar um processo que rejuvenesça de trinta anos a intérprete.

QUADRO

Um dia, um caçador tresmalhado surpreende a ninfa no banho.

É Ipojuca, o filho dileto de Anhembira e seu sucessor no cacicado. Três dias e três noites correu ele em perseguição de um jaguar; mas no momento em que dobrava o arco para desferir a flecha certeira, descaiu-lhe das mãos a arma e seus olhos se dilataram de assombro.

O corpo nu da virgem loura emergira das águas à sua frente.

— Iara?

No primeiro momento o medo sobressaltou-o — mas o sangue de Anhembira reagiu em suas veias, e não seria o filho do guerreiro que jamais conheceu o medo quem tremesse diante de mulher, Iara que fosse.

E Ipojuca imobilizou-se à margem do rio, em muda contemplação, até que a ninfa, percebendo-o, fugisse para o lado oposto, mais arisca do que a tabarana.

Ipojuca atravessou o rio e logo mergulhou na floresta, em sua perseguição. Jamais as ninfas venceram a faunos na corrida. Foi assim na Grécia; seria assim sob o céu de Colombo. O filho do cacique alcançou-a. Seu braço de ferro enlaçou-a; suas mãos potentes quebraram-lhe a resistência e dobraram-lhe a cabeça loura para o beijo de núpcias.

Mas a virgem vencida abriu para o macho vitorioso os grandes olhos azuis e, encarando-o a fito, murmurou a tremenda palavra que afasta:

— Sou Marabá!

Ipojuca estarrece, como fulminado pelo raio, e deixa que a presa loura fuja para o recesso das selvas.

QUADRO

Ipojuca, o vencedor vencido, caminha de cabeça baixa, absorto em sonhos. Vai de regresso à taba. O jaguar que tinha perseguido cruza-se-lhe à frente. Ipojuca não o vê. A seta que lhe destinara cravou-lha Eros no coração.

QUADRO

Na taba, Ipojuca, desde que regressou, vive arredio. Pensa.

A cabeça lhe estala. Travam-se de razões seu cérebro e seu coração — o dever de solidariedade para com a tribo e o amor. Um impõe-lhe o desprezo da criatura maldita; outro pede-a para o beijo.

LETREIRO

Vence Amor — o eterno vencedor, e Ipojuca volta ao ermo em procura de Marabá.

QUADRO

A virgem loura, desde o encontro fatal, perdida tem a sua serenidade de lírio.

Cisma.

Horas e horas passa imóvel, com o olhar absorto. Sua veadinha ao lado inutilmente espera as carícias de sempre. Marabá não a vê. Marabá esqueceu-a. Como esqueceu as borboletas amarelas que douram o úmido em redor da laje onde jaz reclinada. Como não vê o casal de martins-pescadores que a três passos a espiam curiosos.

Marabá só vê o guerreiro de pele bronzeada que a subjugou com o braço potente, que lhe premiu com violência a carne virgem, que lhe derramou na alma um veneno mortal.

Marabá só vê o seu guerreiro.

Vê-lhe o vulto ereto, firme e forte como os penedos. Vê-lhe a musculatura mais rija que o tronco da peroba. Vê o fogo que seus olhos chispam.

E com tamanha nitidez o vê que para ele estende os braços, amorosamente. E Ipojuca, pois era Ipojuca em pessoa e não sua sombra o que ela via, cai-lhe nos braços e esmaga-lhe nos lábios o primeiro beijo.

QUADRO

Idílio. Marabá espera o seu guerreiro no alto de uma canjerana.

Ipojuca chega, procura-a, chama-a, aflito.

A resposta é um punhado de bagas rubras que a virgem lhe lança da fronde. Ágil como o gorila, Ipojuca abarca o tronco da canjerana e marinha galhos acima.

Ao ser alcançada, Marabá despenha-se no rio e mergulha.

Susto do índio, logo seguido de alegria ao vê-la emergir além. Lança-se à água, persegue-a — e são dois peixes de pasmosa agilidade que brincam.

Agarra-a — e a luta finda-se na doce quebreira dos beijos.

QUADRO

Moema, a formosa virgem por Anhembira destinada para esposa de Ipojuca, desconfia dos modos de seu noivo. Aquelas contínuas ausências, aquele incessante cismar, seu alheamento a tudo, dizem-lhe com clareza que uma rival se interpõe entre ambos.

E, como desconfia, segue-o cautelosa. E tudo descobre, pois alcança o rio onde, o coração varado de crudelíssima flecha, assiste, oculta em propícia moita, às expansões amorosas dos ternos amantes. Adivinha quem é a rival, pois que ainda tem vivo na memória o caso da marabazinha misteriosamente desaparecida.

QUADRO

Moema regressa à tribo e, sequiosa de vingança, denuncia ao pajé o esconderijo da virgem maldita.

O velho reúne os guerreiros, arenga-os, incita-os à vingança antes que volte Anhembira, alongado numa expedição de vindita contra os brancos invasores. Receia que o cacique perdoe à neta, movido pelas lágrimas da velha Iná.

Os guerreiros em marcha para a vingança.

QUADRO

Surpreendidos pelos índios, os amantes fogem rio abaixo numa piroga. (É difícil explicar o aparecimento desta providencial piroga, mas não impossível. Derivou rio abaixo, por exemplo, e ali ficou enredada numa tranqueira. Não esquecer de introduzir num dos quadros anteriores um close-up da piroga.)

QUADRO

Os índios metem-se em outras pirogas. (Mais pirogas! É que não derivou uma só, sim várias...) E remam com fúria na esteira dos fugitivos.

QUADRO

Continua a perseguição. Não há flechaços, para evitar-se o perigo de ferir-se Ipojuca. Perseguição silenciosa, à força de remos que estalam.

QUADRO

A noite vem e a regata continua ao luar.

QUADRO

E descem os fugitivos até que, de súbito, dão de cara com um fortim português.

LETREIRO

Entre dois fogos!

QUADRO

Os remos caem das mãos de Ipojuca. Marabá aninha-se-lhe ao peito rijo, indiferente à morte — que nada há mais suave do que acabar assim, a dois, em pleno apogeu do delírio do amor.

QUADRO

Os índios perseguidores ganham terreno. São avistados pelos portugueses, que logo acodem com os seus trabucos de boca de sino e abrem fuzilaria.

QUADRO

Os perseguidores fogem desordenadamente. Ipojuca, ferido no peito, é aprisionado juntamente com Marabá.

QUADRO

Na praia, ao lado do seu arco, Ipojuca estorce-se nas dores da agonia, enquanto Marabá é levada à presença do capitão do forte, que demora um minuto para apresentar-se.

QUADRO

Rodeiam-na os lusos e admiram-lhe a beleza do tipo europeu.

Nisto o capitão do fortim aparece.

Interroga-a; examina-a cheio de pasmo, como que tomado de vagos pressentimentos.

Marabá tem o anel que Iná lhe deu.

O capitão examina-o e, assombrado, o reconhece.

— Minha filha! — exclama.

E numa delirante explosão de amor paterno abraça-a e beija-a com frenesi.

QUADRO

Ipojuca, a distância, estorce-se na agonia. Vê a cena e, sem compreender o que se passa, julga que o capitão, como um sátiro, rouba-lhe a amante querida. Reúne as últimas forças, toma do arco, ajusta uma flecha e despede-a contra Marabá.

QUADRO

A flecha crava-se no peito da virgem loura, que desfalece e morre nos braços do pai atônito, enquanto na praia o heroico Ipojuca exala o derradeiro suspiro, murmurando:

LETREIRO
— *Minha ou de ninguém!*

(Acendem-se as luzes e enxugam-se as lágrimas.)

Fatia de vida

Não era homem querido o doutor Bonifácio Torres. Não era querido pela ponderosa razão de pensar com sua própria cabeça. Para ser querido é força pensar como toda gente.

"Toda gente!"

Moloch social cujos mandamentos havemos de seguir de cabecinha baixa, sob pena dos mais engenhosos castigos. Um deles: incidir na pecha de esquisitice.

"É um esquisitão."

Inútil dizer mais. O homem marcado vê-se logo posto de través e à margem, como o leproso. Torna-se um indesejável. É um suspeito. Haja meio e eliminam-no do grêmio como a um corpo estranho, de malsão convívio.

Assombramo-nos ao recordar os crimes de grupo que enchem a história — Santo Ofício, guerras, matanças religiosas. Transportados à época vemos que o progredir humano não passa da consolidação das vitórias do "esquisitão" sobre "Toda gente".

"Toda gente" não tolerava dúvidas sobre a fixidez da Terra. Vem um esquisitão e diz: A Terra move-se em redor do Sol. "Toda gente", por intermédio de seus representantes legais, agarra o velho pelo gasnete e força-o a retratar-se.

— Renega a heresia, infame, ou asso-te já na fogueira!

Galileu baixou a cabeça encanecida e abjurou. E a Terra, que começara a girar em torno ao Sol, teve que mudar de política e imobilizar-se por muito tempo ainda. Hoje roda livremente. O monstro deu-lhe essa liberdade...

Como se vê, apesar da guerra que "Toda gente" move aos esquisitões as ideias destes influenciam e aos poucos transformam a mentalidade do Moloch. No começo o monstro encarcera, esquarteja, empala, sufoca. Depois volta atrás, medita e murmura: "Ele tinha razão!", e adere com a maior inocência.

"Toda gente" tem hoje a caridade como dogma infalível, e por esse motivo encarou com assombro o doutor Bonifácio quando o esquisitão sorriu a uma frase nédia e lisa do cônego Eusébio. O cônego Eusébio, conspícuo representante legal do Moloch, dissera no tom solene dos que monopolizam a verdade sobre o orbe:

— Não há virtude mais sublime. Só ela tem forças para resolver a questão social. Aquele movimento belíssimo durante a epidemia da gripe em São Paulo — que réplica de escachar o espírito que nega! Todos à urna, governos, matronas, meninas, associações, todos empenhados em lenir o sofrimento dos pobres, como que a derramar Deus nos corações!...

O doutor Bonifácio sorrira e o padre olhara-o de revés, com saudades, quem sabe, do bem-aventurado tempo em que sorrisos assim recebiam a réplica do fogo pio.

— Sorri-se o herege? — interpelou o padre. — Nega até a caridade?

— Não nego — respondeu mansamente o filósofo —, porque não nego nem afirmo coisa nenhuma. Negam e afirmam os atores, os que se agitam no palco da vida. Eu tenho meu lugar na plateia e, como não represento, observo. E como observo, sorrio — sorrio para não chorar...

— Seja mais claro.

— Serei. Quando o reverendo se abriu em louvores à caridade, não desfiz nessa cristianíssima virtude. Apenas me lembrei de certo drama a que assisti — e, repito, sorri para não chorar...

Depois de breve pausa de interrogativa expectação o doutor Bonifácio principiou.

— Isaura, a minha lavadeira...

As anedotas têm força de ímã. Vários curiosos aproximaram-se e ficaram a ouvir.

— Minha lavadeira, como todas as lavadeiras, era uma pobre mulher de incomparável heroísmo, desse que os épicos não cantam, o Estado não recompensa e ninguém sequer observa. Para mim, entretanto, é a forma nobre por excelência do heroísmo — a luta silenciosa contra a miséria.

— Que esquisitice!

— Porque é heroísmo ininterrupto, sem tréguas — continuou o doutor Bonifácio —, sem momento de repouso e, além disso, sem nenhuma esperança de qualquer espécie de paga.

— Vamos ao caso...

— Viúva com quatro filhos, a heroica Isaura matava-se no trabalho incessante. Aquelas mãos vermelhas e curtidas... Aqueles braços requeimados... Que máquinas! Era do movimento deles que vinha o sustento da casa. Parassem, repousassem — e a Fome, esquálida megera que ronda os bairros pobres, meter-se-ia portas adentro...

— Romantismo... "Esquálida megera"...

— No primeiro sábado da Grande Gripe, Isaura, minha pontualíssima lavadeira, não me apareceu como de costume com a sua bandeja de roupa lavada. Em lugar dela veio uma vizinha.

— A Isaura? — perguntei-lhe.

— Anda às voltas com os filhos. Deu lá a 'espanhola' e a pobre está que está numa roda-viva.

— Hei de ir vê-la, coitada...

— É caridade, senhor. A pobre é bem capaz de endoidecer...

Não fui. Impediu-mo a própria gripe, cujos primeiros sintomas nesse mesmo dia comecei a sentir. Passei de molho três semanas e quando me levantei, e me preparava para ir ver Isaura, eis que ela me reaparece em pessoa.

Em que estado, porém! Envelhecera vinte anos, tinha os cabelos brancos, os olhos no fundo, o ar de uma coisa vencida pelo destino. E tossia.

— Sente-se e conte-me tudo.

Sentou-se e, sem derramar uma só lágrima, pois já as chorara todas, narrou-me a sua tragédia.

Tinha em casa uma filha de dezoito anos, que trabalhava na costura; outra de dezesseis, que a ajudava na lavagem; um filho de quinze, entregador de roupa, e mais uma netinha de seis anos, órfã.

A gripe apanhou-os a todos e a ela também. Mas a pobre criatura não soube disso, não o notou. Como perceber que estava doente se suas faculdades eram poucas para atentar nos filhos? E lá sarou de pé, sem um remédio. E como ela também sarariam os filhos todos se...O doutor Bonifácio voltou-se para o cônego.

—...se a caridade não interviesse...

— Já sei onde quer bater — exclamou o cônego. — Mas cumpre notar que quando falo de caridade não me refiro à assistência pública, nem sequer à filantropia. Falo da caridade sentimento, da caridade virtude cristã — concluiu baforando o cigarro, alegre, com ar de quem cortou vazas.

O doutor Bonifácio prosseguiu:

—...se a caridade sentimento não sobreviesse por intermédio do coração bondoso de uma vizinha. Esta vizinha, compadecida daquele angustioso transe, telefonou a um posto médico narrando o caso e pedindo assistência. A ambulância veio justamente durante a ausência da Isaura, que saíra a compras, e levou-lhe todos os filhos para o Hospital da Imigração.

Corriam boatos apavorantes a respeito deste hospital improvisado, onde — murmuravam — só se recebiam os pobres bem pobres e o tratamento era o que devia ser, porque pobre bem pobre não é bem gente. De modo que nada apavorava tanto o povinho miúdo como ir para a Imigração.

Assim, ao voltar da rua e saber do acontecido Isaura estarreceu. Foi como se o próprio inferno houvesse aberto as goelas e engolido os adorados doentes. Quem zelaria por eles? Sozinhas no meio de desconhecidos, de enfermeiros mercenários, que seria das pobres crianças?

Correu para aqueles lados, inquirindo às tontas: “A Imigração? Onde fica a Imigração?”. “É por aqui.” “Dobre à direita.” “É lá naquela casa grande”, informavam-na pelo caminho.

Chegou. Bateu. Esperou à porta um tempo enorme. Entravam e saíam pessoas apressadas, médicos, ajudantes, homens de avental. "Não é comigo", diziam. "Espere." "Bata outra vez."Afinal, uma alma caridosa..."

— Ca-ri-do-sa — repetiu o cônego, sorrindo.

—...uma alma caridosa apareceu e deu-lhe a informação pedida. Os filhos estavam lá, mais a netinha. A de dezesseis anos, porém, atacada de tifo.

— Tifo?! — exclamou, alanceada, a pobre mãe. A alma caridosa enterrou mais fundo o punhal:— Sim, tifo, e do bravo.

A mulher já não ouvia. De olhos esbugalhados, como fora de si, repetia a esmo a palavra tremenda — "Tifo!" Conhecia-o muito bem. Fora a doença malvada que lhe arrebatara o marido.

— Quero vê-la, quero ver minha filha!...

— Impossível!

Isaura lutou, insistiu.

Inútil.

A porta fechou-se com chave e a pobre mulher se viu despejada na rua.

Andou muito tempo à toa, como ébria, sem destino. "Olha a louca!", gritavam os moleques. E parecia mesmo, se não louca, pelo menos aluada.

Súbito, Isaura resolveu-se. Havia de ver os filhos. Era mãe. "São meus, o mundo nada tem com eles. Eu os tive, eu os criei, só eu os quero no mundo. São tudo para mim. Como gentes estranhas me roubam assim os filhos, me impedem que eu, mãe, os veja? Nem ver, apenas ver? Oh, isso é demais."

Havia de vê-los.

Galvanizada pela resolução, Isaura correu a implorar socorro de um homem influente cuja roupa lavava.

O influente deu-lhe uma carta. "Vá com isto que as portas se abrem."

Nova corrida ao hospital. Nova espera angustiosa. Por fim a mesma alma caridosa...O doutor Bonifácio entreparou, olhando para o sacerdote. E, como desta vez ele silenciasse, prosseguiu:

— Por fim a alma caridosa reapareceu e disse à desolada mãe:

— Posso ir lá dentro saber de seus filhos, mas deixá-la entrar, não!— E a carta?

— Inútil. É expressamente proibido.

— Pois dê-me notícias de meus filhos, então.

A alma caridosa foi saber dos doentinhos e a triste mãe, embrulhada em seu xale humilde, ficou a um canto, esperando. Minutos depois reaparecia a alma caridosa.

— Olhe, sua filha morreu.

— Morr...

E os olhos da miseranda mãe exorbitaram, seus dedos se crisparam...

— Morreu!... Mas qual delas?

— Uma delas.

— Mas qual? Qual?...

Já eram gritos lancinantes que lhe saíam da boca. A alma caridosa fechou a porta e sumiu-se...

O infinito desespero de Isaura nessa noite em casa, a revolver-se na cama, a remorder o travesseiro... "Qual? Qual das minhas filhas morreu?..." A dor requintava-se ante a incerteza. "Seria a Inesinha? Seria a Marietinha?" E o cérebro lhe estalava na ânsia de adivinhar. "Qual delas, meu Deus?"São dores que a palavra não diz. Imagina-as a imaginação de cada um.

Adiante.

No outro dia a mulher correu de novo ao hospital. Repete-se a mesma cena — a ansiosa espera de sempre, os pedidos com lágrimas a saltarem dos olhos. O ambiente é o mesmo — de indiferença geral. Só não há indiferença na alma caridosa, que reaparece e pergunta:

— Que quer de novo, santinha?

— Meus filhos... saber...

— Seus filhos? Não estão mais aqui. Foram removidos para o Hospital do Isolamento, os dois.

— Os dois?!...

— Os dois, sim, porque a mais pequena também morreu.

— A minha netinha morreu?!...

— Coragem, minha velha, a vida é isto mesmo.

E a porta fechou-se pela última vez.As três ou quatro pessoas reunidas em torno do doutor Bonifácio ansiavam pelo final da história. "E depois?", era a sugestão de todos os olhos.

O doutor Bonifácio prosseguiu:

— Depois? Depois a gripe declinou, a normalidade foi se restabelecendo e os dois filhos restantes voltaram à casa materna. Em que estado! O menino, semimorto, cadavérico, e a Inês (só ao vê-la chegar soube Isaura qual das duas morrera) e a Inês com uma tosse de tuberculosa. E ali ficaram, destroços de horrível naufrágio, aqueles três miseráveis molambos de vida, sob a assistência da negra enfermeira — a Fome. Continuaram a viver, sem saber como, por instinto — num desvario, numa alucinação...

Da última vez que vi a pobre Isaura, disse-me ela, entre dois acessos de tosse:

— Tudo porque me levaram de casa os filhos. Se ficassem nada lhes teria acontecido. A nossa vizinha, tão boa, coitada, quis fazer o bem e fez a nossa desgraça. É um perigo ser muito bom...O doutor Bonifácio calou-se. O cônego não achou que fosse caso de comentar. A roda dissolveu-se em silêncio.

A morte do Camicego

Foi o Edgard quem "lançou" esse monstro. O Camicego era para sua imaginação de quatro anos um "bicho malvado", grande como o guarda-louça. Depois foi crescendo, chegou a ficar do tamanho do morro.

Morávamos na fazenda, num casarão rodeado de morros, e ser grande como o morro avistado da "porta da rua" era algo sério...

Comia gente o Camicego, e tinha um bico *assim*! Este *assim* não era explicado com palavras, mas figurado numa careta de lábios abrochados em bico e olhos esbugalhados.

Com tão gentil focinho, não devia ser má rês o monstro — pensava a "gente grande" que, de passagem, via o Edgard refranzir os beicinhos naquela onomatopeia muscular. Mas para os nervosos cinco anos de sua irmã, a Marta, era de crer que fosse horrendo, tal o ríctus de pavor com que, enfitando a macaquice do irmão, instintivamente lhe arremedava o muxoxo.

E todas as noites, na rede da sala de jantar, ficavam os dois absorvidos no caso do Camicego — ele a desfiar as proezas incontáveis do monstro, ela a interrompê-lo com perguntas.

— E come gente?

Preocupava à Marta, sempre que se lhe antolhava algo desconhecido, visto pela primeira vez — um besourão, um lagarto, uma coruja —, saber o grau de antropofagia da novidade. Para ela o mundo se dividia em duas classes: a dos seres bons, que não comem gente, e a dos maus, que comem gente.

— Come sim! — inventava o Edgard. — Pois não sabe que comeu o filhinho da Mariana no dia da chuvarada?

Marta volvia os olhos sonhadores para a paisagem enquadrada na janela e quedava-se a cismar...

Nisto vinha para a rede um terceiro, o Guilherme, cujos dois anos e pico o traziam ainda muito amodorrado de imaginativa. Ouvia as histórias, mas não se impressionava coisa nenhuma, e no meio da papagueada hoffmânica saltava ao chão e pedia coisa mais positiva — o pão de ló, o bolinho de milho, a gulodice qualquer do dia, entrevista no armário.

E a história continuava a dois, sempre na rede, onde eles se balançavam isócronos como dois ponteiros de metrônomo — sempre entremeada das perguntas da menina, futura leitora de Wallace e cabalmente dilucidada pelo Edgard, um Wells em embrião.

— E onde mora o Camicego?

No quarto escuro, no porão, debaixo da cama, no buraco do forno, naquele barranco onde caiu a vaca pintada — o Edgard encontrava incontinenti uma dúzia de biocos tenebrosos onde encafuar a sua criação.

Às vezes brincavam de casinha na sala de visitas, um grande salão sempre mergulhado em penumbra. Sob o sofá antigo, de canela-preta, armavam com álbuns de música e almofadas a casinha da Irene, a grande boneca de louça sem uma perna.

Que maravilhosa mobília tinha a casa da Irene! Coloridos cacos de tigela figuravam de suntuosa porcelana. Havia travessas e sopeiras "de mentira". Em torno sentavam-se sabugos de milho representando as grandes personagens da fazenda — Anastácia, a cozinheira; Esaú, o preto tirador de leite; Leôncio, o domador. Quando comparecia à mesa este herói, não deixava de figurar também, solidamente amarrado a um pé de cadeira, o último animal que ele amansara. Este último animal era sempre o mesmo chuchu com quatro palitos à guisa de pernas, uma pena de galinha como cauda e três caroços de feijão figurando boca e olhos — sugestiva escultura da cozinheira que aquelas crianças preferiam aos mais bem-feitos cavalinhos de pau vindos da cidade.

Assim brincavam horas, até que, de súbito, farto já, o Edgard apontava para um canto da sala, onde eram mais intensas as sombras, e berrava com cara de terror:

— O Camicego!

Debandavam todos em grita, tomados de pânico, rumo à sala de jantar, a rirem-se do susto.

Um dia apareceu no quintal um grande morcego moribundo, de asas rotas por uma vassourada da copeira.

O Edgard foi quem o descobriu; trouxe-o para dentro e sem vacilar o identificou:

— O Camicego!

Reuniram-se os três em torno do monstro, em demorada contemplação: a menina mais arredada, no instintivo asco da sua sensibilidade feminil; o Guilherme espichado de barriga, o rosto moreno apoiado nas duas mãos; o Edgard pegando sem nojo nenhum no bicharoco, estirando-lhe as asas em gomos de guarda-chuva, abrindo-lhe a boca para mostrar a serrilha dos alvos dentinhos. E explicava petas a respeito.

— E este Camicego também come gente? — perguntou a menina.

— Boba! Pois não vê que é um coitado que nem come esta palhinha? — e Edgard enfiou uma palha goela adentro do bicho já morto.

Nesse momento "gente grande" apareceu na sala e pilhou-os na "porcaria", e com ralhos ásperos dispersou o bando, pondo termo à lição anatômica.

O morcego, pegado com asco pela pontinha da asa, lá voou por cima do muro, pinchado, e xingado — "...esta imundície..."Mas de nada valeu a energia. O improvisado necrotério transferiu-se ali da sala para detrás do muro, à sombra de uma laranjeira onde caíra o morcego. O Edgard, com uma faca de mesa, procurava abrir a barriga do "porco" para ver o que tinha dentro. Depois teve uma grande ideia: fazer sabão da barrigada!

A faca, porém, não cortava aquelas pelancas moles e rijas, o "porco" fugia à direita e à esquerda, e assim foi até que a Anastácia, de passagem para a horta em busca de coentro, pilhou-os de novo na "porcaria".

— Cambadinha! Vou já contar pra mamãe!...

Nova dispersão do grupo, e voo final da nojenta pelanca do vampiro, que desta vez foi parar em poleiro inacessível — em cima do telhado.

Datou daí a morte do Camicego. Não amedrontava mais.

Se Edgard o relembrava, os outros riam-se, porque a imaginação dos guris passara a encarnar o monstro na figura triste do pobre morcego morto, a estorricar-se ao sol no telhado.

Os homens, crianças grandes, não procedem de outra maneira. Os seus mais temerosos Camicegos saem-lhes morcegos relíssimos, sempre que uma boa vassourada da crítica os pespega para cima da mesa anatômica...

"Quero ajudar o Brasil..."

1938

Já contei este caso. Vou contá-lo de novo. Hei de contá-lo toda a vida, porque é um grande conforto de alma. É a coisa mais bonita que ainda vi.

Foi no começo de nossa tremenda campanha pró-petróleo. Havíamos com Oliveira Filho e Pereira de Queiroz lançado a Companhia Petróleos do Brasil – em que ambiente, santo Deus! Tudo contra. Todos contra. O Governo contra. Os homens de dinheiro contra. Os bancos contra. A "sensatez" contra.

Ceticismo absoluto em todas as camadas. Uma guerra surda por baixo, subterrânea, que naquele tempo não sabíamos donde emanava. Guerra de difamação ao ouvido – a pior de todas. As coisas ditas em voz alta não causam efeito; ao ouvido, sim.

"– Fulano é um escroque."

Enunciadas assim ao natural não impressionam a ninguém, tanto andamos afeitos a ouvir acusações dessas. Mas a mesma frase dita muito em reserva, ao ouvido, com a mão em tapa-som, "para que ninguém mais ouça", cala fundo, faz-se imediatamente crida – e quem a recebe corre a propagá-la como dogma.

A guerra contra os promotores da nova companhia era assim: de ouvido em ouvido, as mãos sempre em tapa-som – *para que ninguém mais ouvisse o que era preciso que todos soubessem.* A calúnia é a rainha da técnica.

Nos seus manifestos os incorporadores haviam sido em extremo leais. Admitiam a possibilidade de fracasso, com perda total do capital empatado. Pela primeira vez na vida comercial deste país se propunha ao público um negócio com admissão das duas faces: vitória esplêndida, em caso de encontro do petróleo, ou perda total dos dinheiros investidos, no caso reverso. Esta franqueza impressionou. Inúmeros subscritores vieram arrastados por ela.

– "Vou tomar tantas ações só por terem os senhores mencionado a hipótese da perda total dos dinheiros. Isso me convenceu de que se trata de negócio sério. Os negócios não sérios só acenam com lucros, jamais com possibilidades de perda."

A lealdade dos incorporadores foi vencendo o público miúdo. Só aparecia no escritório gente simples, tentada pelas vantagens tremendas do negócio em caso de sucesso. O raciocínio de todos era o mesmo de na compra dum bilhete das grandes loterias do Natal.

Os incorporadores levaram o escrúpulo a ponto de lembrar a cada novo subscritor a hipótese da perda total do dinheiro.

– "Sabe que corre o risco de perder o seu cobre? Sabe que se não tocarmos em petróleo o fracasso da empresa será completo?

– Sei. Li o manifesto.

– Mesmo assim subscreve?

– Mesmo assim.

– Então assine."

E desse modo iam sendo as ações absorvidas pelo público.

Certo dia entrou-nos pela sala um preto modestamente vestido, de ar humilde. Recado de alguém, certamente.

– Que deseja?

– Quero tomar umas ações.

– Para quem?

– Para mim mesmo.”

Oh! O fato surpreendeu-nos. Aquele homem tão humilde a querer comprar ações. E logo no plural. Quereria duas, com certeza, uma para si, outra para a mulher. Isso importaria em duzentos mil-réis, quantia que já pesa num orçamento de pobre. Quantos sacrifícios não teria de fazer o casal para pôr de lado 200 mil-réis ratinhados ao salário miserável? Para um ricaço tal quantia corresponde a um níquel; para um operário é uma fortuna, é um capital. Os salários no Brasil são a miséria que sabemos.

Repetimos ao extraordinário preto a cantiga de sempre.

– “Sabe que há mil dificuldades neste negócio e que corremos o risco de perder a partida, com destruição de todo o capital empatado?

– “Sei.”

– “E mesmo assim quer tomar ações?

– “Quero.”

– “Está bem. Mas se houver fracasso não se queixe de nós. Estamos a avisá-lo com toda a lealdade. Quantas ações quer? Duas?

– “Quero trinta.”

Arregalamos os olhos e, duvidando dos nossos ouvidos, repetimos a pergunta.

– “Trinta, sim”, confirmou o preto.

Entreolhamo-nos. O homem devia estar louco. Tomar trinta ações, empatar três contos de réis num negócio em que a gente mais endinheirada não se atrevia a ir além de algumas centenas de mil-réis, era evidentemente loucura. Só se aquele homem de pele preta estava escondendo o leite – se era rico, muito rico. Na América existem negros riquíssimos, até milionários; mas no Brasil não há negros ricos. Teria aquele, por acaso, ganho algum pacote na loteria?

– “Você é rico, homem?

– “Não. Tudo quanto tenho são estes 3 contos que juntei na Caixa Econômica. Sou empregado na Sorocabana há muitos anos. Fui juntando de pouquinho em pouquinho. Hoje tenho 3 contos.

– “E quer pôr tudo num negócio que pode falhar?

– “Quero.”

Entreolhamo-nos de novo, incomodados. Aquele raio de negro nos atrapalhava seriamente. Forçava-nos a uma inversão de papéis. Em vez de acentuarmos as probabilidades felizes do negócio, passamos a acentuar as infelizes. Enfileiramos todos os contras. Quem nos ouvisse, jamais suporia estar diante de incorporadores duma empresa que pede dinheiro ao público – mas de difamadores dessa empresa. Chegamos a afirmar que pessoalmente não tínhamos muitas esperanças de vitória.

– "Não faz mal", respondeu o preto na sua voz inalteravelmente serena.

– "Faz, sim!", insistimos. – "Jamais nos perdoaríamos se fôssemos os causadores da perda total das reservas duma vida inteira. Se quer mesmo arriscar, tome duas ações só. Ou, três. Trinta é demais. Não é negócio. Ninguém põe tudo quanto possui num cesto só, e muito menos num cesto incertíssimo como este. Tome três.

– "Não. Quero trinta."

– "Mas por quê, homem de Deus?", indagamos, ansiosos por descobrir o segredo daquela decisão inabalável.

Seria a cobiça? Crença de que com trinta ações ficaria milionário em caso de jorrar o petróleo?

– "Venha cá. Abra o seu coração. Diga tudo. Qual o verdadeiro motivo de você, um homem humilde, que só tem 3 contos de réis, insistir desta maneira em jogar tudo neste negócio? Ambição? Pensa que pode ficar um Matarazzo?

– "Não. Não sou ambicioso", respondeu ele serenamente. – "Nunca sonhei em ficar rico.

– "Então por que é, homem de Deus?

– "É que eu quero ajudar o Brasil..."

Derrubei a caneta debaixo da mesa e levei uma porção de tempo a procurá-la. Maneco Lopes fez o mesmo, e foi embaixo da mesa que nos entreolhamos, com caras que diziam: "Que caso, hein?". Em certas ocasiões só mesmo derrubando uma caneta e custando a achá-la, porque há umas tais glândulas que nos turvam os olhos com umas aguinhas impertinentes...

Nada mais tínhamos a dizer. O humilde negro subscreveu as trinta ações, pagou-as e lá se foi, na sublime serenidade de quem cumpriu um dever de consciência.

Ficamos a olhar uns para os outros, sem palavras. Que palavras comentariam aquilo? Essa coisa chamada Brasil, que é de vender, que até os ministros vendem, ele queria ajudar... De que brancura deslumbrante nos saíra aquele negro! E como são negros certos ministros brancos!

O incidente calou fundo em nossas almas. Cada um de nós jurou lá por dentro levar avante a campanha do petróleo custasse o que custasse, sofrêssemos o que sofrêssemos, houvesse o que houvesse. Tínhamos de nos manter na altura daquele negro.

A campanha do petróleo tem sofrido variados desenvolvimentos. Guerra grande. Luta peito a peito. E se o desânimo não nos vem nunca, é que as palavras do negro ultrabranco não nos saem dos ouvidos. Nos momentos trágicos das derrotas parciais (e têm sido muitas), nos momentos em que os lidadores no chão ouvem o juiz contar o tempo do nocaute, aquelas palavras sublimes fazem que todos se ergam antes do DEZ fatal.

– "É preciso ajudar o Brasil..."

Hoje sabemos de tudo. Sabemos das forças invisíveis, externas e internas, que puxam para trás. Sabemos os nomes dos homens. Sabemos da sabotagem sistemática, dos móveis da difamação ao ouvido, do perpétuo dar para trás da administração. Isso, entretanto, deixa de ser obstáculo porque é menor que a força haurida nas palavras do negro.

Abençoado negro! Um dia teu nome será revelado. O primeiro poço de petróleo em São Paulo não terá o nome de nenhum ministro nem presidente. Terá o teu. Porque talvez tenham sido tuas palavras a secreta razão da vitória. Os teus três contos foram mágicos. Amarraram-nos para sempre. Trancaram com pregos a porta da deserção...

Sorte grande

1939

Foi numa quieta cidadezinha entrevada, dessas que se alheiam do mundo com a discrição humilde dos musgos. Havia lá a gente do Moura, o arrecadador de taxas municipais no mercado. A morte arrecadou o Moura muito fora de tempo e propósito. Consequência: viúva e sete filhos na dependura.

Dona Teodora, quarentona que nunca soubera a significação da palavra descanso, viu-se de trabalhos dobrados. Encher sete estômagos, vestir sete nudezas, educar outras tantas individualidades... Se houvesse justiça no mundo, quantas estátuas a certos tipos de mães!

A vida em tais lugarejos lembra a dos liquens na pedra. Tudo se encolhe no "limite" – no mínimo que a civilização comporta. Não há "oportunidades". Os meninos mal empenam emigram. As meninas, como não podem emigrar, viram moças; as moças passam a "tias"; e as tias evoluem para velhinhas enrugadas como o maracujá murcho – sem que nunca venha ensejo para a realização dos dois grandes sonhos: casamento ou ocupação decentemente remunerada.

Os empreguinhos públicos, de paga microscópica, são tremendamente disputados. Quem se aferra a um, dali só é arrancado pela morte – e passa a vida invejado. Uma só saída para as mulheres, afora o casamento: a meia dúzia de cadeiras das escolinhas locais.

O mulherio de Santa Rita lembra os rizomas de gladíolos de certas casas de "cera e sementes" pouco frequentadas. O dono do negócio os expõe numa cesta à porta, à espera do freguês eventual. Não aparece freguês nenhum – e o homem os vai retirando da cesta à proporção que murcham. Mas o estoque não diminui porque entram sempre rizomas novos. O dono da casa de "cera e sementes" de Santa Rita é a Morte.

A boa mãe revoltava-se. Tinha culpa de terem vindo ao mundo as cinco meninas e os dois meninos, e de nenhum modo admitia que elas virassem maracujás secos e eles se estiolassem na lambança viciosa dos zés-ninguém.

O problema não era totalmente insolúvel com os meninos, porque podia mandá-los para fora no momento oportuno – mas as meninas? Como arranjar a vida de cinco moças numa terra em que havia seis para cada homem casadouro – e só cinco cadeirinhas?

A mais velha, Maricota, herdara o temperamento, a valentia materna. Estudou o que pôde e como pôde. Fez-se professora – mas já estava nos vinte e quatro e nem sombra de colocação. As vagas iam sempre para as de maior peso político, ainda que analfabetas. Maricota, um peso-pluma, que poderia esperar?

Mesmo assim Dona Teodora não desanimava.

– Estudem. Preparem-se. De repente qualquer coisa acontece e vocês se arrumam.

Os anos, entretanto, passavam sem que a esperadíssima "qualquer coisa" viesse – e os apertos recresciam. Por muito que trabalhassem em cocadas, bordados de enxoval e costurinhas, a renda não se distanciava do zero.

Dizem que as desgraças gostam de vir juntas. Quando a situação dos

Mouras atingiu o ponto perigoso da "dependura", nova calamidade sobreveio. Maricota recebeu do céu um estranho castigo: a singularíssima doença que lhe atacou o nariz.

No começo não deram importância ao caso; só no começo, porque a doença entrou a progredir, com desorientação de todos os entendidos em medicina das redondezas. Nunca, verdadeiramente nunca, ninguém soubera por lá de coisa assim.

O nariz da moça crescia, engordava, engrouvinhava, lembrando o de certos bêbados incorrigíveis. A deformação nessa parte do rosto é sempre desastrosa. Dá à fisionomia um ar cômico. Todos se apiedavam da Maricota – mas riam-se sem querer.

A maldade dos lugarejos tem a insistência de certas moscas. Aquele nariz foi virando o prato predileto do Comentário. Nos momentos de escassez de assunto era infalível porem-no à mesa.

– Se aquilo pega, ninguém mais planta rabanetes em Santa Rita. É só levar a mão ao rosto e colher um...

– E dizem que está crescendo...

– Se está! A moça já não põe o pé na rua – nem para a missa. Aquela negrinha, cria de Dona Teodora, me disse que já não é nariz – é beterraba...

– Sério?

– Cresce tanto que se a coisa continua vamos ter um nariz com uma moça atrás e não uma moça com um nariz na frente. O maior, o principal, ficará sendo o rabanete...

Nos galinheiros também é assim. Quando aparece uma ave doente, ou ferida, as sãs correm-na a bicadas – e bicam-na até destruí-la. Em matéria de maldade o homem é galináceo. A tal ponto chegou a de Santa Rita que quando aparecia alguém de fora não vacilavam em enfileirar entre as curiosidades locais a doença da moça.

– Temos várias coisas dignas de ver-se. Há a igreja, cujo sino tem um som sem igual no mundo. Bronze do céu. Há o pé de cacto da casa do major Lima, com quatros metros de roda na altura do peito. E há o rabanete da Maricota...

O visitante espantava-se, está claro.

– Rabanete?

O informante desfiava a crônica do famoso nariz com invençõezinhas cômicas de sua lavra. “Não poderei ver isso?” “Creio que não, porque ela já não tem ânimo de pôr o pé na rua – nem para a missa.”

Chegou o momento de recorrer aos médicos especialistas. Como por lá não houvesse nenhum, Dona Teodora lembrou-se de um doutor Clarimundo, especialista de todas as especialidades na cidade próxima. Tinha de mandar-lhe a filha. O nariz de Maricota estava ficando clamoroso demais. Mas... mandar como? A distância era grande. Viagem por água – pelo rio São Francisco, em cuja margem direita se assentava Santa Rita. O percurso custaria dinheiro; e custariam dinheiro a consulta, o tratamento, a estada lá – e onde o dinheiro? Como reunir os 200 mil-réis necessários?

Não há barreiras para o heroísmo das mães. Teodora redobrou de faina, operou milagres de gênio e por fim reuniu o dinheiro da salvação.

Chegou o dia. Muito vexada de mostrar-se em público depois de tantos meses de segregação, Maricota embarcou para a viagem de dois dias. Embarcou num gaiola – o Comandante Exupério – e logo que se viu a bordo tratou de descobrir um cantinho em que ficasse a salvo da curiosidade dos passageiros. Inutilmente. Deu logo nos olhos de vários, sobretudo nos dum moço de bom aspecto, que entrou a mirá-la com singular insistência. Maricota esgueirou-se de sua presença e, de bruços na amurada, fingiu-se absorta na contemplação da paisagem. Fraude pura, coitadinha. A única paisagem que via era a sua – a nasal. O passageiro, entretanto, não a largava.

– Quem é essa moça? – quis saber, e um de boca perdigotante, também embarcado em Santa Rita, regalou-se em contar pormenorizadamente tudo quanto sabia a respeito.

O moço refranziu a testa. Reconcentrou-se a meditar. Por fim seus olhos brilharam.

– Será possível? – murmurou em solilóquio, e resolutamente encaminhou-se na direção da triste criatura absorvida na contemplação da paisagem.

– Perdão, minha senhora, eu sou médico e...

Maricota voltou para ele os olhos, muito vexada, sem saber o que dizer. Como um eco, repetiu:

– Médico?...

– Sim, médico, e o seu caso está me interessando profundamente.

Se é o que suponho, talvez que... Mas, venha cá, conte-me tudo, conte-me como isso começou. Não se vexe. Sou médico – e para os médicos não há segredos. Vamos...

Maricota, depois de alguma resistência, contou tudo, e à medida que falava o interesse do moço recrescia.

– Com licença – disse ele, e pôs-se a examinar-lhe o nariz, sempre com perguntas cujo alcance a moça não percebia.

– Como é seu nome? – atreveu-se a indagar Maricota.

– Doutor Cadaval.

A expressão do médico lembrava a do garimpeiro que encontra um diamante de valor fabuloso – um Cullinan! Nervosamente ele insistia:

– Conte, conte...

Queria saber tudo; como aquilo começara, como se desenvolvera, que perturbação ela sentira e outras coisinhas técnicas. E as respostas da moça tinham o condão de aumentar-lhe o entusiasmo. Por fim:

– Maravilhoso! – exclamou. – Um caso único de boa sorte... Tais exclamações desnortearam a doente. “Maravilhoso?” Que maravilhamento poderia causar a sua desgraça? Chegou a ressentir-se. O médico tentou sossegá-la.

– Perdoe-me, dona Maricota, mas o seu caso é positivamente extraordinário. De momento não posso firmar parecer – estou sem livros; mas macacos me lambam se o que a senhora tem não é um rinofima – um RINOFIMA, imagine!

Rinofima! Aquela palavra estranha, dita naquele tom de entusiasmo, em coisa nenhuma melhorou a situação de atrapalhamento de Maricota. O fato de sabermos o nome de uma doença não nos consola nem cura.

– E que tem isso? – perguntou ela.

– Tem, minha senhora, que é uma doença raríssima. Pelo que sei a respeito, não se conhece ainda um só caso em toda a América do Sul... Compreende agora o meu entusiasmo de profissional? Médico que descobre casos únicos é médico de nome feito...

Maricota começava a compreender.

Longamente Cadaval debateu a situação, informando-se de tudo – da família, do objeto da viagem. Ao saber de sua ida à cidade próxima em busca do doutor Clarimundo, revoltou-se.

– Qual Clarimundo, minha senhora! Esses médicos da roça não passam de perfeitas cavalgaduras. Formam-se e afundam nos lugarejos, nunca leem nada! Atrasadíssimos. Se a senhora vai consultá-lo, perderá o seu tempo e o seu dinheiro. Ora, o Clarimundo!

– Conhece-o?

– Claro que não, mas adivinho. Conheço a classe. O seu caso, minha senhora, é a maravilha das maravilhas, desses que só podem ser tratados pelos grandes médicos dos grandes centros – e estudado pelas academias. A senhora vai, mas é para o Rio de Janeiro. Tive a sorte de encontrá-la e não a largo mais. Ora estar! Um rinofima destes nas mãos do Clarimundo! Tinha graça...

A moça alegou que a sua pobreza não lhe permitia tratar-se na capital. Eram paupérrimos.

– Sossegue. Eu farei todas as despesas. Um caso como o seu vale ouro. Rinofima! O primeiro observado na América do Sul! Isso é ouro em barra, minha senhora...

E tanto falou, e tanto gabou a beleza do rinofima, que Maricota deu de sentir uns começos de orgulho. Depois de duas horas de debates e combinações, já estava outra – sem vexame nenhum dos passageiros –, a exibir pelo tombadilho o seu rabanete como quem exibe algo fascinante.

O doutor Cadaval era um moço extremamente expansivo, dos que não param de falar. O empolgamento em que ficou fê-lo debater o assunto com todos de bordo.

– Comandante – disse ao capitão horas depois –, aquilo é uma preciosidade sem par. Único na América do Sul, imagine! O sucesso que vou fazer no Rio – na Europa! É dessas coisas que arrumam a carreira de um médico. Um rinofima! Um ri-no-fi-ma, capitão!...

Não houve passageiro que se não inteirasse da história do rinofima da moça – e o sentimento de inveja tornou-se geral. Evidentemente Maricota fora marcada pelo Destino. Possuía algo único, uma coisa de fazer a carreira de um médico e de figurar em todos os tratados de medicina. Muitos houve que instintivamente correram os dedos pelo nariz na esperança de apalpar um comecinho da maravilha...

Maricota, ao recolher-se à cabina, escreveu à mãe:

"Tudo está mudando da maneira mais esquisita, mamãe! Encontrei a bordo um médico distintíssimo, que ao dar com o meu nariz abriu a boca no maior entusiasmo. Eu só queria que a senhora visse. Acha que é uma grande – uma grandíssima coisa, a coisa mais rara do mundo, única na América do Sul, imagine! Disse que vale um tesouro, que para ele foi o mesmo que ter encontrado um tal diamante Cullinan. Quer que eu vá para o Rio de Janeiro. Paga tudo. Como aleguei que somos muito pobres, prometeu que depois da operação me arranja um lugar de professora. Imagine, eu professora no Rio de Janeiro! Que ponta, hein? Estou que não caibo em mim. Professora no Rio!... Até a vergonha lá se foi. Passeio com o nariz bem à mostra, alto. E, coisa incrível, mamãe, todos me olham com inveja! Inveja, sim – eu leio nos olhos de todos. Decore esta palavra: RINOFIMA. É o nome da doença. Ah, eu só queria ver a cara desses bobos de Santa Rita que tanto caçoavam de mim – quando souberem...".

Maricota mal conseguiu dormir essa noite. Grande mudança de ideias se operava em sua cabeça. Qualquer coisa a advertia de que era chegado o momento de uma grande tacada. Tinha de tirar vantagens da situação – e como ainda não dera resposta definitiva ao doutor Cadaval, deliberou executar um plano.

No dia seguinte o médico abordou-a de novo.

– Então, dona Maricota, está resolvida, afinal?

A moça estava resolvidíssima; mas, boa mulher que era, fingiu.

– Não sei ainda. Escrevi à mamãe... Há a minha situação pessoal e a da minha gente. Para que eu vá ao Rio preciso ficar sossegada quanto a estes dois pontos. Tenho dois irmãos e quatro irmãs – e como é? Ficar lá no Rio sem eles, impossível. E como deixá-los sozinhos em Santa Rita, se sou o esteio da casa?

O doutor Cadaval refletiu uns momentos. Depois disse:

– Os rapazes eu posso colocar facilmente. Já suas irmãs, não sei. Que idade têm elas?

– Alzira, a logo abaixo de mim, está com vinte e cinco anos. Muito boa criatura. Borda que é um primor. Bonitinha.

– Se tem essas prendas, poderemos colocá-la numa boa casa de modas. E as outras?

– Há a Anita, com 22, mas essa só sabe ler e escrever versos. Sempre teve um jeito extraordinário para a poesia.

O doutor Cadaval coçou a cabeça. Colocar uma poetisa não é nada fácil – mas veria. Há os empregos do Governo, nos quais cabem até os poetas.

– Há a Olga, com 20 anos, que só pensa em casar. Essa não quer outro emprego. Nasceu para o casamento – e lá em Santa Rita está secando porque não há homens – todos emigram.

– Arranjaremos um bom casamento para a Olga – prometeu o médico.

– E há a Odete, com 19 anos, que ainda não revelou disposição para coisa nenhuma. Boa criatura, mas muito criançola, bobinha.

– Vai ser outro casamento – sugeriu o médico. – Arranja-se. Arranjaremos a vida de todos.

O doutor Cadaval ia prometendo com aquela facilidade porque no íntimo não tinha intenção de colocar tanta gente. Poderia, sim, arrumar a vida de Maricota – depois de operá-la. Mas o resto da família que se fomentasse.

Assim não sucedeu, entretanto. As aperturas da vida tinham dado a Maricota um senso das realidades verdadeiramente totalitário. Percebendo que aquela oportunidade era a maior da sua vida, resolveu não deixá-la escapar. De modo que ao chegar ao Rio, antes de entregar-se ao tratamento e exibir na Academia de Medicina o seu caso único, impôs condições. Alegou que sem a irmã Alzira não tinha jeito de ficar sozinha na capital – e o remédio foi a vinda de Alzira. Mal pilhou lá a irmã, insistiu em colocá-la – porque não tinha o menor propósito ficarem as duas nas costas do médico. "Assim, a Alzira acanha-se e volta."

Ansioso por dar início à exploração do rinofima, o médico pulou para arranjar a colocação da Alzira. E depois disso deu novos pulos para mandar vir e colocar a Anita. E depois da Anita chegou a vez da Olga. E depois da Olga chegou a vez da Odete. E depois da Odete chegou a vez de Dona Teodora e dos dois rapazes.

O caso da Olga foi difícil. Casamento! Mas Cadaval teve uma ideia filha do desespero: intimou um seu ajudante no consultório, português quarentão de nome Nicéforo, a casar-se com a menina. *Ultimatum* da Moral.

– Ou casa-se ou vai para o olho da rua. Não quero mais saber de auxiliares solteirões.

Nicéforo, tipo bastante pai da vida, coçou a cabeça mas casou-se – e foi o mais feliz dos Nicéforos.

A família já estava toda arrumada, quando Maricota se lembrou de dois primos. O médico, porém, resistiu.

– Não. Isso também é demais. Se continua assim, a senhora acaba forçando-me a arranjar um bispado para o padre de Santa Rita. Não e não.

A vitória do doutor Cadaval foi verdadeiramente estrondosa. Encheram-se as revistas médicas e os jornais com a notícia da solene apresentação à Academia de Medicina do belíssimo caso – único na América do Sul – dum maravilhoso rinofima, o mais belo dos rinofimas. As publicações estrangeiras acompanharam as nacionais. O mundo científico de todos os continentes ficou sabendo de Maricota, do seu "rabanete" e do eminente doutor Cadaval Lopeira – luminar da ciência médica sul-americana.

Dona Teodora, felicíssima, não cessava de comentar o estranho curso dos acontecimentos.

– Bem se diz que Deus escreve direito por linhas tortas. Quando havia eu de imaginar, ao nos surgir aquela horrível coisa no nariz de minha filha, que era para o bem geral de todos!

Restava a parte última – a operação. Maricota, entretanto, ainda nas vésperas do dia marcado vacilava.

– Que acha, mamãe? Deixo ou não deixo que o doutor me opere?

Dona Teodora abriu a boca.

– Que ideia, menina! Claro que deixa. Pois há de ficar toda vida assim com esse escândalo na cara?

Maricota não se decidia.

– Podemos demorar um pouco mais, mamãe. Tudo quanto nos veio de bom saiu do rinofima. Quem sabe se nos rende mais alguma coisa? Há ainda o Zezinho a colocar – e o pobre do Quindó, que nunca achou emprego...

Mas dona Teodora, arquifarta do rabanete, ameaçou de levá-la de volta para Santa Rita, se ela teimasse na asneira de retardar, por um só dia, a operação. E Maricota foi operada. Perdeu o rinofima, ficando com um nariz igual ao de todas as outras, apenas levemente enrugadinho em consequência dos enxertos de epiderme.

Quem positivamente desapontou foi a gente maldosa do lugarejo.

O maravilhoso romance de Maricota era comentado em todas as rodinhas com grandes exageros – até com o exagero de que ela estava noiva do doutor Cadaval.

– Como a gente se engana neste mundo! – filosofou o farmacêutico. – Todos pensamos que aquilo fosse doença – mas o verdadeiro nome de tais rabanetes, sabem qual é?

– ?

– Sorte grande, minha gente! Sorte grande da Espanha...

Dona Expedita
1939

– . . .

– Minha idade? Trinta e seis...

– Então, venha.

Sempre que dona Expedita se anunciava no jornal, dando um número de telefone, aquele diálogo se repetia.

Seduzidas pelos termos do anúncio, as donas de casa telefonavam-lhe para "tratar" – e vinha inevitavelmente a pergunta sobre a idade, com a também inevitável resposta dos 36 anos. Isso desde antes da Grande Guerra. Veio o 1914 – ela continuou nos trinta e seis. Veio a Batalha do Marne; veio o armistício – ela firme nos 36. Tratado de Versalhes – 36. Começos de Hitler e Mussolini – 36. Convenção de Munique – 36...

A futura guerra a reencontrará nos 36. O mais teimoso dos empaques! Dona Expedita já está "pendurada", escorada de todos os lados, mas não tem ânimo de abandonar a casa dos trinta e seis anos – tão simpática!

E, como só tem 36 anos, veste-se à moda dessa idade, um pouco mais vistosamente do que a justa medida aconselha. Erro grande! Se à força de cores claras, ruges e batons, não mantivesse aos olhos do mundo os seus famosos 36, era provável que desse a ideia duma bem aceitável matrona de 60...

Dona Expedita é "tia". Amor só teve um lá pela juventude, do qual às vezes, nos "momentos de primavera", ainda fala. Ah, que lindo moço! Um príncipe. Passou um dia a cavalo pela sua janela. Passou na tarde seguinte e ousou um cumprimento. Passou e repassou durante duas semanas – e foram duas semanas de cumprimentos e olhares de fogo. E só. Não passou mais – desapareceu da cidade para sempre.

O coração da gentil Expedita pulsou intensamente naqueles maravilhosos quinze dias – e nunca mais. Nunca mais namorou ou amou ninguém – por causa da casmurrice do pai.

Seu pai era um caturra de barbas à Von Tirpitz, português irredutível, desses que fogem de certos romances de Camilo e reentram na vida. Feroz contra o sentimentalismo. Não admitia namoros em casa, e nem que se pronunciasse a palavra casamento. Como vivesse 70 anos, forçou as duas únicas filhas a se estiolarem ao pé da sua catarreira crônica. "Filhas são para cuidar da casa e da gente."

Morreu, afinal, e arruinado. As duas "tias" venderam a casa para pagamento das contas e tiveram de empregar-se. Sem educação técnica, os únicos empregos antolhados foram os de criada-grave, dama de companhia ou "tomadeira de conta" – graus levemente superiores à crua profissão normal de criada comum. O fato de serem de "boa família" autorizava-as ao estacionamento nesse degrau um pouco acima do último.

Um dia a mais velha morreu. Dona Expedita ficou só no mundo. Que fazer, senão viver? Foi vivendo e especializando-se em lidar com patroas. Por fim distraía-se com isso. Mudar de emprego era mudar de ambiente – ver caras novas, coisas novas, tipos novos. Um cinema – o seu cinema! O ordenado, sempre mesquinho. O maior de que se lembrava fora de 150 mil-réis. Caiu depois para 120; depois para 100; depois 80. Inexplicavelmente as patroas iam-lhe diminuindo a paga a despeito da sua permanência na linda idade dos 36 anos...

Dona Expedita colecionava patroas. Teve-as de todos os tipos e naipes – das que obrigam as criadas a comprar o açúcar com que adoçam o café às que voltam para casa de manhã e nunca lançam os olhos sobre o caderno de compras. Se fosse escritora teria deixado o mais pitoresco dos livros. Bastava que fixasse metade do que viu e "padeceu". O capítulo das pequeninas decepções seria dos melhores – como aquele caso dos 400 mil-réis...

Foi certa vez em que, saída de um emprego, andava em procura de outro. Nessas ocasiões costumava encostar-se à casa de uma família que se dera com a sua, e lá ficava um mês ou dois até conseguir nova colocação. Pagava a hospedagem fazendo doces, no que era perita, sobretudo num certo bolo inglês que mudou de nome, passando a chamar-se o "bolo de dona Expedita". Nesses interregnos comprava todos os dias um jornal especializado em anúncios domésticos, no qual lia atentamente a seção do "Procura-se". Com a velha experiência adquirida, adivinhava pela redação as condições reais do emprego.

– Porque "elas" publicam aqui uma coisa e querem outra – comentava filosoficamente, batendo no jornal. – Para esconder o leite, não há como as patroas!

E ia lendo, de óculos na ponta do nariz: "Precisa-se duma senhora de meia-idade para servicinhos leves".

– Hum! Quem lê isto pensa que é assim mesmo – mas não é. O tal servicinho leve não passa de isca – é a minhoca do anzol. A mim é que não me enganam, as biscas...

Lia todos os "procura-se", com um comentário para cada um, até que se detinha no que lhe cheirava melhor. "Precisa-se duma senhora de meia-idade para serviços leves em casa de fino tratamento."

– Este, quem sabe? Se é casa de fino tratamento, pelo menos fartura há de haver. Vou telefonar.

E vinha a telefonada do costume com a eterna declaração dos 36 anos.

O hábito de lidar com patroas manhosas levou-a a lançar mão de vários recursos estratégicos; um deles: só "tratar" pelo telefone e não dar-se como ela mesma. "Estou falando em nome duma amiga que procura emprego." Desse modo tinha mais liberdade e jeito de sondar a "bisca".

– "Essa amiga é uma excelente criatura", e vinham bem dosados elogios.

– "Só que não gosta de serviços pesados."

– "Que idade?

– "Trinta e seis anos. Senhora de muito boa família – mas por menos de 150 mil-réis nunca se empregou.

– "É muito. Aqui o mais que pagamos é 110 – sendo boa.

– "Não sei se ela aceitará. Hei de ver. Mas qual é o serviço?

– "Leve. Cuidar da casa, fiscalizar a cozinha, espanar – arrumar...

– "Arrumar? Então é arrumadeira que a senhora quer?"

E Dona Expedita pendurava o fone, arrufada, murmurando: "Outro ofício!".

O caso dos 400 mil-réis foi o seguinte. Ela andava sem emprego e a procurá-lo na seção do "precisa-se". Súbito, esbarrou com esta maravilha: "Precisa-se duma senhora de meia-idade para fazer companhia a uma enferma; ordenado, 400 mil-réis".

Dona Expedita esfregou os olhos. Leu outra vez. Não acreditou. Foi em busca duns óculos novos adquiridos na véspera. Sim. Lá estava escrito 400 mil-réis!...

A possibilidade de apanhar um emprego único no mundo fê-la pular. Correu a vestir-se, a pôr o chapeuzinho, a avivar as cores do rosto e voou pelas ruas afora.

Foi dar com os costados numa rua humilde; nem rua era – numa "avenida". Defronte à casa indicada – casinha de porta e duas janelas – havia uma dúzia de pretendentes.

– Será possível? O jornal saiu agorinha e já tanta gente por aqui?

Notou que entre as postulantes predominavam senhoras bem-vestidas, com o aspecto de "damas envergonhadas". Natural que assim fosse porque um emprego de 400 mil-réis era positivamente um fenômeno. Nos seus... 36 anos de vida terrena jamais tivera notícia de nenhum. Quatrocentos por mês! Que mina! Mas como um emprego assim em casa tão modesta? "Já sei. O emprego não é aqui. Aqui é onde se trata – casa do jardineiro, com certeza..."

Dona Expedita observou que as postulantes entravam de cara risonha e saíam de cabeça baixa. Evidentemente a decepção da recusa. E o seu coração batia de gosto ao ver que todas iam sendo recusadas. Quem sabe? Quem sabe se o destino marcara justamente a ela como a eleita?

Chegou por fim a sua vez. Entrou. Foi recebida por uma velha na cama. Dona Expedita nem precisou falar. A velha foi logo dizendo:

– "Houve erro no jornal. Mandei por 40 mil-réis e puseram 400... Tinha graça eu pagar 400 a uma criada, eu que vivo à custa do meu filho, sargento da polícia, que nem isso ganha por mês..."

Dona Expedita retirou-se com cara exatamente igual à das outras.

O pior da luta entre criados e patroas é que estas são compelidas a exigir o máximo, e as criadas, por natural defesa, querem o mínimo. Nunca jamais haverá acordo, porque é choque de totalitarismo com democracia.

Um dia, entretanto, dona Expedita teve a maior das surpresas: encontrou uma patroa absolutamente identificada com suas ideias quanto ao "mínimo ideal" – e, mais que isso, entusiasmada com esse minimalismo – a ajudá-la a minimizar o minimalismo!

Foi assim. Dona Expedita estava pela vigésima vez na tal família amiga, à espera de nova colocação. Lembrou-se de recorrer a uma agência, para a qual telefonou. "Quero uma colocação assim, assim, de 200 mil-réis, em casa de gente arranjada, fina e, se for possível, em fazenda. Serviços leves, bom quarto, banho. Aparecendo qualquer coisa deste gênero, peço que me telefonem" – e deu o número do aparelho e da casa.

Horas depois retinia a campainha do portão.

– É aqui que mora madame Expedita? – perguntou em língua atrapalhada uma senhora alemã, cheia de corpo, de bom aspecto.

A criadinha que atendeu disse que sim, fê-la entrar para o hall de espera e foi correndo avisar dona Expedita. "Uma estrangeira gorda, querendo falar com Madame!"

– Que pressa, meu Deus! – murmurou a solicitada, correndo ao espelho para os retoques. – Nem três horas faz que telefonei. Agência boa, sim...

Dona Expedita apareceu no hall com um excessozinho de ruge nos beiços de múmia. Apareceu e conversou – e maravilhou-se, porque pela primeira vez na vida encontrava a patroa ideal. A mais sui generis das patroas, de tão integrada no ponto de vista das "senhoras de meia-idade que procuram serviços leves".

O diálogo travou-se num crescendo de animação.

– Muito boa tarde! – disse a alemã com a maior cortesia.

Então foi madame quem telefonou para a agência?

O “Madame” causou espécie a Dona Expedita.

– É verdade. Telefonei e dei as condições. A senhora gostou?

– Muito, mas muito mesmo! Era exatamente o que eu queria. Perfeito. Mas vim ver pessoalmente, porque o costume é anunciarem uma coisa e a realidade ser outra.

A observação encantou Dona Expedita, cujos olhos brilharam.

– A senhora parece que está pensando com a minha cabeça. É justamente isso o que se dá, vivo eu dizendo. As patroas escondem o leite. Anunciam uma coisa e querem outra. Anunciam serviços leves e botam em cima das pobres criadas a maior trabalheira que podem. Eu falei, eu insisti com a agência: servicinhos leves...

– Isso mesmo! – concordou a alemã, cada vez mais encantada. – Serviços leves, bem leves, porque afinal de contas uma criada é gente – não é burro de carroça.

– Claro! Mulheres de certa idade não podem fazer serviços de mocinhas, como arrumar, lavar, cozinhar quando a cozinheira não vem. Ótimo! Quanto à acomodação, falei à agência em “bom quarto”...

– Exatamente! – concordou a alemã. – Bom quarto – com janelas. Nunca pude conformar-me com isso de as patroas meterem as criadas em desvãos escuros, sem ar, como se fossem malas. E sem banheiro em que tomem banho.

Dona Expedita era toda risos e sorrisos. A coisa lhe estava saindo maravilhosa.

– E banho quente! – acrescentou com entusiasmo.

– Quentíssimo! – berrou a alemã batendo palmas. – Isso para mim é ponto capital. Como pode haver asseio numa casa onde nem banheiro há para as criadas?

– Ah, minha senhora, se todas as patroas pensassem assim! – exclamou Dona Expedita erguendo os olhos para o céu. – Que felicidade não seria o mundo! Mas no geral as patroas são más – e iludem as pobres criadas, para agarrá-las e explorá-las.

– Isso mesmo! – apoiou a alemã. – A senhora está falando como um livro de sabedoria. Para cada cem patroas haverá cinco ou seis que tenham coração – que compreendam as coisas...

– Se houver! – duvidou Dona Expedita.

O entendimento das duas era perfeito: uma parecia o “dublê” da outra. Debateram o ponto dos “serviços leves” com tal mútua compreensão que os serviços ficaram levíssimos, quase nulos – e Dona Expedita viu erguer-se diante de si o grande sonho de sua vida: um emprego em que não fizesse nada, absolutamente nada...

– Quanto ao ordenado – disse ela (que sempre pedia 200 para deixar por 80) –, fixei-o em 200...

Avançou isso medrosamente e ficou à espera da inevitável repulsa. Mas a repulsa do costume pela primeira vez não veio. Bem ao contrário disso, a alemã concordou com entusiasmo.

– Perfeitamente! Duzentos por mês – e pagos no último dia de cada mês.

– Isso! – berrou Dona Expedita levantando-se da cadeira. Ou no comecinho. Essa história de pagamento em dia incerto nunca foi comigo. Dinheiro de ordenado é sagrado.

– Sacratíssimo! – urrou a alemã levantando-se também.

– Ótimo – exclamou Dona Expedita. – Está tudo como eu queria.

– Sim, ótimo – repetiu a alemã. – Mas a senhora também falou em fazenda...

– Ah, sim, fazenda. Uma fazenda boa, com bastante frutas, bastante leite, bastante ovos porque há fazendas muito feias.

O quadro da fazenda bonita, toda frutas, leite e ovos, extasiou a alemã. Que maravilha...

Dona Expedita continuou:

– Gosto muito de lidar com pintinhos.

– Pintos? Ah, é o maior dos encantos! Adoro os pintos – as ninhadas... O nosso entendimento vai ser absoluto, Madame...

O êxtase de ambas sobre a vida de fazenda foi subindo numa vertigem. Tudo quanto havia de sonhos incubados naquelas almas refloriu viçoso. Infelizmente a alemã teve a ideia de perguntar:

– E onde fica a sua fazenda, Madame?

– A *minha* fazenda – repetiu Dona Expedita refranzindo a testa.

– Sim, a sua fazenda – a fazenda para onde madame quer que eu vá...

– Fazenda pra onde eu quero que a senhora vá? – tornou a repetir Dona

Expedita, sem entender coisa nenhuma. – Fazenda, eu? Pois se eu tivesse fazenda lá andava a procurar emprego?

Foi a vez de a alemã arregalar os olhos, atrapalhadíssima. Também não estava entendendo coisa nenhuma. Ficou uns instantes no ar. Por fim:

Pois Madame não telefonou para a agência dizendo que tinha um emprego assim, assim, na sua fazenda?

– Minha fazenda uma ova! Nunca tive fazenda. Telefonei procurando emprego, se possível numa fazenda, isso sim...

– Então, então, então... – e a alemã enrubesceu como uma papoula.

– Pois é – disse Dona Expedita percebendo afinal o quiproquó. – Estamos aqui feito duas idiotas, cada qual querendo emprego e pensando que a outra é a patroa...

O cômico da situação fê-las rirem-se – e gostosamente, já retomadas à posição de "senhoras de meia-idade que procuram serviços leves".

– Esta foi muito boa! – murmurou a alemã levantando-se para sair. – Nunca me aconteceu coisa assim. Que agência, hein?

Dona Expedita filosofou.

– Eu bem que estava desconfiada. A esmola era demais. A senhora ia concordando com tudo que eu dizia – até com os banhos quentes! Ora, isso nunca foi linguagem de patroa – dessas biscas. A agência errou, talvez por causa do telefone, que estava danado hoje – além do que sou meio dura dos ouvidos...

Nada mais havia a dizer. Despediram-se. Depois que a alemã bateu o portão, Dona Expedita fechou a porta, com um suspiro arrancado do fundo das tripas.

– Que pena, meu Deus! Que pena não existirem no mundo patroas que pensem como as criadas...

Herdeiro de si mesmo

1939

O povo de Dois Rios não cessava de comentar a inconcebível "sorte" do Coronel Lupércio Moura, o grande milionário local. Um homem que saíra do nada. Que começara modesto menino de escritório dos que mal ganham para os sapatos, mas cuja vida, dura até aos 36 anos, fora daí por diante a mais espantosa subida pela escada do Dinheiro, a ponto de aos 60 ver-se montado numa hipopotâmica fortuna de 60 mil contos de réis.

Não houve o que Lupércio não conseguisse da Sorte – até o posto de Coronel, apesar de já extinta a pitoresca instituição dos coronéis. A nossa velha Guarda Nacional era uma milícia meramente decorativa, com os galões de capitão, major e coronel reservados para coroamento das vidas felizes em negócios. Em todas as cidades havia sempre um coronel: o homem de mais posses. Quando Lupércio chegou aos 20 mil contos, a gente de Dois Rios sentiu-se acanhada de tratá-lo apenas de "senhor Lupércio". Era pouquíssimo. Era absurdo que um detentor de tanto dinheiro ainda se conservasse "soldado raso" – e por consenso unânime promoveram-no, com muita justiça, a coronel, o posto mais alto da extinta milícia.

Criaturas há que nascem com misteriosa aptidão para monopolizar dinheiro. Lembram ímãs humanos. Atraem a moeda com a mesma inexplicável força com que o ímã atrai a limalha. Lupércio tomara-se ímã. O dinheiro procurava-o de todos os lados, e uma vez aderido não o largava mais. Toda gente faz negócios em que ora ganha, ora perde. Ficam ricos os que ganham mais do que perdem e empobrecem os que perdem mais do que ganham. Mas caso de homens de mil negócios sem uma só falha, existia no mundo apenas um – o do Coronel Lupércio.

Até aos 36 anos ganhou dinheiro de modo normal, e conservou-o à força da mais acirrada economia. Juntou um pecúlio de 45 contos e 500 mil-réis como o juntam todos os forretas. Foi por essas alturas que sua vida mudou. A Sorte "encostou-se" nele, dizia o povo. Houve aquela tacada inicial de Santos e a partir daí todos os seus negócios foram tacadas prodigiosas. Evidentemente, uma Força Misteriosa passara a protegê-lo.

Que tacada inicial fora essa? Vale a pena recordá-la.

Certo dia, inopinadamente, Lupércio apareceu com a ideia, absurda para o seu caráter, de uma estação de veraneio em Santos. Todo mundo se espantou. Pensar em veraneio, em flanar, botar dinheiro fora, aquela criatura que nem sequer fumava para economia dos níqueis que custam os maços de cigarros? E quando o interpelaram, deu uma resposta esquisita:

– Não sei. Uma coisa me empurra para lá...

Lupércio foi para Santos. Arrastado, sim, mas foi. E lá se hospedou no hotelzinho mais barato, sempre atento a uma só coisa: o saldo que lhe ficaria dos 500 mil-réis que destinara à "maluquice". Nem banhos de mar tomou, apesar da grande vontade, para economia dos 20 mil-réis da roupa de banho. Contentava-se com ver o mar.

Que enlevo de alma lhe vinha da imensidão líquida, eternamente a aflar em ondas e a refletir os tons do céu! Lupércio extasiava-se diante de tamanha beleza.

"Quanto sal! Quantos milhões de milhões de toneladas de sal!", dizia lá consigo – e seus olhos em êxtase ficavam a ver pilhas imensas de sacas de sal amontoadas por toda a extensão das praias.

Também gostava de assistir à puxada das redes dos pescadores, enlevando-se no cálculo do valor da massa de peixes recolhida. Seu cérebro era a mais perfeita máquina de calcular que o mundo ainda produzira.

Num desses passeios afastou-se mais que de costume e foi ter à Praia Grande. Um enorme trambolho ferrugento semienterrado na areia chamou-lhe a atenção.

– "Que é aquilo?", indagou dum passante.

Soube tratar-se dum cargueiro inglês que vinte anos antes dera à costa naquele ponto. Uma tempestade arremessara-o à praia onde encalhara e ficara a afundar-se lentissimamente. No começo o grande casco aparecia quase todo de fora – "mas ainda acaba engolido pela areia", concluiu o informante.

Certas criaturas nunca sabem o que fazem nem o que são, nem o que as leva a isto e não aquilo. Lupércio era assim. Ou andava assim agora, depois do "encostamento" da Força. Essa Força o puxava às vezes como o cabreiro puxa para a feira um cabrito – arrastando-o. Lupércio veio para Santos arrastado. Chegara até aquele casco arrastado – e era a contragosto que permanecia diante dele, porque o sol estava terrível e Lupércio detestava o calor. Travava-se dentro dele uma luta. A Força obrigava-o a atentar no casco, a calcular o volume daquela massa de ferro, o número de quilos, o valor do metal, o custo do desmantelamento – mas Lupércio resistia. Queria sombra, queria escapar ao calor terrível. Por fim venceu. Não calculou coisa nenhuma – e fez-se de volta para o hotelzinho com cara de quem brigou com a namorada – evidentemente amuado.

Nessa noite todos os seus sonhos giraram em torno do casco velho. A Força insistia para que ele calculasse a ferralha, mas mesmo em sonhos Lupércio resistia, alegava o calor reinante – e os pernilongos. Oh, como havia pernilongos em Santos! Como calcular qualquer coisa com o termômetro perto de quarenta graus e aquela infernal música anofélica? Lupércio amanheceu de mau humor, amuado. Amuado com a Força.

Foi quando ocorreu o caso mais inexplicável de sua vida: o casual encontro de um corretor de negócios que o seduziu de maneira estranha. Começaram a conversar bobagens e gostaram-se. Almoçaram juntos. Encontraram-se de novo à tarde para o jantar. Jantaram juntos e depois... a farrinha!

A princípio a ideia de farra tinha assustado Lupércio. Significava desperdício de dinheiro – um absurdo. Mas como o homem lhe pagara o almoço e o jantar, era bem possível que também custeasse a farrinha. Essa hipótese fez que Lupércio não repelisse de pronto o convite, e o corretor, como se lhe adivinhasse o pensamento, acudiu logo:

– Não pense em despesas. Estou cheio de "massa". Com o negocião que fiz ontem, posso torrar um conto sem que meu bolso dê por isso.

A farra acabou diante de uma garrafa de uísque, bebida cara que só naquele momento Lupércio veio a conhecer. Uma, duas, três doses. Qualquer coisa levitante começou a desabrochar dentro dele. Riu-se à larga. Contou casos cômicos. Referiu cem fatos de sua vida e depois, oh, oh, oh, falou em dinheiro e confessou quantos contos possuía no banco!

– Pois é! Quarenta e cinco contos – ali na batata!

O corretor passou o lenço pela testa suada. *Uf!* Até que enfim descobrira o peso metálico daquele homem. A confissão dos quarenta e cinco contos era algo absolutamente aberrante na psicologia de Lupércio. Artes do *uísque*, porque em estado "normal" ninguém nunca lhe arrancaria semelhante confissão. Um dos seus princípios instintivos era não deixar que ninguém lhe conhecesse "ao certo" o valor monetário. Habilmente despistava os curiosos, dando a uns a impressão de possuir mais, e a outros a de possuir menos, ao que realmente possuía. Mas *"in whiskey veritas"*, diz o latim – e ele estava com quatro boas doses no sangue.

O que se passou dali até a madrugada Lupércio nunca o soube com clareza. Vagamente se lembrava de um estranhíssimo negócio em que entravam o velho casco do cargueiro inglês e uma companhia de seguros marítimos.

Ao despertar no dia seguinte, ao meio-dia, numa ressaca horrorosa, tentou reconstruir o embrulho da véspera. A princípio, nada; tudo confusão. De repente, empalideceu. Sua memória começava a abrir-se.

– "Será possível?"

Fora possível, sim. O corretor havia "roubado" os seus 45 contos! Como? Vendendo-lhe o ferro-velho. Esse corretor era agente da companhia que pagara o seguro do cargueiro naufragado e ficara dona do casco. Havia muitos anos que recebera a incumbência de apurar qualquer coisa daquilo – mas nunca obtivera nada, nem 5, nem 3, nem 2 contos – e agora o vendera àquele imbecil por 45!

A entrada triunfal do corretor no escritório da companhia, vibrando no ar o cheque! Os abraços, os parabéns dos companheiros tomados de inveja...

O diretor da sucursal fê-lo vir ao escritório.

– Quero que receba o meu abraço – disse-lhe. – A sua façanha vem pô-lo no primeiro lugar entre os nossos agentes. O senhor acaba de tornar-se a grande estrela da Companhia.

Enquanto isso, lá no hotelzinho, Lupércio amarfanhava o travesseiro desesperadamente. Pensou na polícia. Pensou em contratar o melhor advogado de Santos. Pensou em dar tiro – um tiro na barriga do infame ladrão; na barriga, sim, por causa da peritonite. Mas nada pôde fazer. A Força lá dentro o inibia. Impedia-o de agir neste ou naquele sentido. Forçava-o a esperar.

– "Mas esperar que coisa?"

Ele não sabia, não compreendia, mas sentia aquela impulsação tremenda que o forçava a esperar. Por fim, exausto da luta, ficou de corpo largado – vencido. Sim, esperaria. Não faria nada – nem polícia, nem advogado, nem peritonite, apesar de ser um caso de escroqueria pura, desses que a lei pune.

E como não tivesse ânimo de regressar a Dois Rios, deixou-se ficar em Santos num empreguinho dos mais modestos – esperando, esperando... não sabia o quê.

Não esperou muito. Dois meses depois rebentava a Grande Guerra, e a tremenda alta dos metais não demorou a sobrevir. No ano seguinte Lupércio revendeu o casco do *Sparrow* por 320 contos de réis. A notícia encheu Santos – e o corretor estrela foi tocado da companhia de seguros quase a pontapés. O mesmo diretor que o promovera ao "estrelato" despediu-o com palavras ferozes:

– Imbecil! Esteve anos e anos com o *Sparrow* e vai vendê-lo por uma ninharia justamente nas vésperas da valorização. Rua! Faça-me o favor de nunca mais me pôr os pés aqui, seu coisa!

Lupércio voltou para Dois Rios com os 320 contos no bolso e perfeitamente reconciliado com a Força. Daí por diante nunca mais houve amuos, nem hiatos na sua ascensão ao milionarismo. Lupércio dava ideia do demônio. Enxergava no mais escuro de todos os negócios. Adivinhava. Recusava muitos que todos consideravam da China, para realizar outros que todos refugavam – e o que inevitavelmente sucedia era o fracasso desses negócios da China e a vitória de todos os refugados.

No jogo dos marcos alemães o mundo inteiro perdeu – menos Lupércio. Um belo dia deliberou "embarcar nos marcos", contra o conselho de todos os prudentes locais. A moeda alemã estava a 50 réis. Lupércio comprou milhões e mais milhões, empatou nela todas as suas disponibilidades. E com espanto geral o marco principiou a subir. Foi a 60, a 70, a 100 réis. O entusiasmo pelo negócio tornou-se imenso. Iria a 200, a 300 réis, diziam todos – e não houve quem não se atirasse à compra daquilo.

Quando a cotação chegou a 110 réis, Lupércio foi à capital consultar um banqueiro das suas relações, verdadeiro oráculo em finanças internacionais – o "infalível", como diziam nas rodas bancárias.

– "Não venda", foi o conselho do homem. – "A moeda alemã está firmíssima, vai a 200, pode chegar mesmo a 800 – e só então será o momento de vender."

As razões que o banqueiro deu para demonstrar matematicamente o asserto eram de perfeita solidez; eram a própria evidência materializada em raciocínio.

Lupércio ficou absolutamente convencido daquela matemática – mas arrastado pela Força encaminhou-se para o banco onde tinha os seus marcos – arrastado como o cabritinho que o cabreiro conduz à feira – e lá, em voz sumida, submisso, envergonhado, deu ordens para a venda imediata dos seus milhões.

– Mas, coronel, objetou o empregado a quem se dirigiu – não acha que é erro vender agora que a alta está numa vertigem? Todos os prognósticos são unânimes em garantir que teremos o marco a 200, a 300, e isso antes de um mês...

– Acho, sim, que é isso mesmo – respondeu Lupércio, como que agarrado pela garganta. – Mas quero, sou "forçado" a vender. Venda já, já, hoje mesmo.

– Olhe, olhe... – disse ainda o empregado. – Não se precipite. Deixe essa resolução para amanhã. Durma sobre o caso.

A Força quase estrangulou Lupércio, que com os últimos restos de voz apenas pôde dizer:

– É verdade, tem razão – mas venda, e hoje mesmo...

No dia seguinte começou a degringolada final dos marcos alemães, na descida vertiginosa que os levou ao zero absoluto.

Lupércio, comprador a 50 réis, vendera-os pelo máximo da cotação alcançada – e justamente na véspera de debacle! O seu lucro foi de milhares de contos.

Os contos de Lupércio foram vindos aos milhares, mas também lhe vieram vindo os anos, até que um dia se convenceu de estar velho e inevitavelmente próximo do fim. Dores aqui e ali – doencinhas insistentes, crônicas. Seu organismo evidentemente decaía à proporção que a fortuna aumentava. Ao completar os 60 anos Lupércio tomou-se de uma sensação nova, de pavor – o pavor de ter de largar a maravilhosa fortuna reunida. Tão integrado estava no dinheiro, que a ideia de separar-se dos milhões lhe parecia uma aberração da natureza. Morrer! Teria então de morrer, ele que era diferente dos outros homens? Ele que viera ao mundo com a missão de chamar a si quanto dinheiro houvesse? Ele que era o ímã atrator da limalha?

O que foi a sua luta com a ideia da inevitabilidade da morte não cabe em descrição nenhuma. Exigiria volumes. Sua vida ensombreceu. Os dias iam se passando e o problema se tornava cada vez mais angustioso. A morte é um fato universal. Até aquela data não lhe constava que ninguém houvesse deixado de morrer. Ele, portanto, morreria também –era o inevitável. O mais que poderia fazer era prolongar a vida até os setenta, até oitenta. Poderia mesmo chegar a quase 100, como o Rockefeller – mas ao cabo teria de ir-se, e então? Quem ficaria com os 200 ou 300 mil contos que deveria ter por essa época?

Aquela história de herdeiros era o absurdo dos absurdos para um celibatário de sua marca. Se a fortuna era dele, só dele, como deixá-la a quem quer que fosse? Não. Tinha de descobrir um jeito de não morrer, ou...

Lupércio interrompeu-se no meio do raciocínio, tomado de súbita ideia. Uma ideia tremenda, que por minutos o deixou de cérebro paralisado. Depois sorriu.

– “Sim, sim... Quem sabe?”, e seu rosto iluminou-se de uma luz nova. As grandes ideias emitem luz...

Desde esse momento Lupércio revelou-se outro, com preocupações que nunca tivera antes. Não houve em Dois Rios quem o não notasse.

– “O homem mudou completamente”, diziam. – “Está se espiritualizando. Compreendeu que a morte vem mesmo e começa a arrepender-se da sua feroz materialidade.”

Lupércio fez-se espiritualista. Comprou livros, leu-os, meditou-os. Passou a frequentar o centro espírita local e a ouvir com a maior atenção as vozes do Além, transmitidas pelo Chico Vira, o famoso médium da zona.

– “Quem havia de dizer!”, era o comentário geral. – “Esse usurário, que passou a vida inteira só pensando em dinheiro e nunca foi capaz de dar um tostão de esmola, está virando santo. E vão ver que faz como o Rockefeller: deixa toda a fortuna para o Asilo de Mendigos...”

Lupércio, que nunca lera coisa nenhuma, estava agora se tornando um sábio, a avaliar pelo número de livros que adquiria. Entrou a estudar a fundo. Sua casa fez-se centro de reuniões de quanto médium aparecia por lá – e muitos de fora vieram a Dois Rios a convite seu. Generosamente hospedava-os, pagava-lhes a conta do hotel – coisa inteiramente aberrante dos seus princípios financeiros. O assombro da população não tinha limites.

Mas o doutor Dunga, diretor do Centro Espírita, começou a estranhar uma coisa: o interesse do Coronel Lupércio pela metapsíquica centrava-se num só ponto – a reencarnação. Só isso o preocupava realmente. Pelo resto passava como gato por brasas.

– Escute, irmão – disse ele um dia ao doutor Dunga. – Há na teoria da reencarnação um ponto para mim obscuro e que, no entanto, me apaixona. Por mais autores que eu leia, não consigo firmar as ideias.

– Que ponto é esse? – indagou o doutor Dunga.

– Vou dizer. Já não tenho dúvidas sobre a reencarnação. Estou plenamente convencido de que a alma, depois da morte do corpo, volta – reencarna-se em outro ser. Mas em quem?

– Como em quem?

– Em quem, sim. Meu ponto é saber se a alma do desencarnado pode escolher o corpo em que vai novamente encarnar-se.

– Está claro que escolhe.

– Até aí vou eu. Sei que escolhe. Mas "quando" escolhe?

O doutor Dunga não percebia o alcance da pergunta.

– Escolhe quando chega o momento de escolher – respondeu.

A resposta não contentou o coronel. O momento de escolher! Bolas! Mas que momento é esse?

– Meu ponto é o seguinte: saber se a alma de um vivo pode antecipadamente escolher a criatura em que vai futuramente encarnar-se.

O doutor Dunga estava tonto. Fez cara de não entender nada.

– Sim – continuou Lupércio. – Quero saber, por exemplo, se a alma de um vivo pode antes de morrer marcar a mulher que vai ter um filho em quem essa alma se encarne.

A perplexidade do doutor Dunga recrescia.

– Meu caro – disse por fim Lupércio –, estou disposto a pagar até cem contos por uma informação segura – seguríssima. Quero saber se a alma de um vivo pode antes de desencarnar-se escolher o corpo da sua futura reencarnação.

– Antes de morrer?

– Sim...

– Em vida ainda?

– Está claro...

O doutor Dunga quedou-se pensativo. Estava ali uma hipótese em que jamais refletira e sobre que nada lera.

– Não sei, coronel. Só vendo, só consultando os autores – e as autoridades. Nós aqui somos bem pouco neste assunto, mas há mestres na Europa e nos Estados Unidos. Podemos consultá-los.

– Pois faça-me o favor. Não olhe as despesas. Darei cem contos, e até mais, em troca de uma informação segura.

– Sei. Quer saber se ainda em vida do corpo podemos escolher a criatura em que vamos reencarnar-nos...

– Exatamente.

– E por que isso?

– Maluquices de velho. Como ando a estudar as teorias da reencarnação, lógico que me interesso pelos pontos obscuros.

Os pontos claros esses já os conheço. Não acha natural a minha atitude?

O doutor Dunga teve de achar naturalíssima aquela atitude.

Enquanto as cartas de consulta cruzavam o oceano, endereçadas às mais famosas sociedades psíquicas do mundo, o estado de saúde do Coronel Lupércio agravou-se – e concomitantemente se agravou a sua pressa pela solução do problema. Chegou a autorizar pedido de resposta pelo telégrafo – custasse o que custasse.

Certo dia o doutor Dunga, tomado de vaga desconfiança, foi procurá-lo em casa. Encontrou-o mal, respirando com esforço.

– Nada ainda, Coronel. Mas a minha visita tem outro fim. Quero que o amigo fale claro, abra esse coração. Quero que me explique a verdadeira causa do seu interesse pela consulta. Francamente, não acho natural isso. Sinto, percebo, que o Coronel tem uma ideia secreta na cabeça...

Lupércio olhou-o de revés, desconfiado. Mas resistiu. Alegou que era apenas curiosidade. Como nos seus estudos sobre a reencarnação nada vira sobre aquele ponto, viera-lhe a lembrança de esclarecê-lo. Só isso...

O doutor Dunga não se satisfez. Insistiu:

– Não, Coronel, não é isso, não. Eu sinto, eu vejo, que o senhor tem uma ideia oculta na cabeça. Seja franco. Bem sabe que sou seu amigo.

Lupércio resistiu ainda por algum tempo. Por fim confessou, com relutância.

– É que estou no fim, meu caro – e tenho de fazer o testamento...

Não disse mais, nem foi preciso. Um clarão iluminou o espírito do doutor Dunga. O Coronel Lupércio, a mais pura encarnação humana do dinheiro, não admitia a ideia de morrer e deixar a fortuna aos parentes. Não se conformando com a hipótese de separar-se dos sessenta mil contos, pensava em fazer-se o herdeiro de si mesmo em outra reencarnação... Seria isso?

Dunga olhou-o firmemente, sem dizer palavra. Lupércio leu-lhe o pensamento nos olhos inquisidores. Corou – pela primeira vez na vida. E, baixando a cabeça, abriu o coração.

– Sim, Dunga, é isso. Quero que vocês me descubram a mulher em que vou nascer de novo – para fazê-la em meu testamento a depositária da minha fortuna...

Impressão e Acabamento
Gráfica Oceano